JN089524

「官僚謀殺」シリーズ

知能犯の時空トリック

紫金陳《しきんちん》（著）
阿井幸作《あいこうさく》（訳）

主な登場人物

高棟（こう・とう）〈ガオ・ドン〉……市公安局の刑事捜査担当の副局長

顧遠（こ・えん）〈グー・ユエン〉……寧県第一中学の物理教師

葉援朝（よう・えんちょう）〈イエ・ユエンチャオ〉……県城派出所・副所長

張一昴（ちょう・いっこう）〈ジャン・イーアン〉……高棟の部下

陳監察医（ちん）〈チェン〉……高棟の部下

江偉（こう・い）〈ジアン・ウェイ〉……寧県公安局・副局長。高棟の元部下

王宝国（おう・ほうこく）〈ワン・バオグオ〉……寧県検察院・検察長

胡海平（こ・かいへい）〈フー・ハイピン〉……寧県人民法院・裁判長

邵小兵（しょう・しょうへい）〈シャオ・シアオビン〉……寧県公安局・局長

沈孝賢（しん・こうけん）〈シェン・シアオシェン〉……寧県紀律検査委員会・書記

蔣亮《ジアン・リアン》（しょう・りょう）……寧県第一中学の校長

陳翔《チェン・シアン》（ちん・しょう）……顧遠の教え子

曾慧慧《ゾン・フイフイ》（そう・けいけい）……顧遠の教え子

李茂山《リー・マオシャン》（り・もさん）……市政法委員会書記。高棟の義父

知能犯の時空トリック

プロローグ

法律に性別があるのなら、メス《母》に違いない。不公平《公にあらず》[1]だから。

警察官という職業に半生を捧げてきた実直な性格の葉援朝《イエ・ユエンチャオ》にとって、定年退職前に家庭崩壊を迎えることになるとはまさに青天の霹靂だった。

一年前、彼の一人娘の葉晴《イエ・チン》は県の紀委（紀律検査委員会の略称）書記の息子としばらく付き合ったのち、別れを切り出した。口論の末、親の七光をまとった男は激昂し、葉晴を車で轢き殺した。その後、公安と交通警察が口裏を合わせ、この件を事故と処理。事実がはっきりしているということで、裁判の審理は非公開で行われ、検察も刑事事件として公訴を提起することなく、最終的に賠償金の支払い命令で終わった。

そのため、葉援朝の妻は何度も陳情に行こうとした。だが、事なかれ主義でお人好しの夫に忠告されては止められ、死者は生き返らないという穏便な態度でなだめられた。妻は夫と衝突を繰り返し、重度のうつ病を患い、最終的に飛び降り自殺をした。

幸せだった小さな家庭は一瞬にして、葉援朝一人を残すだけになった。妻の四十九日の晩、彼は酒をあおり、むせび泣いた。ひとしきり感情を吐き出した後、彼は長い間一度も引き金を引いたことがない拳銃を取り出した。

1　中国語ではメスを「母」、オスを「公」と言う。法律は不公（オスではない）だから母（メス）だ、というかけことば。

そのとき、ぬくもりのある若々しい手が彼の両肩に置かれ、耳元でささやき声が聞こえた。

「全部俺に任せてくれ」

1

夜十時半、現場全体がライトに照らされている。もちろんここはコンサート会場ではない。たったいま、殺人事件が起きた現場だ。

寧《ニン》県公安局の人員が、行政職員を除き、ほぼ集結していた。

県検察院検察長の王宝国《ワン・バオグオ》が、自身の一戸建て住宅の玄関前で何者かに喉を切られて殺害されたという知らせは、宴席の場にいた県のお偉方たちを驚愕させた。

実況見分する現場から百メートル以内を警察官、監察医、警察犬が囲み、駆けつけた上役たちが口々に話をしている。

その外では、県公安局の邵小兵《シャオ・シアオビン》局長が電話で慌ただしく上層部に状況を報告しており、捜査責任者である副局長の江偉《ジアン・ウェイ》が苛立った様子でそのそばを行き来している。

数分後、県公安局の監察医が険しい顔をしながら捜査員の群れから出てきた。

「どうだった？」気をもんでいた江偉が近付いて尋ねる。

監察医の表情は険しい。「喉を一裂きです。気管が切られ、とても手際が良い犯行です」

「他には？」

「車内には金品をあさった形跡はありません。行われたのは殺人のみです」

「つまり怨恨か？」

監察医がうなずく。「間違いないでしょう」

江偉は少し顔をしかめ、続けて質問する。「犯人は何か残していかなかったのか？」

「足跡が一つ」

「足跡？」

「はい。一通り見た上での判断ですが、王検察長は車を降り、住宅の鉄扉を開けるために鍵を探しているとき、背後から突然何者かに喉を掻き切られ、続けて背中を蹴飛ばされたのでしょう。現場に残された痕跡から見て、その蹴りで二メートルは蹴飛ばされています」

江偉は一瞬意味が分からなかった。「どうして、喉を切ったあと蹴ったんだ？」

「おそらく、頸部から吹き出る血を浴びたくなかったんでしょう。その足跡は王検察長のジャケットの後ろにはっきり残されていました」

　捜査は深夜まで及び、県検察院検察長殺害のおおよその経緯は明らかになった。

　王宝国の住所は金星《ジンシン》住宅区だ。そこは中規模の住宅区で、四～六階建ての低層型マンションと七～十一階建ての中高層型マンション、一戸建ての三種類の住居から成る。王宝国の家は住宅区奥の一戸建てエリアにある。

　住宅区には多数の防犯カメラが設置されている。しかし昨日、電力会社から、今晩六時から明朝六時まで送電線を点検するという通知が張り出されたように、付近一帯が一晩中停電している。そのため、今晩は街灯がない。街灯どころか防犯カメラシステムもシャットダウンしており、住宅区内のカメラは使い物にならない。

　さらに悪いことに、いまは晩秋で気温が低く、今夜は曇っていて暗い。事件発生前後、付近に通行人などいなかっただろう。

通報者は王宝国の隣人の会社経営者だ。通報時刻は夜八時半。帰宅した通報者は、ライトを点けたまま玄関前に停まっている王宝国の車が気になって目をやり、そのそばで血まみれになって倒れている王宝国を発見した。

事件前、王宝国は友人と一緒にいた。その友人によれば、王宝国は八時前に席を立ち、おそらく八時十分に帰宅したということだった。通報があったのは八時半。つまり、王宝国は死後十数~二十分以内に発見され、警察も直ちに現場に駆け付けたというわけだ。

現場の保存状態は完璧だった。

現場の状況から見て、犯人は鋭利な刃物で王宝国の喉を一裂きした。その一撃は非常に深く、気管を切断している。王宝国はほとんど声も出せず、家にいた彼の妻も外の状況に全く気付かなかった。

犯人は右手で喉を切っている。大部分の人間は右利きなので、これについて不審な点はない。現場に残された血痕から、犯人はせいぜい手に血が付いた程度で、衣類はまったく汚れていないと見られた。そのため、現場から離れれば、それがさっき殺人を犯してきた人物だと見抜くことは不可能だろう。

犯人が犯行中、ＤＮＡを含む証拠を残したかどうかは、さらなる捜査が必要だ。しかし犯人は背後からいきなり殺人に及んでおり、王宝国と正面からやりあっていないので、ＤＮＡなどの証拠を残している可能性は少ない。

捜査が一通り終了すると、江偉は局長と相談し、数人を現場の監視に当たらせ、残りを先に帰し、明朝、具体的な計画が出るのを待った。

翌日。

県公安局の会議室は緊張感に包まれていた。県公安局の全捜査員に加え、上役全員が朝から参加し、省および市から駆け付けた上役、専門家、刑事で室内は埋め尽くされていた。

彼らと向かい合って座る四十歳前後の男は平然とした態度を取っており、ひと目でこの部屋の中で最も役職が上の官僚だと分かる。

彼の名は高棟《ガオ・ドン》、市公安局の刑事捜査担当副局長だ。省公安庁の関連機関でも名の知られた刑事捜査の専門家で、公安部から幾度も表彰されている。義理の父は市政法委員会書記で、常務委員会指導グループの一人だ。高棟は、能力も、バックも、コネもあった。

検察院のトップが自宅前で喉を切り裂かれて殺されるというのは、普通の大事件ではない。公安部に報告が必要な特大級の刑事事件だ。

早朝、省で特別会議が開かれ、特別捜査本部が成立し、この事件は市刑事捜査担当副局長の高棟が担当することになった。高棟の能力が高く、事件捜査の経験が豊富であることが理由の一つ。また、県公安局の刑事捜査担当副局長の江偉がかつて高棟の下で働き、高棟がこの事件を監督するに当たって、現地の警察との折衝が容易であるという点。さらに、後ろ盾が強く、人脈も広く、捜査で各所と仕事の調整をする際、高棟に前に出てもらうのが最善であると判断したからだ。

高棟は江偉による事件の説明を黙って聞き終えると、こう尋ねた。「今日、県の監察医が行った捜査では、どんな進展があった？」

高棟の向かいに座る四十歳ぐらいの監察医が報告する。「昨晩から物証の鑑定をしていますが、今のところ、現場からは犯人の足跡一つしか見つかっていません。靴底の模様から革靴——右側の靴だと思われます。サイズは二十五センチです。王検察長の背中についたこの足跡のほか、付近のコンクリート道路からもいくつか見つかりましたが、採取や鑑定はやや困難です。これらは現在、市公安局の監察医本部に任せ、さらなる分析を進めています。初動捜査の結果、犯人の身長は百六十五から百七十五センチ、体重は六十から八十五キロです」

高棟はたまらず眉を寄せた。「対象者が多過ぎるな」

喉を一掻きし、二メートル蹴り飛ばせる犯人が男であることは間違いない。だが、靴のサイズが二十五センチの男は、だいたいが百六十五から百七十五センチぐらいの身長で、監察医の報告を待つまでもない。そしてコンクリートは固く、犯人の体重を鑑定するのはいっそう困難だ。

監察医が気まずそうな表情を見せる。「対象者が……多過ぎます。背中に残ったこの足跡ははっきりしているものの、犯人は強い力で王検察長の背中を蹴飛ばしているため、このような状況で足跡の持ち主の実際の身長や体重を判断するのは極めて難しいです」

「付近の花壇などには足跡がなかったのか？」

「ありません」

高棟は難しい顔をした。「他は？　犯人は傷を負っていないか？」

「負っていません。犯人は王検察長に引っ掻き傷もつけられていないと断定できます。全てが一瞬で終わり、喉を切ってから王検察長を蹴飛ばすまであっという間の出来事だったからです。王検察長の爪を調べましたが、疑わしい皮膚片や衣服の繊維などは見つかりませんでした。このことから王検察長は犯人の体に触れていないと言えます」

「要するにその足跡以外、犯人は現場に何も残していないということか？」

「はい」

高棟は少し考え込み、また尋ねる。「凶器がナイフというのはもう確定か？」

「はい。長めの鋭利なナイフです。市公安局監察医本部の同僚も確認しましたが、この結論で間違いありません」

江偉が付け加える。「金星住宅区内外および付近の道を入念に調べましたが、凶器は見つかりませんでした」

「犯人は事件後、凶器を持って現場を離れたようだな」

高棟は少し黙り、続けて話した。「現在、唯一断言できる点は、これが計画的な復讐殺人だということだ。なぜなら、被害者の所持品と車内の金品に手を付けられていないからだ。それに、背後から襲っているということは、王宝国が帰宅したとき、犯人が家の外のどこかで待ち伏せていたことを意味している。犯人が入念な準備をし、ターゲットも前もって定め、犯行をスムーズに行ったことは明らかだ。しかも犯人はわざわざ昨日の晩を選んでいる。昨晩は住宅区が停電し、街灯も点いていなければ、防犯カメラもガラクタ同然だった。犯人が昨夜を選んだことは偶然だと思うか？」

大勢が首を横に振る。犯人は検察院検察長を手に掛けた結果をきっと理解している。この一撃は、省、市、県という三つの行政区を揺るがす大事件だ。犯行が極めて鮮やかであることから、準備をして来たに違いない。そして事件当時がちょうど停電中だったのも、偶然でないのは明らかだ。

高棟が続けて話す。「事件前日、電力部門が一帯に貼り紙を出し、翌日夜に送電線を修理すると通知し、予告通り一晩停電した。金星住宅区はこの県の高級住宅街で、平時の安全は保障されている。住宅区内に入って王宝国の家の前で殺人を犯すのはいささか困難だ。犯人はきっと停電の情報をつかみ、防犯カメラが全て作動停止した状況に乗じて殺人を決行したに違いない」

江偉がうなずく。「警備員から話を聞いています。いつもは車両を除き、通行人が不潔な服装でない限り、住宅区への出入りに氏名等の記入を求めることはありません。昨晩は停電もあり、若い警備員が一人で警備員室にいましたが、携帯電話をずっといじっていたそうで、怪しい人物には全く気付かなかったとのことです。警備員から事情を聴取しても、おそらく何の手掛かりも出てこないでしょう」

「昨夜の停電範囲はどのくらいだったんだ？」

「県東部のほぼ全域です」

「その面積は？」

「約五、六平方キロです」

「広いな」高棟は独り言のようにつぶやき、また口を開いた。「停電の通知はどこに貼られたんだ？」

「停電範囲内にあるほとんどの住宅区には貼り出されました」

「この県は停電が多いのか？」

「あまり。年に二、三回です」

高棟は分析した。「現在の手掛かりから、本件は怨恨による殺人であると断定できる。つまり、犯人は王宝国の殺害を昨日思い立ったわけではなく、その前から殺害の方法を練っていて、停電がそのきっかけとなった。では犯人はどうやって昨夜の停電のことを知ったと思う？」

高棟は一拍置いて続けた。「犯人は二つの線から停電のことを知ったと思われる。一つ目は、道でたまたま通知の貼り紙を見掛けた。二つ目は、犯人が県東部の停電範囲内に住んでいた。他にも、この件が依頼による復讐殺人で、県東部に住んでいる依頼者が停電の貼り紙を見て、実行犯に伝えたことも考えられる」

ここまで話すと、高棟は捜査グループに現在の捜査方針を示した。「本件について、これから我々がやらなければいけないことは三つある。第一に、これが最も重要な点だが、王宝国の人間関係を徹底的に洗い出し、誰が彼に恨みを持っていて、殺人を実行しようとしていたのか調べること。第二に、金星住宅区一帯に大規模な聞き込み捜査を行い、昨晩に怪しい人物を目撃した者がいないか探すこと。停電中の秋の夜とはいえ、八時はまだ遅い時間じゃない。犯人が殺害決行後に誰にも目撃されなかったとは考えられない。第三に、市公安局の監察医グループは物的証拠の調査を引き継ぎ、新たな発見がないか調べること。他に付け加えることはあるか？　ないなら直ちに取り掛かれ」

言い終えると彼はふと考え、こう付け加えた。「そうだ。殺害方法について気付いたことはないか？　背後から喉を掻き切り、蹴り飛ばすということは誰でもできることじゃない。心理的な素質と、ある程度の運動神経が必要だ。王宝国の人間関係を調査する際には、斥候任務に従事していた者がいないか特に注意してくれ」

2

一九九〇年代に建てられたアパートの部屋は古く、うら寂しい。天井に静かに灯る白熱灯は、長い間誰も拭いていないのか、ほこりが積もっている。

壁際の仏壇には女性の写真が二枚飾られている。一枚は中年女性、もう一枚は白い歯を輝かせて朗らかに笑う妙齢の女性だ。ただ、どちらの写真も白黒だ。

仏壇の手前で二本の白いろうそくが緩やかに燃えており、時折ジジジッと音を出す。下の経机には山盛りの白いご飯が供えられ、立てられた数本の線香は間もなく燃え尽きそうだ。他に肉料理と野菜料理が数皿供えられている。

葉援朝《イエ・ユエンチャオ》は経机をはさみ、失意の表情でひたすら酒を飲んでいる。白髪交じりの頭と充血した目、制服のボタンは開いたままだ。

五十歳を過ぎた、県の派出所の副所長の彼は、皆が認める立派な警察官であり、善人だ。管轄内で治安問題や近隣トラブルが起きれば、住民から仲裁に来てもらうよう頼まれる。しかし彼も、家庭崩壊の不幸が自身に降り掛かるとは想像もしていなかった。

彼は小さいながら幸せな家庭を持っていた。一人娘の葉晴《イエ・チン》は若くて美しく、大学卒業後は県内の公的機関に勤め、妻はすでに国営企業を早期退職し、彼自身も五、六年後に何事もなく定年退職できるはずだった。世帯収入は多いと言えないが、とても安定していて福利厚生も充実していたため、夫婦は娘のためにマンションを買うお金を貯めていた。

一年前、知人の紹介で、葉晴は県紀委書記の息子沈浩《シェン・ハオ》と交際を始めた。相手の父親が重要な役職に就いているのだから、沈浩と結婚できれば生涯安泰だと思っていた。しかし交際して間もなく、沈浩が他にもたくさんの女性と付き合っていることに気付き、葉晴は別れを切り出した。だが沈浩は全く聞く耳を持たず、二人の間でたびたび口論が起こることになった。

あの日、沈浩は車で葉晴の職場に行き、彼女が現れるのを待った。退勤した葉晴が彼を見るや踵を返し、その反応を見て沈浩は怒鳴った。「今日、お前が考えを改めなかったら、このまま轢き殺すぞ」。相手にせず、そのまま歩き続けた葉晴の耳をエンジンの爆音がつんざいた。戦車のような改造BMWが唸り声を上げて彼女を押し潰した。彼女が起き上がることは二度となかった。

その後、沈家は多方面との関係を活用して後始末に奔走した。事件現場が道路だったということで、交通警察をはじめとする各部門が手を組み、この件は事故と認定された。車の所有者が大部分の責任を負い、道路を斜め横断したということで歩行者が責任の一部を負った。車の所有者が被害者の遺族に積極的に賠償金を支払ったため、刑事責任は免除された。

一人娘を襲った突然の悪夢に、葉援朝夫婦は一夜にして十年分老け込んだ。

それから葉援朝の妻は、派出所の職員から事故の真相を聞いて怒りを抑え切れず、陳情へ行って犯人に命をもって償わせようとした。だが葉援朝はこの件に大勢の人間が関わっていることを十分知っており、上司から何度も思想教育を受けていた。彼は自ずと分かっていた。もうすぐ引退する派出所の副所長ごときが動いたところで、沈家はびくともしないということを。そして事なかれ主義を貫き、妻が無茶なことをしないようずっとなだめていた。

しばらくして妻は重度のうつ病にかかり、精神科病院に何度も通院したが一向に回復しなかった。最終的に彼女は葉援朝の留守中に飛び降り自殺をすることで、自らの人生に幕を下ろした。

葉援朝は一人経机の前に座り、この一年に起きた全てを思い返すと、顔面の筋肉が激しく震え始めた。彼は再び酒をあおり、仏壇に置かれた二枚の写真に目を向けると、口を大きく開き、頬を紅潮させた。声こそ上げなかったが、真っ赤な両目から大粒の涙がとめどなく流れた。

天井を見上げ、歯ぎしりをしてからにわかに立ち上がると、一度も引き金を引いたことのない拳銃をかばんの中から取り出し、経机に激しく叩きつけた。そして封筒から五発の銃弾を出し、それらを一弾ずつ拳銃の前に立てて並べ、写真をひと目見ると、うつむきながら両の拳を力の限り握りしめた。

「ドンドンドン」突然、ドアを叩く音が聞こえた。

葉援朝は驚き、拳銃を慌ててかばんにしまったが、経机に並べていた銃弾を倒してしまった。カラカラと数弾が音を立てて床に落ちる。

葉援朝は机と床に散らばった銃弾を急いでかばんに入れ、目をこすって精神を落ち着かせた。

「誰だい？」

「俺だよ」若く落ち着いた声がドアの外から聞こえた。

葉援朝は安心し、ドアを開けた。外には三十歳前後の男が立っていた。背は葉援朝よりやや高く、外見に目立ったところはないが全体的に冷静沈着で礼儀正しく、信頼の置ける雰囲気を出している。

「今夜は学校で生徒たちの自習の監督じゃなかったのか？」

男はほほ笑んでうなずいた。「宿直は他の教師に替わってもらって、休みを取ったんだ。今日はおばさんの四十九日だからね」彼は室内に目をやり、「この家に来るのも何年ぶりかな」と涙声で言った。

　男は部屋に入り、ドアを閉め、葉援朝の表情を観察し、それから机の上の酒瓶に目を向けた。彼は何も言わずゆっくりと経机の前まで歩み、線香三本に火を点け、真剣に拝んだ。それからすぐに後ろを振り返り、室内をさっと見渡し、床に落ちている銃弾に気付いた。近寄って腰をかがめて銃弾を拾い、そっと机に置く。

　二人とも見つめ合ったまま一言も言葉を発さなかった。長い時間が過ぎ、男が顔をほころばせた。「おじさん、この弾は？」

「それは……荷物を整理してるときに落としたんじゃないかな」葉援朝はごまかした。

「銃と弾はずっと慎重に保管していて、おばさんにも触らせなかったのに？」

　葉援朝は言い返せなかった。

　男は机にあるショルダーバッグに目を向けた。バッグは膨らんでいた。男は笑みを浮かべ、「もしかして……」と一旦言葉を止めた。

「何だ？」

「二人のために何かやったんじゃ？」

「お前っ……」一瞬、葉援朝はどう反論すべきか分からなくなった。聡明な男の優しく全てを見通す眼差しを前に、思考が読まれていると感じた。

　男は少し間を開けてから話した。「昨日、王宝国《ワン・バオグオ》が殺されたっていう話を聞いて、最初はまさかな……としか思わなかったけど」机の銃弾をつまみ、すぐにまた置いた。「この弾を見て確信したよ。本当に……おじさんがやったんだね」

「ッ……」葉援朝は目を見開き、複雑な表情で何かを言いかけた。彼は相手の賢さを熟知しており、自分では誤魔化すことはできないと分かっていた。いまだけでなく、男が十歳そこらの子どものときから、嘘をつくたびにすぐに見破られた。ただ、ズバリと指摘されたことはなかった。

「王宝国は人を殺めたことはないけど、間接的には関与している。死ぬほどの罪ではないけど、死んだ方がマシな人物だった。俺が言いたいのはね、おじさんはいい人ってことだ。いい人は不公平な目に遭うのも、そんな無念を味わってもいけない。人殺しなんてもってのほかだ。例え……相手がクズでも」

男はそのまま歩を進め、葉援朝のバッグを手にした。葉援朝はその場を動くことも制止することもしなかった。

男はバッグから拳銃と銃弾を取り出し、机に置くと淡々と言った。「このおもちゃは危険過ぎるから、ひとまず俺が預かっておくよ。おじさんはいい人なんだから、もうこんなこと考えちゃダメだ」優しい笑みをたたえた彼は葉援朝の肩まで手を伸ばし、軽く叩いた。「これからは、全部俺に任せてくれ」

落ち着いた笑みを浮かべる男を前に、葉援朝の心の中は葛藤に満ちた。

その夜、彼ら二人は何時間も話し合った。

そのとき、事件捜査本部の指揮を執る高棟《ガオ・ドン》は、間もなく自身の刑事人生始まって以来の最強の相手と渡り合うことになるとは想像もしていなかった。

顧遠《グー・ユエン》が校舎に入ろうとしたとき、大きな物体が目の前に落下した。反射的に横に飛び退ると、水で満ちた風船が目の前で破裂した。

水風船だと気付き、彼は胸をなでおろし、眉をひそめて「犯人」を探した。上の階では多くの顔が様子をうかがっていたが、彼が頭を上げるや全て影も形もなくなった。

まったく……彼は仕方なさそうにつぶやいた。命中せず、服も濡れなくて良かった。風船に詰まっていたのが水で、糞尿を詰めるほど生徒たちがろくでもない考えに至らなかったのは幸いだ。彼は地面に落ちた風船を拾ってゴミ箱に捨ててから、校舎に入った。

顧遠は浙江《ジョージアン》大学物理学部を卒業後、故郷に戻り寧県第一中学（中高一貫校）で教師として働き、もう六年になる。

オープンな性格で指導もゆるいが、それは彼が教えるクラスの成績と関係ない。育て上げた過去二期の卒業生の中には、どちらにも清華大学と北京大学に合格した生徒がいる。

いま彼は高校二年生の文系特進クラスの担任であるとともに、二つの理系特進クラスの物理教師でもある。付き合いが良く、生徒に対して一度も怒鳴ったことがない彼への好意から、いたずらもたびたび起きていた。しかし彼はいずれも笑って済ませた。

授業開始のチャイムが鳴り、彼は教科書を手に文系クラスの教室に向かった。

ドアを開けると、多くの生徒が笑いを噛み殺すのに必死な表情だった。顧遠は口を歪め、苦笑しながら「吐け、誰がやった？」と尋ねた。

クラス中が爆笑したが、誰も名乗り出なかった。明らかに大量の共犯者がいる「集団犯罪」だ。

顧遠はクラスを見渡し、生徒たちが静まるよう手を叩く。「理論的に考えると、さっき全く警戒していなかった俺は、校舎に入ったとき等速運動をしていた。直径約二十センチの風船を上から落とせば、命中して当然なのに、どうして失敗したのか？　君らが情けをかけたということは、当然信じていない」

背の低い男子生徒が「じゃあ次は狙ってぶつけますよ」と笑いながら言った。

顧遠は首を横に振り、その生徒を見る。「どうりで前回の物理のテストが平均点以下だったわけだ」

男子生徒はキョトンとした表情を浮かべた。「これとテストが関係あります？」

「これは物理の問題だぞ。よし、じゃあ質問だ」顧遠は笑い、後ろの黒板にチョークで図を書いた。「A地点に向かって秒速二メートルで等速直線運動をしている人物がいて、A地点の上空十メートルから水風船を一つ、いつでも落とせるとする。この場合、この人物がA地点まであとどのぐらいの場所に来たときに水風船を落とせば、命中させられるだろうか？」

生徒たちはすぐに答えを出した。

顧遠は満足そうにうなずく。「ほら、この簡単な問題には全員答えられるんだ。もし事前にストップウォッチで俺の歩行速度を測って、水風船の高さを測定して落下時間を算出してから、君らが導き出した場所に俺が来た瞬間に水風船を落としていれば、俺は今日、シャワーを浴びる必要がなくなったわけだ。だから物理という科目は面白いんだ。君らの多くは心の中では、文系が受験で物理を受けることはないとたかをくくり、普段もこの科目に余計な時間を使いたくないと思っているんだろうが、俺はもうすぐ行われる統一試験で大変なことにならないか心配しているだけなんだ。物理が好きかどうかにかかわらず、統一試験前は少しばかり集中しておくべきだ。

それで全員A判定を取って優秀さを見せつけてから、俺をはめるプランを考えたらどうだ？　でも使う道具は水風船までにしておくんだぞ。砲丸なんて落とそうものなら、幽霊になって一生つきまとってやるからな」

「あははは、分かりました」生徒たちは喜んで声を上げた。生徒たちのいたずらは彼によって物理の問題に解体されてしまった。こんな教師を嫌いになる生徒はいないだろう。

　顧遠はまばたきした。「しかし、今日命中させられなかった事実を考えるに、君らには力学方面の知識が足りず、課題に取り組む必要があると感じた。授業後に力学の小テストを出すから、不合格者には先生がじっくり教えてやる」

　生徒たちは悲鳴を上げ、そのうちの一人が慌てて釈明する。「待ってください。今日のは委員長が考えたんです。風船だって委員長が投げました。委員長が外したからって俺たち全員が物理を勉強していないとは言えないでしょう。小テストなら委員長一人にさせてください」

「曾慧慧《ゾン・フィフィ》が？」顧遠は意外そうに学級委員長である彼女を見た。上品で、普段は言うことをよく聞くおとなしい彼女がいたずらの「プロデューサー」になったとは信じられなかった。人から好かれる外見をした生徒にも、腹黒い一面があるということか。

　曾慧慧は顔を真っ赤にしてうつむいた。顧遠は心中、やるせなく苦笑いした。勉強のプレッシャーが大き過ぎるのだろう。こんなおとなしい女子生徒でも、いたずらをしてしまうのだ。

3

高棟《ガオ・ドン》は部屋で書類を繰り返し読んでは、捜査方針について考えを巡らせていた。部屋に入ってきた江《ジアン・ウェイ》偉が高棟の前に腰を下ろし、資料の束を差し出した。

「何か分かったか？」

高棟の問いに、江偉は顔をしかめて首を横に振る。「監察医グループには何の進展もありません。現場に残された足跡以外、大きな手掛かりを見つけるのは難しいでしょう」

高棟はうなずいた。この結果は想定の範囲内だ。現場を何度も調べても、他の物的証拠は見つからなかったからだ。

「王宝国《ワン・バオグオ》の妻や親戚、友人や同僚に一通り話を聞きました。王宝国のおおまかな交友関係は書類に記載していますが、家族や同僚の誰も、彼を殺そうとしていた人物に心当たりはないそうです」

高棟は納得がいかず尋ねた。「王宝国はこの県で働いて何年になる？」

「八年です」

「その八年で買った恨みなんて一つや二つあったはずだろう？」

「些細な確執はあったでしょうが、実際に行動に出るほどの大きな恨みを持つ人物は見つからなかったようです。彼を嫌っていたり恨んでいたりする人物はいても、王宝国は言っても検察院のトップですから、不満があっても態度には出せません」

高棟はかすかにまばたきし、分析する。「一般的に言って、典型的な怨恨による殺人には三つの可能性がある。一つ目は金銭によるトラブル。二つ目は痴情のもつれ。三つ目は仕事上のいさかいだ。この方面を重点的に当たれ」

「分かりました。その業務は引き続き捜査できますが、今のところこれといった被疑者は見つかっていません」

高棟はタバコを取り出すと、一本を江偉に渡し、自分も一本吸ってゆるゆると煙を吐き出した。

「王宝国の経済状況はどうだった？」

「悪くなかったですね。人付き合いや仕事での臨時収入もありましたし」

江偉の言う臨時収入が給料以外を指しているのは明らかだ。しかしそのレベルまで上り詰めた幹部にとって、そんなことは何の問題でもない。

「県内の企業の株を持っていなかったか？」

「いいえ。王宝国は県外出身の人間です。彼の姉が会社を経営していますが、彼は関わっていません。彼の妻も不動産投資をしたことがあるだけで、誰かと共同で会社を設立したことはありません」

「金銭面のトラブルはなさそうだな。じゃあ交友関係はどうだ？　外に女はいなかったのか？」

「聞いたところ、王宝国は数年前まで小学校の女性教師と関係を持っていましたが、その教師は市に配属になりました。各ルートからその教師のことを当たってみましたが、彼女には家庭があり、いまも王宝国と連絡を取り合っていた可能性はゼロではありませんが、頻繁ではなかったはずで、彼女に動機がある可能性もほぼ排除できます。彼女の夫はずっと市内で働いていて、最近市を出たことはありませんから、夫という線も消えます。現在、王宝国には決まった愛人はおらず、せいぜいクラブのホステスと遊ぶぐらいでした」

「仕事面では？」

「王宝国は物静かでわきまえた性格をしていて、検察院内部や他の職場にも特に仲が悪かったという人物はいません」

高棟はタバコを噛んで、額に手を当てた。「そうなると、ちょっと手こずるな」

「現在の状況はあまり楽観視できませんが、問題の根幹はやはり人間関係にあると思います。典型的な復讐殺人なんですから、きっと我々の捜査がまだ足りないんでしょう。犯人は普段、王宝国の肩書きを恐れていたからこそ、心に恨みを溜め込み、不満を募らせても容易に表に出さなかったはずです。だから人間関係をさらに深く掘り下げる必要があります」

「その通りだ。その仕事は早いほどいい。時間がかかると、被疑者を見つけ出したところで、その頃には証拠を隠滅されて捜査がうまくいかなくなる。それと、王宝国の住所を知っていたということは、犯人は知り合いの可能性が高い」

「そうとも言えません。犯人が王宝国を尾行して住所を突き止めたかもしれませんよ？」

高棟が首を横に振る。「尾行で具体的な住所を知るのは難しい。金星住宅区は普段警備が厳重で、防犯カメラも多く、尾行しづらいし証拠が残りやすい。それにこの殺人は停電という機会に乗じているが、停電は一時的なきっかけに過ぎず、犯人が事前に予期していたものではない。停電の張り紙を見てからわずか一日で、尾行して具体的な住所を割り出し、殺人を実行するというのは困難だ。もちろん数日前の防犯カメラの映像から、王宝国を尾行する人物がいないかチェックさせてもいいが、あまり期待はできないだろうな」

そのときドアがノックされ、県公安局の警察官が報告にやって来た。「江副局長、高副局長、先ほど聞き込みにより手掛かりを入手しました。一昨日の夜八時過ぎに金星住宅区三条街で、駆け足で去っていく人物を見たという目撃情報がありました。今のところ、それが犯人かどうかは断定できません」

「目撃者が見た人物の特徴は？　刃物を持っていたか？」高棟が矢継ぎ早に質問する。

「刃物を持っていたかは気付かなかったと言っています。その夜は停電で道も暗く、目撃者からその人物まで五、六メートルぐらい距離がありました。目撃者によると、後ろ姿が派出所副所長の葉援朝《イエ・ユエンチャオ》に似ていたので声を掛けたのですが、相手は反応せずそのまま真っ直ぐ歩いていきました。ですから、その人物が誰だったのかは分からないとのことです。この二日間付近を聞き込みし、今日ちょうどこの件を聞き出せましたが、事件との関係は不明です」

高棟は口をつぼませた。「今のところ、手掛かりはそれのみか？」

「はい、そうです」

「分かった」高棟は少し残念そうだ。「捜査を続けてくれ」

警察官が出ていくと、高棟はため息をついた。「もうすぐ冬だから、夜になるとただでさえ通行人が少なくなる上に、停電中ともなれば目撃者すら見つからないか。二日間捜査して、出てきたのは有力かどうかも不明な証言が一つ。目撃者は相手をはっきり見ておらず、刃物を持っていたかも気付かなかった」

「犯人は犯行後、ナイフを服の中に隠していたと思いますよ」江偉が言う。

「それは間違いない。犯人がナイフを持ったまま外を歩いていれば、停電状態でもひと目を引く。そうだ、さっきあの警察官は、目撃者の見た後ろ姿が誰に似ていたと言っていた？」

「県城派出所副所長の葉援朝です」

「派出所の副所長？　王宝国とは関係があるのか？」

江偉は一瞬考え、口を開いた。「直接的な関係はありませんが、間接的なものなら少しはあります」だが江偉はすぐに首を振った。「でもあり得ません。葉は真面目な男です。確かに最近は情緒が不安定ですが、殺人なんてやれるわけありません」

「最近情緒が不安定とはどういう意味だ？」

江偉は少しためらい、おずおずと口を開いた。「あの件について、市公安局は全く知らないんですか？」

高棟は不思議そうに江偉を見つめた。「俺が何を知れると？　お前の配下の派出所の人員とは面識もないぞ」

「あの……実はですね、うちの県の紀委書記はご存じですか？」

「沈《シェン》という名前の爺さんだったな。市の会議で会ったことがある」

「沈　孝　賢《シェン・シアオシエン》という名前で、県で数十年官僚をやっています。非常に強いコネクションを持っていて……」

「確か、省のトップと戦友だったな」

「そうです。どうあれ、とても力を持っている人物です」

「それがどうかしたのか？」

「一年前、彼の息子の沈浩《シェン・ハオ》は葉援朝の娘の葉晴《イエ・チン》と交際していました。この若造は女たらしで、いつもいろんな女を囲っていて、それを知った葉晴に別れ話を持ち出されましたが、首を縦に振らず両者の間でいさかいが起きました。頭に血が上った沈浩は車で葉晴を轢き殺し、それから――」

「待て」高棟は怒りで顔を歪ませながら話をさえぎった。「それは故意に轢き殺したということか？」

江偉は気まずそうに「そうです」と答えた。

「そういった刑事事件をどうして市に報告していないんだ？」高棟が詰問する。

あらゆる刑事事件は市公安局に報告しなければならないという決まりがある。高棟は市公安局の刑事捜査担当副局長であり、ほとんどの資料に目を通せる。とりわけ殺人事件なら、きっと記憶に残るはずだ。しかしこの件について彼がまるっきり知らないということは、県から報告が上がっていないと見て間違いない。

江偉がうつむいて答える。「それは……この件は立件されなかったんです。沈孝賢がたくさんのコネを使って、県内の複数の部門が事件を握り潰して交通事故として処理しましたから」

高棟はフンと鼻を鳴らし、タバコに火を点けた。「お前も一枚噛んでるのか？」

江偉が慌てて釈明する。「この件は邵《シャオ》局長が自身で指揮を執ったもので、私は関係してません。この件は刑事事件ではないから、我々刑事捜査隊が出る必要はないと告げられただけです」

高棟は長い間煙を吐いて、冷ややかに言った。「市外で何年も官僚をやって、厄介事に出くわしても俺に一言もないとはな」

江偉がすぐに否定する。「そういうわけじゃありません。この件は……関連部門は上級部門に報告しないようにと、省と県の上層部からお願いされたんです」

高棟はため息をついた。「本当に無関係なんだな？」

江偉は頑なに否定した。「事情を知っている程度です。この件に関しては最初から最後まで我々刑事捜査隊の人間は関与していません」

高棟は口をとがらせて、眉をひそめた。「分かった、信じよう。今後この件の話題は出すな。俺も聞かなかったことにする。だがこれからこういったことに遭遇したら、先に俺に一声掛けろ。こんなこと、県で握り潰せば済むと思ったか？　幹部数人の口利きで丸く収まるとでも？　甘過ぎるぞ。こんな事件、簡単に覆される。いまは組織の内部も不安定だから、いつ突然引っくり返されるか誰も保証できない。そして責任を追及されるのは、最初の担当者全員だ。いままでだって、こんなことが起こらなかったわけじゃないだろ。暇なとき、歴史書でも読むんだな」

高棟の厳しい言葉に肝を冷やした江偉は、顔を真っ赤にしてうつむいた。「これからは絶対、まず高棟さんの意見をうかがいます」

「いい。お前もいまや副局長だ。他のことは俺も口をはさむ必要はないだろう。葉援朝の話を続けてくれ」

江偉は気持ちを落ち着かせてから、最初の話題に戻した。「沈家は葉家に百万元近い賠償金を支払いましたが、葉援朝の妻は納得しませんでした。葉晴は一人娘でしたから、娘を一瞬で失ってしまったことを葉の妻が受け入れられなかったのも無理ありません。彼女はずっと、陳情に行く、金はいらないから犯人の命で償わせろと騒いでいました。葉援朝はおとなしい人間でしたので、妻が騒ぎ立てないようずっと説得していました。しかし彼女はうつ病になり、症状がどんどん深刻になっていって、一カ月半前に飛び降り自殺しました。それからというもの葉援朝は口数が減り、一日中憂鬱そうな顔をしています。派出所の人間によれば、毎日酒を浴びるように飲んで、仕事もろくに手がつかない状態のようです」

「哀れな人生でもあるな。それで、彼と王宝国の間接的な関係とは？」

「王宝国も、最初の段階で葉晴の事件の調整役となった幹部の一人です。葉援朝の妻が検察院に怒鳴り込んで来たとき、事を荒立てたくなかった王宝国は葉援朝や県公安局、派出所の人員に電話し、説得に当たるよう命じました。そして、また騒ぎを起こすようなら精神科病院に収容させると葉援朝を脅したのです。葉援朝は許してもらえるよう周囲に求め、皆も理解を示し、慰めるとともに、仕事は二の次にし、妻の見張りを第一に考えるよう葉援朝に言ったのです」

熟考する高棟の脳内で、葉援朝の人物像がいっそう明確になった。

「葉援朝は王宝国の住所を知っていたのか？」

「おそらくは。県の公安と司法組織にいる幹部はみな住所録に登録されています。葉は県派出所の副所長ですから、きっと知ってます」

「こうしよう。部下に引き続き事件現場付近の聞き込み調査をしてもらうとともに、目撃者からより詳しい証言を取るよう手配するんだ。そして葉援朝の最近の行動を調べさせろ。特に一昨日夜のな」

「葉援朝ではないと思います。皆が認める好人物ですし、葉晴が死んでからもずっと妻をなだめていました。それに、激昂して復讐を考えたとしても、狙うべきは沈孝賢でしょう。あの件は王宝国とは無関係なのですから」

「お前の言い分も一理ある。それに目撃者もはっきりと見たわけではなく、後ろ姿が葉援朝に似ていたというだけだからな。だがいまは他に手掛かりがないんだ。だからまずはここから着手するんだ」

「葉援朝の行動を調べる際には、直接聞き出しましょうか?」

高棟は少し考えた。「直接聞くのはまだだ。後ろ姿が似ていたという目撃証言だけで調査をすれば、差し障りがある。そもそも、目撃者が見たという、慌てて去っていった人物が犯人かすら断定できない。それにその人物が犯人だとしても、後ろ姿が似ていただけでは葉援朝だと言えない。あと、そういったおとなしい人物が殺人をするかどうかについてだが、するとしても狙うのは王宝国ではなく元凶の方だとは俺も思う。組織内の人間をむやみに疑うのは良くない。まずは葉援朝が所属する派出所に状況を聞いて、出勤簿を調べろ。そうそう、このことはお前ら刑事捜査隊の人間にやらせるんじゃなく、理由をつけて他の人間に調べに行かせろ」

4

夜の自習時、顧遠《グー・ユエン》は委員長の曾慧慧《ゾン・フイフイ》を職員室に呼んだ。クラス担任として、生徒指導は欠かさず行わなければならないことだ。特にいまの高校生は考えが複雑であり、大きく変化する社会の中で注意力を過度に奪われている。勉学に励むべき多くの生徒は、この段階に来るといつも気を抜いてしまい、成績が急降下する。

保護者や教師はだいたい外側に立って問題を見つめ、成績低下の原因は勉強にかかるストレスが大きく、ペースについていけていないからだと考える。同じ経験がある顧遠には分かっていた。一度この状況になったら、心理的な問題を探さなければいけないということを。生徒の精神面に何らかの異常が現れたに違いない。

顧遠が生徒に対し、心理的な問題があれば学校の心理カウンセラーに相談しろと言ったことは一度もない。

数年前、彼のクラスにいた純朴な男子生徒が、好きな女子生徒がいて最近勉強に身が入らず、どうすればいいのか分からないとカウンセラーに相談したことがあった。翌日、カウンセラーはそのことをクラス担任と学年主任に報告した。

生徒の秘密を言いふらす連中の何が「相談役」だ、「処刑人」と大差ないだろうと顧遠は思った。

生徒の行動観察に長ける彼は、友人の立場で彼らにアドバイスすることができた。

「座って」顧遠は曾慧慧を向かいに座らせ、添削した宿題を置き、彼女を見据えた。「最近成績がちょっと下がっている。数学はもうちょっとで不合格だった。これは偶然のハプニングかな？」

「そ……そうかもしれません」成績に関する話だと分かり、曾慧慧は目を伏せた。

顧遠は笑い、首を横に振る。「ハプニングじゃないはずだ。成績には波があって当たり前だが、激しい波にはきっと原因がある。何かあったんじゃないのか？　話してくれ」

曾慧慧は顔を上げて顧遠を見た。「何もありません」

「最近、心ここにあらずといった様子だが」顧遠は離れたところに座る教師の方を見てから、小さな声で「恋の悩みか？」と聞いた。

曾慧慧は途端に顔を赤らめ、慌てて否定した。「そんなんじゃありません。次は必ず良い点を取ります」

顧遠は再び彼女を見つめた。「本当に違うのか？」

「はい」この答えには迷いが感じられなかった。

「じゃあいったい何があったんだ？　できれば正直に話してほしい。先生の目は間違ってないと思うがな」

「本当に……何でもないです」

顧遠は表情を緩めた。「そうか、言いたくないならそれでいい。自分で解決できるということだな？」

「はい」

「分かった。じゃあ自習に戻ってくれ」

曾慧慧は席を立つと一瞬躊躇し、座り直すと少し頬を染めながら、「先生、一月の統一試験が終わったら、もう私たちのクラスに教えに来てくれないんですか？」と尋ねた。

「もちろんだ。物理の統一試験が終わったら、君たちは大学の受験科目に全力で取り組まなきゃいけない。物理の教科書なんざ捨てたっていい」

「じゃあ……担任は続けられるんですか？」

顧遠は、分からないというジェスチャーをした。「君たちが三年生になっても、学校が物理の教師である俺を文系クラスの担任にするかどうかは、何とも言えない。全て学校の指示に従うまでだ。いずれにせよ、三年生になるまでは担当するよ」

「私たちの担任じゃなくなったら、どの学年に行くんですか？」

「それはもっと分からない。どうしてだ？」

質問された曾慧慧は少しうろたえた。「いえ、なんでも。ただ……うちのクラスはみんな先生のことが大好きです」そしてすぐに付け加えた。「先生が担任なのが、とてもうれしいんです」

顧遠は気にしない素振りで笑った。「俺も君たちの担任を続けたいと思ってるよ」

曾慧慧は立ち上がり、「学校側が他の先生を担任にするつもりなら、クラス一同で学校側に強く反対します」と宣言した。

顧遠は恥ずかしそうに口を開く。「その必要はないだろ。誰がなっても同じだ」

「いえ、先生は違います」

顧遠は唖然とした。曾慧慧が気まずそうな表情を浮かべ、慌てて話題を変えた。「靴が破れてますよ」

「俺の？」ずっと座っていた顧遠の足は机の下にあり、曾慧慧からは見えない。しかし、確かに靴は今日の球技の時間に破れた。

曾慧慧が急いで言葉を続ける。「夕飯を済ませた後にバスケットコートの横を通ったら、先生の靴が破れていたのが見えたんです。その靴はいままで履いてきたことはありませんよね」

顧遠はかすかに眉をひそめ、笑った。「細かいところまでしっかり観察してるな。早く自習に戻るんだ。今日は時間をたくさん無駄にしてしまって悪かった」

「構いません。むしろ……」そう言うと曾慧慧はやや唐突に席を立って頭を下げた。

遠ざかる彼女の背中を見ながら顧遠はため息をつき、首を左右に曲げて宿題の添削に再び取り掛かった。

5

江偉《ジアン・ウェイ》が入室すると、右手にペンを持った高棟《ガオ・ドン》が空気を相手に立ち回りを演じていた。

「何をされているんですか？」

「犯人が王宝国《ワン・バオグオ》を殺害したシーンを再現してるんだ。喉を切り裂き、蹴り飛ばすという二つの動作は手慣れている。入念な準備を要するだけじゃなく、より重要なのは心構えだ。普通の人間なら、血がかからないこの手口を思い付いたとしても、犯行時も冷静な状態を保ったままこの二つの動作を計画通りに行うのは困難だ。この県では前にもこれと似た未解決の凶悪事件があったか？」

「ありません」

「じゃあ犯人は初めての犯行でここまで残酷な殺人をやってのけたわけだ。並外れたメンタルの持ち主だ。そう、大胆かつ慎重でいて、極めて冷静なんだ。こういう犯人は現実生活ではどういう人物か。内向的で、見るからに怪しい人物か？　それとも日常では犯罪をする人物には到底見えないか？」

高棟の心に疑問符が浮かんだ。これまで命知らずの犯罪者を大勢見てきたが、そういう輩の多くは凶暴だが肝が座っていて、冷静に事を行える。しかし殺人の瞬間に相手を蹴って自分に血が飛び散らないようにする人間はめったにいない。この蹴りは犯人が最初からやろうと思っていたことで間違いない。高棟はそう確信した。

「葉援朝《イエ・ユエンチャオ》の調査によって明らかになったことがあります。私の部下の刑事が県派出所の警察官と同級生で、世間話をさせたところ、葉援朝は妻の自殺後、毎日酒を飲み、『汚職官僚はみな死んでしまえ』とわめいたこともあると言っていました」

高棟の眉がピクリと動いた。「副所長の身でありながらそんなことを？」

「はい、泥酔後の暴言なのか、日頃思っていることなのかは不明ですが」

「飲み過ぎて口からこぼれた言葉は正直な気持ちを吐露したものなんだろうが、酔いが覚めてもその考えを抱き続けるかどうかは人それぞれだ。それで、十一月二十五日の夜、葉援朝はどこにいた？」

「事件当日は非番で、どこにいたのか知る者はいません。しかし先ほどおっしゃった、犯人が大胆かつ慎重だという点に心当たりがあります」

「なんだ？」

「葉は若い頃に入隊して、偵察兵としてベトナム戦争に行っていたそうです。復員後は公安機関に入って刑事となり……」

「偵察兵の経験があって、刑事もやっていただと？」高棟の目が鋭く光った。葉援朝が犯人なら、偵察兵と刑事の経歴という点で犯人の心理的資質と身のこなしに説明が付く。

「はい。刑事時代に殺人犯を捕まえる際に足を刺されて傷を負い、二等功を授与されています。

そして、足のけがによる行動制限を考慮され、派出所の副所長に割り当てられました。それから二十年間ずっとです」

「けがをした足はどっちだ？」

「左足です」

「今でも歩行に支障はあるのか？」

「何度も会っていますが、歩いているときに若干左に傾いています」

高棟は考え込み、刑事捜査隊の警察官に電話をかけて目撃者の証言を記録済みか尋ねた。すでに記録し、現在整理中ということだったので、高棟は整理する前に直接持って来いと指示した。

証言を読み終わった高棟はしばらく押し黙った。「目撃者によると、彼がそのとき葉援朝だと判断した根拠は、その人物の歩き姿が若干左に傾いていたからだと言っている」

江偉は半信半疑だった。「まさか本当に葉が？　本当にそうだとしても、あまりにも信じられません」

「いま他の手掛かりがない以上、ここから調べてみるしかない。葉援朝が犯行に及んだ可能性がないか確認するんだ。まず、葉には動機があるが、十分とはいえない。やるのなら、間接的にしか関与していない王宝国ではなく、沈孝賢《シェン・シアオシエン》のところへ直接行くべきだからだ。しかし、王宝国の家が夜に停電すると知ったことで、先に彼を殺したのかもしれない。いまのところ、葉が犯人である可能性は排除できない。次に、偵察兵と刑事をしていたということは、心理的な資質が十分で、若い頃に鍛えていれば身体能力も悪くないだろう。目撃された左に傾いている人物は葉の特徴と一致する。それと、王宝国を蹴ったのは右足で、葉がけがしているのは左足だから、犯行は可能だ。つまり、葉を捜査して犯罪の可能性を排除したのちに、他の手掛かりを探すんだ」

「私もそれで良いと思います」

「葉援朝はどこに住んでいるんだ？」

「南東の古い住宅区だったはずです」

「今回はそこも停電したのか？」

「分かりません。電話で聞いてみます」

江偉は葉援朝の住所と十一月二十五日夜の停電範囲をすぐに聞き出した。パソコンの前で県内の地図を開き、高棟に示す。

高棟はうなった。「当日夜、葉援朝の家は停電していないが、その隣の住宅区がエリアに入っているな。葉が停電のことを知っていたとしても不思議ではない。それに葉の家は王宝国の住宅区と直線距離で二キロしか離れていない。この距離は素早く人を殺して家に帰りたい犯人にはうってつけだ。分かった。ここまできたら、先に葉援朝を詳しく調べるぞ」

「具体的にどういうところを調べましょう？」

「十一月二十五日の夜にどこにいたのか、証明できる人間がいるか聞け。こういうことは他人の口から聞き出せないから、本人を当たれ。県公安局はみな葉と面識があるから難しくないだろう。俺は市公安局の人間を送る」

6

今日は土曜日、生徒たちは午後の三時間目が終わったら放課後だ。

顧遠《グー・ユエン》は早めに夕食を済ませ、自分の安物の3BOXのシボレーに乗って県北部に向かった。今日来たのは下見のためだ。ターゲットは県人民法院（裁判所のこと）裁判長の胡海平《フー・ハイピン》。

胡海平の地元での評判は良くない。

まず、彼は歴史専攻であって法律畑出身ではないのに、裁判長になれてしまっている。これは、現行制度が形式にとらわれず人材を採用していることの証であり、世界で最も「進歩的」で「先進的」だといえる。

また、胡海平は女癖が悪いという噂がある。何年も前に離婚し、一人娘が海外にいて普段は一人暮らしをしているため、いつも現場に出て女性たちを「慰問」している。

しかし金銭面は非常に地味だ。住んでいるのは一軒家ではなく、住宅区にあるエレベーター付きのマンションだ。乗っているのも公用車で、着ている服も過度に目立つブランド物じゃない。だが、だから金を持っていないというわけではない。彼には金がある。それもたくさん。これは寧県の人間なら誰もが知っていた。

胡海平の住所は、葉援朝《イエ・ユエンチャオ》から教えてもらった。

胡海平はとても用心深い。車で県北まで来た顧遠は、胡海平が住む住宅区から遠く離れた大通りに停車し、そこから徒歩で向かった。警察に防犯カメラを調査されたとき、注目されないようにするためだ。

人通りの多い道を抜けようとしたとき、突然後ろから「顧先生」と自分を呼ぶ声が聞こえた。振り返ると、彼が教える理系クラスの優等生陳翔《チェン・シアン》だった。教科書を手に、塩水鶏《イエンシュイジー》1の屋台のそばに立っている。

「先生、どうしてこんなところに?」陳翔は顧遠と会ったのがとてもうれしいらしく、目に喜びの色をたたえていた。

顧遠は笑いながら近寄った。「君らは休みだろ。俺も同じさ。友人の家に行くところでね」

陳翔は屋台の後ろにいる中年女性に顔を向けた。「母さん、この人がいつも話してる顧先生だよ」

その女性は左右の生え際がともに真っ白で、顔にも無数のしわが刻まれていて、実年齢よりだいぶ老けて見えた。顧遠は彼女にあいさつをした。「陳翔君のお母様でしたか。陳翔君はとても優秀で、特に数学と物理が素晴らしく、私が受け持った中でも最も優れた生徒です。来年の全国高校生コンテストの数学と物理で良い成績を収めることができれば、清華大学や北京大学への推薦も十分可能です」

陳翔の母親は幸せいっぱいな表情を浮かべ、しわをより深くさせた。「本当に顧先生のおかげです。息子からはいつも、先生に良くしてもらっていると聞いています。息子もたいへん先生を慕っているようです。さぁ、先生、これを持っていってください」彼女はツヤツヤと輝く塩水鶏を一匹取り、慣れた手付きでぶつ切りにしたものを袋に詰めて顧遠に渡した。

1　丸鶏を塩水と香辛料で茹でた料理。冷ましてぶつ切りにして食べる。

顧遠は何度も遠慮したが、親子は何が何でも渡そうとする。そこで彼は塩水鶏を持ちながら下見することになった。

大通りから遠く離れたところまで歩き、後ろの陳翔親子をこっそり振り返ると、二人は笑い合っていた。母親は息子の成績の良さを心から喜び、息子の方は将来の立身出世を期待しているのかもしれない。

ほほ笑む顧遠の目の縁は少し潤んでいた。

彼が教壇に立つ寧県一中は省レベルの特進校であり、県内の成績優秀な生徒が集結している。高校受験の成績が優秀だった生徒の他、恵まれた家庭環境の越境入学生や家族に官僚を持つコネ入学生も毎年いる。

顧遠が教える生徒の家庭環境は千差万別だ。特別困窮世帯の生徒もいて、両親を早くに亡くして仕方なく親戚の厄介になっている子や、両親が病気の子もいる。こういった生徒の生活は本当に慎ましく、学校の食堂では毎回野菜のおかず一品しか注文しない。安いインスタントラーメンだけで腹を満たす生徒も多いが、彼らの成績はいずれも優秀だ。

一方、家庭環境が非常に恵まれ、毎日の登下校に高級車で送迎してもらうという生徒もいる。金持ちの家の子どもが必ずしもモチベーションが低いとも限らない。例えば曾《ゾン・》慧慧《フィフィ》は恵まれた家庭に育ち、父親が公安局の幹部で母親も公的機関で働いているが、彼女自身も成績をメキメキ向上させている。

顧遠は自分の生徒の家庭環境について多少なりとも理解している。陳翔の家の経済状況は良くない。参考書が必要なときも毎回図書館から過去のものを借りるので、顧遠はいつも私物を陳翔に貸している。陳翔は真面目に勉強に取り組み、英語がいまいちなことを除けば、他の科目はどれもトップクラスだ。この伸びを見れば、清華や北大（北京大学）は確実とまでは言えないが、他の有名大学なら絶対に問題ない。

あの子どもも家族の運命を変えるために努力して勉強しているのだろう。

顧遠は陳翔に自身を重ねたようだった。

例年、年越しや祝日が来ると、クラス担任である彼の家に保護者がやってきて、スーパーの商品券などを贈るのが常だ。それに比べれば、一羽の鶏などなんでもない。しかしいま、彼の手はずっしりと重たかった。

顧遠はもう一度手に下げた鶏を見てほほ笑み、胡海平の住所の方へ歩き続けた。

葉援朝によると、あの日に王宝国《ワン・バオグオ》を殺害してから、路上で誰かに声を掛けられたが、無視してそのまま去ったという。それから誰にも気付かれずに家に帰ったとのことだが、事件現場付近で目撃された以上、これはリスクだ。警察側もすでにその目撃者を探し出し、葉援朝を捜査しているかもしれない。だが顧遠はもう手はずを整えていた。

いま、警察は予想すらしていないだろう。胡海平の最期がもうすぐだということを。

7

「葉援朝《イエ・ユエンチャオ》から話を聞きました。十一月二十五日の夜は家にいたと言っています」事務机の前に三十過ぎの警察官が立っている。彼の名は張一昂《ジャン・イーアン》。高棟《ガオ・ドン》の下で長年働いている頼れる部下だ。

「ああ、どうやって聞いたんだ？」高棟が尋ねた。

「派出所に行って葉援朝を個室に呼び出し、来た理由を正直に伝えました。王宝国《ワン・バオグオ》事件発生後に付近を聞き込みしたところ、当日夜に慌てて立ち去る人物を見掛け、その後ろ姿があなたに似ていたという証言があったから形だけでも調査したい、どうか気を悪くしないでくれ、と言いました」

「相手も警察だから、そういった直接的な質問は少し不適当だったな。しかしいまは他に良い方法も思い付かん。分かった、それでどういう反応だった？」

「腹を立てたようでした」

「かなりか？」

「いえ、そこまでは。我々も最初から身元を明かしましたし。怒鳴ることはありませんでしたが、その言動からは捜査に対する不満が見て取れました。『警察官を殺人事件とどう結びつけるつもりだ』とかなんとか」

「正常な反応だ。もし冷静だったり極端に怒ったりしていたら、演技の可能性が高くて怪しかった。そして、他に何を聞いたんだ？」

「十一月二十五日の夜、どこにいて何をしていたかを――」

「待て、その質問をしたとき、葉は協力的な態度だったか？」

「いいえ。はぐらかしているようでした。最近は毎晩家にいるとしか言わず、具体的に何をやっていたのかは言いたくなさそうでした」

「その態度も普通だな。続けろ」

「それから硬軟織り交ぜて、警察官としての葉にこう訴えました。あなたも知っての通り、これは大事件であり、我々も厳しい態度で捜査に臨んでいる。情報が提供された以上、誰の名前が上がろうとも事実に基づき真実を求める姿勢で捜査しなければならない。あなたも警察官なら理解できるだろう。こう言うと、葉はやっと落ち着きを取り戻し、思い出しながら、当日夕方五時過ぎに外出して軽食店で食事してから帰宅し、そこからずっと家にいたと言いました」

高棟が目を細めた。「葉がずっと家にいたことを証明できる証拠は？」

「それも聞きました。五時過ぎに食事したことについては、その店の店長に聞けと言われました。帰宅後はテレビを見て、ネットをし、パソコンで一人プレイ用の麻雀ゲームをし、妻の位牌に線香をあげたと。しかしその夜の行動を証明できる人物は誰もいません」

「少し面倒だな。ずっと家にいたと言っているが、それを証明する証拠が不十分だ」と言ってから高棟は突然ひらめき、「ネットをしたとも言ったな？」と聞いた。

「はい」

「じゃあ簡単だ。直ちにプロバイダーに当たって葉の家の接続履歴を調べろ」

「そんなデータが記録されているんですか？」張一昂は面食らったように聞いた。

これについては高棟も分からない。彼は以前、捜査で他人のチャット履歴を調べたに過ぎず、どの世帯がいつインターネットに接続したかをプロバイダーに調査させたことはない。「聞いてみれば分かるだろう？　発電所には各世帯の一日の電気使用量記録があるんだから、プロバイダーにだって似たようなデータがあるはずだ」

「分かりました。調べてきます」

張一昂が立ち去ろうとしたとき、高棟が呼び止めた。「待て。肝心なことを聞き忘れているぞ。葉援朝の靴のサイズは何センチだった？」

張一昂は頭を叩き、「本当に忘れていました。アリバイを聞くことしか頭になかった」と自分を責めた。

「じゃあこうしろ。まず江偉《ジアン・ウェイ》に、ここ数年で県公安局から各職員に支給している物資の中に靴がないか聞くんだ。あるのなら記録を調べ、ないのであればもう一度葉援朝に話を聞きにいけ」

張一昂がいなくなってから高棟はメモ帳を取り出し、今日の捜査で得た情報を記した。

現場に残された物証の中で最有力の証拠があの足跡だ。靴のサイズが合えば犯人たりうるため、これは大きなポイントだ。王宝国の人間関係については現在調査中で、今のところ特に価値のある手掛かりは得られていない。

高棟はこめかみを揉み、目を閉じ頭を上げて、疲れ切った様子で椅子にもたれた。

怨恨の線が濃厚なこのような殺人事件は、解決しやすいはずだが、犯人によって停電中の時間帯が選ばれ、現場に有力な証拠も残されていない。そして被害者の王宝国は人間関係が複雑な人物で、彼を敵視し、恨みを持っていた人間もきっと多い。だが彼の肩書きに阻まれ、その大きな恨みを日常では心に秘め、表面上は笑顔で取り繕っていたに違いない。

厄介だ、本当に厄介だ。

どんな職業の従事者も犯罪に走る可能性があるが、それはいかなる職業も犯罪に適していることを意味しない。

例えば教師。教師という職業は犯罪を行うには少し厄介だ。

昨日の日曜日。顧遠《グー・ユエン》は新品の電動バイクを買い、店から学校付近の教職員宿舎まで乗って帰った。たった数ブロックの距離だが、三人に声を掛けられた。「先生、電動バイクを買ったんですか？　あれ、でも車も持っていませんでした？」

顧遠は三回も繰り返し言い訳をしなければならなかった。「ガソリンが高くて、教師の給料じゃ運転できないんだ」「旧市街地の道が狭くて、車だとたまに不便だから電動バイクに乗り換えた方がいいんだ」

顧遠の電動バイク購入を怪しみ、深く追及する者はいなかった。しかしこの件によって、犯罪をするときは念には念を入れなければならず、知り合いに会えば全て破綻することを思い知った。

今後の行動についてはすでに綿密な計画を練っている。あと数日で寒風が同地に押し寄せ、気温がさらに低くなり、本格的な冬が到来する。その頃には、外出時、帽子とマスクをして電動バイクに乗っていても注目されない。

当然、電動バイクにも改造が必要だ。彼はペイント用のスプレーを準備していた。事件後に警察が防犯カメラを確認すれば、自分に注意が向くだろうと予想したからだ。顔は当然カメラに映らなくさせられるが、電動バイクはどうにもならない。警察が県内から一台の電動バイクを見つけ出すことは容易ではないが、万全を期すに越したことはない。彼は過剰なまでの慎重さで、最悪のケースから物事を考える必要があった。

警察が写真を持ってバイクショップを一軒ずつ聞いて回ったときに、最近売れたバイクだと判明しないとも限らない。

だから犯行前に電動バイク全体の色を変え、外装パーツもいくつか交換しなければならない。警察のローラー作戦から逃れるため、犯行後には再度スプレーで塗装する必要がある。

裁判長胡海平《フー・ハイピン》の命のカウントダウンはもう始まっている。ただ現時点で彼の死を予想できる人間はおらず、胡海平自身ならなおさらだ。

いまは胡海平の観察を繰り返し行う必要がある。

高校教師の顧遠は多忙だ。夜の自習を監督するときは職員室で待機しなければならないので、下見は担当日以外や夕食の時間に行くしかない。

今日は月曜日。朝の一時間目を終えると、守衛から電話があった。「顧先生、荷物が届いています」

顧遠はいぶかしんだ。買い物をしていないのにどうして荷物が届く？　それに何の荷物かも分からない。校門の守衛所で荷物を受け取り、箱を開けてみると球技用シューズだった。一瞬あっけにとられたが、すぐにまずいと思い、箱にふたをして机の下にしまい、授業に行った。

教室に入ると、委員長の曾慧慧《ゾン・フイフイ》が起立の号令をかけ、生徒一同が「顧先生、靴はどうでした？」と叫んだ。

驚いた顧遠はすぐに笑みを浮かべた。「さっき守衛所で荷物を受け取ったんだが、先生を尾行していたな？」

教室が笑いに包まれ、「靴は気に入りましたか？」と数名の生徒が急かす。

うなずく顧遠の目がかすかに輝いた。「気に入ったよ、とても。ありがとう。でもお金は誰が出したんだ？　教師として賄賂は受け取れないぞ」

生徒たちは、水臭いですと口々に言い、曾慧慧が口を開いた。「お金は私たちのクラス費から出しました。先生の靴が破れているのを見て、みんなで相談し、新しい靴をプレゼントしようと決めたんです」

「ああ……いくらだった？」顧遠が照れくさそうな表情を浮かべる。

「高くありません。数百元でした。そういうことは気にしないでください。親しき仲にお金の話は不要です」

「そういうわけにもいかない。分かった、じゃあ先生がクラス費に五百元寄付しよう。君たちの気持ちは受け取った。でも教師のプレゼントにクラス費を使うのは、適切とはいえない」顧遠は態度を崩さなかった。

「それは……」生徒たちは固まってしまった。

曾慧慧が発言する。「クラス費はたくさんありますから、先生のお金はいりません。今回だけが例外ということで、次からはしません。私たちはただ、統一試験が終わっても先生が担任であってほしいんです。卒業するまでずっと」

顧遠は心に温もりを覚え、クラス全員の期待の眼差しを見つめながらうなずいて笑った。「分かった。そのときに学校側が先生を他のクラスに異動させようとしたら、残れるよう精いっぱい申し立てる。クラス費に関してだが、曾慧慧、授業が終わったら職員室まで来てくれないか？」

授業が終わって職員室に連れてこられた曾慧慧は、顧遠が口を開く前に「先生、靴はもう履きましたか？　サイズは合ってました？」と聞いた。

「やや大きめだった」

「クラスの男子に聞いたら、先生の身長だとだいたい二十六センチじゃないかって言ってたんです。先生にサプライズしようと思っていたので聞かなかったんですが、大きかったんですね……」彼女は口元を歪ませた。「じゃあ何センチなんですか？　二十五・五？」

一瞬顧遠の目が鋭く光ったが、すぐに元通りの表情になった。「構わないよ。大きめでも履けるさ」

「だめですよ。サイズが合わなかったら履き心地悪いじゃないですか。何センチなんです？　交換しますから」

靴のサイズの問題で言い争う気など全くない顧遠は続けて言った。「本当に大丈夫だから。ときどき二十六センチの靴も履くから、気にしなくていい。ところで、靴をプレゼントするってアイディアは君が思い付いたのか？」

曾慧慧は顔を赤くしてうつむいた。「はい。バスケ中に先生の靴が破れたってみんなに言ったら、サプライズプレゼントをしようって話になって」

「そうか。でも今回のお金はクラス費から出せない。俺が払う。これからはこういうことをしないように。他の先生が知ったら、えこひいきだって思われることだってあるんだ。分かったかい？」

「はい」曾慧慧は少ししょげた様子で答えた。

顧遠は軽い口調ではげました。「なんであれ、君たちから信頼されていることに感動したよ。本当にありがとう」

9

張一昂《ジャン・イーアン》は気が晴れなかった。葉援朝《イエ・ユエンチャオ》への事情聴取などやりたくないからだ。王宝国《ワン・バオグオ》が葉援朝に殺されたことを示す証拠はなく、一人の目撃者の証言だけを頼りにベテラン警察官を調べることは不適切に思えた。

葉援朝が情緒不安定で、毎日酒をあおって、「汚職官僚はみな死んでしまえ」とこぼしたところで、殺人を犯すだろうか？　日がな腐敗撲滅を叫んでいる人間は、それを実行しているとでも？

しかし上司の命令であれば、やりたくなくても行かなければならない。こんな気の重くなる仕事を高棟《ガオ・ドン》自身にさせるわけにもいかない。

張一昂は市公安局の同僚を三人連れて、気乗りしないまま再び県派出所に向かうしかなかった。

昨日は張一昂たちが去った後、派出所内ではすぐに彼らが葉援朝を調べていることが知れ渡った。葉援朝は親切で分をわきまえた人間であり、所長を含め同僚はみな敬意を込めて彼を「葉叔《イエさん》」[1]と呼ぶ。葉援朝の家の災難を知っている彼らも非常に同情的だ。派出所一同が、一人の

1　叔《シュー》とは、年配の男性に対する敬意や親しみを込めた呼称。

目撃者の証言だけを根拠に葉援朝を疑う刑事捜査隊に憤りを感じている。

今日、張一昂が仲間を連れて派出所に乗り込むと、所内の警察官は臆することなく堂々と非友好的な嘲笑を放った。

張一昂はますますいたたまれなくなり、唇を嚙みしめ、我慢しながら当直の警察官に聞いた。

「葉副所長はおられますか?」

その警察官は彼らを一瞥すると、無関心な様子で席を立って自分のコップにお湯を注ぎ、背中を見せて一言「いません」と言った。周囲の警察官も自分の仕事をして、彼ら四人に関心を払わず、笑いを嚙み殺している者すらいた。

「今日は出勤していますか、それとも外出中ですか?」

「さあ?　何か用ですか?」その警察官はゆっくりと席に戻り、再び彼らをにらみつけた。

張一昂は頭に血が上ったが、よその管轄で怒鳴ることはできなかった。高棟に長年つき、知識も経験も豊富で、他の部署の上司からも「張科長」と呼ばれる彼は、いままでこんな嫌がらせを受けたことがなかった。

しかし彼は結局のところ副科長クラスの警察官だ。もし副庁長クラスである高棟が直接出向けば、この下っ端警察官も内心不満に思おうとも、軽率な行動を取ろうとは思わないはずだ。

張一昂は険しい表情で口を開いた。「葉副所長に電話していただけないでしょうか。市公安局の人間がお聞きしたいことがあると」

その警察官は相変わらず話をはぐらかす。「しかし、葉叔《イエさん》が今日出勤しているのか分からないんですよ」

張一昂は歯ぎしりしながら息を吐き、押し殺したような声でこう聞いた。「電話番号は？　自分でかけます」

相手が怒りを抑えているのに気付いた警察官は、ようやく焦るでもなくアドレス帳を取り出した。

張一昂は葉援朝に電話をかけ、もう一度確認したいことがあると訪問の理由を簡単に告げた。葉援朝は丁寧な口調で、今日は休みでいまは外にいるから、必要があればすぐに派出所に行くと言った。

張一昂は少し考えてから「いいえ」と言い、彼の家に行くことを告げた。

家に来ると聞いて葉援朝は躊躇したが、最終的に了承した。

住所を聞き、四人はすぐに葉家に向かった。ドアを開け、張一昂はまず室内を見渡した。老朽化した設備がことのほか殺風景さを演出していた。玄関の下駄箱には革靴と運動靴が数足置いてある。彼は靴に何度も注意を向けたあと、向かいの壁に設置された仏壇に気付いた。中には女性の写真が二枚飾られており、経机の上は片付けられている。そばのテーブルにはノートパソコンが置かれていた。

葉援朝が腰掛けを四つ持ってきて彼らを座らせ、自分はそのそばに腰を下ろしてタバコに火を点けた。「それで、何の用ですか？」

気まずい雰囲気の中、張一昂が軽く咳払いし、こう言った。「実はですね、昨日確認し忘れたことがあったので、もう一度お聞きしたいんです」

葉援朝は煙を吐いた。「分かりました。あなたがたも仕事上必要なんでしょう。聞きたいことがあれば何でも聞いてください。すぐに終わらせましょう」

張一昂は胸をなでおろした。相手がこういう態度であればうまく進められる。

「それでは、靴のサイズは何センチですか？」

「どうしてそんなことを聞くんですか？」葉援朝の顔に不可解と警戒の色が浮かぶ。

「王宝国事件で、犯人は足跡を残しています」そして張一昂は続けて、「もちろん葉副所長を疑っているわけじゃありません。単なる調査です」と付け加えた。

「疑ってるなら疑ってるで遠慮することはありませんよ。別に大したことないんですから」葉援朝はくだらないと言いたげに冷たく笑った。「靴のサイズは二十五・五です。どうです？　犯人と同じですか？　だったら捕まえられるんですか？」

張一昂の表情が凍りつき、複雑な表情を浮かべた。他の三人も例外ではない。ややあって彼はようやく口を開いた。「いま履いている靴を見せてもらってもいいですか？」

「どうぞ。サイズは嘘をつけませんからね」葉援朝は足を上げ、靴を見せた。

その革靴の裏には確かに二十五・五と書いてあった。張一昂が警察官の一人に目配せすると、彼は立ち上がって靴箱に置かれている靴を一つずつ手に取って調べた。葉援朝は気にしていないという表情で、止めもしなかった。

警察官は全てのチェックを完了すると、張一昂にうなずいてまた座った。

張一昂はもう葉援朝が犯人である可能性を完全に排除できたと考えたが、詳細に調べろという高棟の言葉をおろそかにするわけにもいかないので、愛想よく笑ってみせた。「昨日のお話では、十一月二十五日の午後五時過ぎにアパート下の食堂にいたとおっしゃっていましたが、どのお店ですか？」

「斜め向かいの阿旺《アーワン》食堂です。行けば分かりますよ。いつもそこで食べているんですから」葉援朝がハキハキと答える。

「帰宅後はテレビを見てネットをして、出掛けなかったと？」

「そうです」

「パソコンを見せてもらっていいですか？」張一昂の視線がテーブルのノートパソコンに向いた。パソコンはLANケーブルにつながっておらず、テーブルの下に無線LANルーターがある。

「どうぞ」

張一昂は鑑識員の劉《リウ》に指示してパソコンを起動させた。劉は一通り調べると、「問題ありません」と言った。

張一昂はうなずくと葉援朝に謝罪し、「現場の人間として、やらなくてはいけないことだったので」「葉副所長には二度もご迷惑をおかけしました」などの決まり文句を告げ、全員そこを後にした。

「葉援朝の靴はどれも二十五・五でした」県公安局に戻った張一昂は、捜査記録に目を通しながら高棟に報告した。

「全部か？」

「はい。今日家に行きました。玄関の靴箱には革靴が二足、運動靴が一足、球技用の靴が一足置かれていましたが、どれも二十五・五でした。室内で履いていた革靴も同じサイズです」

高棟は少し考え、「靴は全部使い込まれていたか？」と聞いた。

「はい」

「葉援朝は普段から二十五・五センチの靴を履いているということだな。しかしそれだけで葉が犯人である可能性を排除できたとは言えない。犯人が、捜査を攪乱するために、犯行時に敢えて二十五センチの靴を履いていたのかもしれない」

張一昂が難色を示す。「じゃあ令状を取って家を捜索しますか？」

「それは今度だ。何の証拠もなしに捜索令状を発行して警察官を調べるのは度が過ぎている。もう二回も行ったのだから、これで本当に葉援朝が事件と無関係だったら、もう一度行くのはまずい」

「そうですね。派出所の連中にも嫌な顔されましたよ。追い払われるところでした」と張一昂が苦笑する。

それを聞いた高棟は笑い、慰めた。「ご苦労だった。ところで、葉援朝のアリバイ調査はどうだ？」

「十一月二十五日の午後五時過ぎに、葉援朝は自宅アパート下の食堂で食事をしています。これは食堂の店長に確認しました。パソコンを調べましたが、当日夜には確かにネットを接続した記録がありました」

高棟は目をかすかに細め、「どんなサイトを閲覧していた？」と聞いた。

「百度《バイドゥー》、新浪《シンラン》、網易《ワンイー》、天涯《ティエンヤー》といったニュースサイトが主です」

「どんなニュースを見ていた？」

「国内の政治や時事問題などです」

「葉の年齢と不釣り合いなサイトは閲覧していなかったか？」

張一昂は捜査記録に視線を落とし、首を振った。「いいえ。政治や生活関係のニュースを見るのは、年齢と合っていますね？」

高棟がうなずく。「それらのサイトを閲覧していたのは何時だ？」

「ブラウザの履歴は何日としか書いておらず、具体的に何時何分かは記録されていませんでした。劉にハードディスクの中身をチェックさせましたが、ネット接続時刻は当日夜七時から七時半です」

「七時半にネットをしていたのなら、人を殺すには時間が足りないな。ああ、そうだ、プロバイダーに接続時刻を確認したか？」

「しました。そこの住宅区で使っているのは帯域幅パッケージで、プロバイダーは各世帯の一時間ごとの通信量は記録せず、そのユーザーがその日ネットに接続したかどうかだけしか記録していません。葉援朝の家にはルーターがあり、プロバイダーの記録によれば葉家はずっと接続状態でした」

「そういえば、十一月二十五日の夜に葉はパソコンで一人プレイ用の麻雀ゲームをやっていたそうだが、それの最後の読み込み時間は調べたか？」

「調べました。最後のは昨日で、十一月二十五日の夜に本当にゲームをやっていたかは分かりません」

高棟はため息をついた。「葉の家の付近には防犯カメラが設置されていないのか？　あるなら、当日夜に葉が本当に家から出ていないか調べる必要がある」

「周囲を見て回りましたが、そこは旧市街地で防犯カメラが少ないです。最も近いのが葉の家から五、六百メートルのところにある交差点の防犯カメラです。外出していたとしても、その防犯カメラの範囲へ向かう必要はありませんね。葉援朝は当日夜七時過ぎにネットに接続し、証拠も確かです。被疑者リストから削除してもいいのではないでしょうか？」

高棟はその問いに答えず、後ろを向いて思案を巡らせた。そして大きく息を吐くと、王宝国の人間関係を調査するよう張一昂に命じ、葉援朝の件は一旦終わりにすると決めた。

今一度考えを整理してみると、葉援朝の疑いは基本的に晴れたと思えた。

まず動機が不十分だ。

次に、葉援朝の家にあった二十五・五センチの靴は全て使用済みで、これは彼が普段からそのサイズの靴を履いていることを証明している。新しい靴なら、葉援朝が犯行後に二十五・五センチの靴を買った疑いが出て、嫌疑は晴れない。

もう一つの可能性として、葉援朝が犯行時、いつもと異なるサイズの靴をあえて履き、殺害後にわざと靴跡を残すことで警察の捜査を誤らせたとも考えられる。だが仮にそうだとしても、二十五センチではなく二十六センチの靴を履くはずだ。サイズの小さな靴を履くのはとても不快で、行動にも支障をきたすからだ。人を殺すという肝心なときに行動が制限されてはならない。逆に、実際より大きめの靴を履けば、靴の中敷きでサイズを調節し、靴紐を固く縛れば不便をなくせる。

また、葉は十一月二十五日の夜七時から七時半に間違いなくネットに接続している。接続してから犯行を起こした場合、時間的に余裕がない。それに葉には王宝国がそのときまだ帰宅していないことを予知する術がないのだ。

もちろん葉援朝が何かのソフトを使用してネットに自動で接続し、当日夜にネットをしていたという偽装工作をすることも可能だ。しかし高棟が江偉《ジアン・ウェイ》や張一昂、そして葉援朝に接触したことがある県公安局の人間から得た情報によれば、葉のイメージは怒りを押し殺すお人好しで、論理的に突き詰めてものを考え、少しもすきを見せない賢い人物ではない。それにパソコンの操作にだって詳しくない。彼のような人物がそういうアリバイをつくるのは不可能だ。

犯罪の動機、現場の遺留品とアリバイによって、葉援朝が犯人である可能性はほぼ排除できる。加えて、二度にわたる張一昂の取り調べで見せた葉援朝の態度と反応も常識の範囲内だ。

ここに至り、高棟は葉援朝を王宝国事件の被疑者リストから外した。

だが彼にはさらなる難題が待っていた。王宝国を殺したのは誰だ？　左に傾いて歩き、慌てた様子で立ち去った人物は犯人なのか、それとも無関係の通行人か？

10

今日は金曜日。今週は高校一年生と二年生が土日の二日間休める週だ。

午後の放課後、顧遠《グー・ユエン》は惣菜をいくつか買うと、車を走らせて葉援朝《イエ・ユエンチャオ》の家から遠くない場所に車を停めた。アパートに入る前に道の両側を見渡し、葉家に監視がついていないことを確認すると、慌てる様子もなく中に入った。

アパートの廊下で顧遠は何度も顔を上げ、警察が隠しカメラを設置していないことを確認した。彼は葉家の前で足を止め、ドアをノックした。

酒気を漂わせた葉援朝は、ドアを開けて相手が顧遠であることに気付くと、不意を突かれたように驚き、即座に彼を中に入れてドアを閉めた。

顧遠は惣菜をテーブルに置くと、無言で玄関の靴箱からリビング全体を観察し、ようやく胸をなでおろした。「ご飯を炊くから、夜は飲まないでくれよ」

「いま何をしてたんだ？」葉援朝が聞く。

顧遠は何でもなさそうに笑った。「警察が盗聴器の類を仕掛けていないか調べたんだ。なくて良かった」

葉援朝は「ふうん」と言ってそれ以上何も聞かず、座ってタバコに火を点けた。

炊飯器をセットした顧遠はリビングに戻って座り、漂う煙を見ながらまた言った。「おじさん、タバコも減らした方がいいし、酒なんか飲んじゃいけないよ」

葉援朝はおとなしく「分かってる」とうなずいた。

しばらくの沈黙が続き、顧遠が口を開いた。「警察は来た？」

「来たよ」

「家に？　それとも派出所？」

「月曜が派出所に、火曜がここに」

顧遠はその言葉に思考を巡らせた。「やっぱり来たか」

「事件で上層部も動揺しているし、警察官全員が動員されている。きっとあの目撃者を見つけたに違いない」

「二回も来たってことは、かなり疑っているね」

「形ばかりの調査って言っていたがな」

顧遠は首を振った。「もし単なる形ばかりの調査なら、一回で十分だ。それに身内の警察官相手に。来たのはどういう階級の人間？」

「市公安局の刑事捜査隊だ。リーダーは副科長クラスだった」

「その隊のトップは？」

葉援朝はゆっくり煙を吐き出した。「市公安局の刑事捜査担当副局長の高棟《ガオ・ドン》だ。並み居る副局長の中で一番権力を持っている」

「すごいのか？」

葉援朝は煙の輪をつくり、静かに二回うなずいた。「すごいぞ。警察官になってから担当した殺人事件で、未解決のものはないと聞く。義理の父親が市政法委員会書記で、とても力を持っているから今回の捜査グループのリーダーになった。関連部門全てが彼の鶴の一声で、事件解決を目指している」

「調べに来たのは市公安局の人間だったたか。江偉《ジアン・ウェイ》が市公安局の人間を手配することは無理だな。うん、その高棟ってのはおじさんを疑ってるな」

葉援朝は灰皿にタバコの火を押し付け、どうでも良さそうに「そうかもな」と言った。

「火曜以降も来たの？」

「来ていない」

「ここ数日何もなかった？」

「そうだ」

「つけられている気配は？」

「それは俺も注意した。尾行はない」

「どういうことを聞かれたの？」

「月曜は派出所で話をして、十一月二十五日夜にどこにいたのか聞かれたから、お前に言われた通り答え――」

「そうだ」

顧遠が話をさえぎる。「そのときの態度も、指示通りに演じた？　最初は不機嫌そうな非協力的な態度で、怒りを抑えながらしぶしぶ協力するっていう」

「分かった。それから？」

「翌日、彼らは最初に派出所に行ったが、俺が休みだったんで電話をかけてきて家で話そうということになった。来てから、まず靴を調べられた。それから鑑識員がパソコンを起動して細かく調べていった」

「部屋は調べなかったの？」

「そうだな」

顧遠はしばらく考え込み、あらゆる情報を脳内で分析した。

「二度の調査で、おじさんの靴のサイズが事件現場の足跡と一致せず、ネット接続記録もアリバイを証明するものだったから、どちらも完璧な証拠と言えないまでも、目撃証言も不十分だからそれで満足したに違いない。何より、おじさんには動機が不足している。それに火曜以降来ていないということは、疑いはすでに晴れたんじゃないかな」

「あいつらが調べようとしたものは、全部お前の言った通りだったぞ」葉援朝は感心したように言った。

「俺は現在判明している要素から、彼らが何を調べるのか判断しただけだよ。だってそれ以外に、警察には何も調べるものがないんだから。せいぜい周辺の住民に再度聞き込みをして、防犯カメラを調べるぐらいだけど、どの仕事も徒労だ。でも、それも一時的だと思う。王宝国《ワン・バオグオ》殺しの犯人が一向に見つからなければ、またおじさんへの調査を再開するだろうね」

「調べたきゃ調べればいい。俺には怖いものなんかない。でもお前は……俺を助けるため……うちのためにこんなに……若く前途があるお前を巻き添えにしたくないんだ」葉援朝の目は真っ赤だった。

「おじさん、その話はもうしないってあの日言っただろ。俺が全部うまく処理するよ。おじさんはいい人だ。おじさんがいなかったら、今の俺は何をしていたか。俺には返しきれない恩があるんだよ」顧遠は静かに応えた。

「いいや」葉援朝は力を込めて否定する。「覚えておいてくれ。お前が返すべき恩なんて一つもない」

顧遠は目に涙を浮かべ、「そうだね、恩なんか一つもない」と答えた。

葉援朝はしばらく黙り込んだ後、また尋ねた。「さっきの口ぶりだと、アリバイ偽装以外にまだ何かするつもりみたいだな」

「王宝国一人を殺しただけで葉晴《イエ・チン》は満足する？　おばさんは喜ぶ？」

顧遠の言葉を聞いた瞬間、葉援朝の顔は青ざめた。「お前……まだ……」

顧遠は葉援朝の震える手を握り締め、確固とした態度で彼を見つめた。「残りはみんな自然死だ。殺人じゃない。信じてくれ」

それから顧遠は葉援朝を何度も慰め、自分の心配をしないよう言い、全てうまく処理すると伝えた。

帰り際に顧遠は、疑われないようにこれからは家に来ないと葉援朝に告げ、警察に引き続き調べられる可能性があるので、落ち着いて対応してほしいとも言った。

顧遠の信頼感あふれる眼差しを見つめながら、葉援朝の心はひどく葛藤していた。顧遠が自分のために際限のない厄介事に巻き込まれてほしくはなかった。だが、法の制裁を受けずにのうのうと暮らしている「犯罪者」を見たくもなかった。

11

裁判長を務める胡海平《フー・ハイピン》は今年五十一歳、頭頂部の髪はすっかりなくなり、周辺から伸ばした髪を中央に集め、薄いてっぺんを隠している。このスタイルは多くの上司の標準装備だ。しかし今日、彼の髪型は破壊されることになる。

午後五時半、空はすっかり暗くなり、胡海平は職場から支給されたアウディを運転して住宅区に戻った。自宅マンション付近の駐車スペースに車を停め、書類かばんを持って車から降り、いつも通りマンションへ向かった。

彼が住む中層のエレベーター付きマンションは近年建設された高級マンションであり、住宅区内に全部で十七棟ある。外壁は何度見ても飽きないカーキ色に統一され、とても風格を感じさせる。

彼の家は十二楼にある百七十平方メートル余りの広く贅沢な部屋だ。

今日、彼の歩行速度が少し速ければ、命を奪う災難をかわせただろう。しかし彼はいつも通り一定の速度で歩いていった。

エントランスのコンクリート製のひさしに差し掛かろうとしたとき、彼はもう書類かばんから一階の鉄門を開ける鍵を取り出していた。

まさにその瞬間、あと一歩でひさしの下に入るというとき、バンという音がした。大きな石が落ちてきて、何の前触れもなく彼に激突したのだ。胡海平は反応する暇すら与えられないまま、頭から花が咲いたようになってその場で死んだ。

一瞬、周囲が静寂に包まれた。それから四、五秒後、現場から離れた場所を歩いていたここの住民たちが一斉に悲鳴を上げ、慌ただしく現場へ駆けていった。

叫ぶ者、警備員を呼ぶ者、電話をかける者、そして保護者たちは急いで子どもを背後に隠した。現場にいち早く駆けつけた者らは、潰れた頭部と、自律神経の作用でけいれんする手足を至近距離で目の当たりにしてしまい、一気に青ざめた顔を背けて嘔吐した。

この大勢の野次馬の中、何者かが二本のロープをこっそり持ち去ったことなど誰も気にしなかった。

一時間後、現場に七、八台のパトカーが到着した。

その前に救急車がすでに来ていたが、車から降りた救急隊員は一目見るなり手遅れだと判断し、現場の警察官に意見を聞いてから先に帰っていた。

高棟《ガオ・ドン》は沈んだ表情で車から降りると、江偉《ジアン・ウェイ》と県公安局の部局長に迎えられた。少し離れた場所でひそひそ話をしている野次馬を見るなり、目を剝いた。「野次馬を全員直ちに追い払え。住宅区外の人間を全て追い出し、ここの住民は家に帰すんだ」

県公安局の警察官たちが急いで人だかりを散らす。高棟は険しい顔をしながら手を後ろに組み、監察医が開けるカーテンをくぐった。プラスチックフィルムに包まれた頭半分しかない死体を見ただけで途端に背を向け、口を閉じて胃のむかつきをこらえながら早足で死体のそばを離れた。

市公安局の監察医グループ長である陳《チェン》が、高棟に近寄って「高棟さん」と口を開いた瞬間、高棟は手を振って「呼吸が落ち着いてから」と言った。

陳は分かった素振りでその場にたたずんだ。数々の殺人事件を担当し、多くの死体を目撃した高棟でも、こんな恐ろしい惨状は見たことないのだろうと陳は思った。頭の半分が砕かれ、頭髪が血肉と混じり合っている。高棟のような人間ですら、二度と見る気が起きない。制服を着て数年の警察官なら、駆けつけた瞬間嘔吐するのが普通だ。この現場で死体から目を背けていないのは、おそらく陳一人だけだ。

数分後、高棟はようやく口を開いた。「ふう、調べてみてどうでした?」

「死体は県人民法院裁判長の胡海平、敷石の落下による死亡です」

「敷石の落下?」

「基本的な検視結果と目撃者の証言をまとめると、落下した敷石に当たって亡くなったと判断できます。当時、少なくとも十数人が胡海平が死ぬ瞬間を目撃しています。胡海平は退勤後、住んでいるマンションに帰りました。つまりここです。あと一歩でひさしの下に隠れられるというときに、縦約八十センチ横六十センチの石灰岩の敷石が落下し、頭に直撃し死亡したんです」

陳がそばのプラスチックフィルムを指差す。青い石灰岩の破片が置かれていた。

高棟《ガオ・ドン》は屈んでその破片を睨んだ。道路に敷き詰める、どこでも見掛ける石灰岩の敷石だ。今では七、八個に割れ、そのどれにもまだ乾いていない血が付いている。この敷石はおよそ三十キロほどあり、こんな物が落ちてきたら、頭に鉄鍋をかぶっていても潰れるだろう。

高棟は破片に接着剤の跡が線状に残っていることに気付いた。

陳から手袋を借り、その一つを手に取り、注意深く観察すると、確かに乾いた接着剤の跡が見て取れる。破片をひっくり返すと、一面はペンキでカーキ色に塗られ、もう一面は敷石の自然の色だった。別の破片を手に取って見てみたが、同じだった。

高棟は立ち上がり、破片を照明の下まで持っていき、至近距離で目を凝らすと、表面の中央に一筋の亀裂が走っていた。破片をひっくり返すと、その亀裂は裏面にまで貫通している。だがおかしなことに、彼が力を込めて破片を引っ張ってみても割ることはできなかった。

「何か分かりましたか？」

「いまは何とも」

高棟はマンションの上層階の方を見上げると、こちら側からは各階の廊下が見え、壁には全面、大きな窓ガラスがはめ込まれている。ガラス窓の外はコンクリート製の重く頑丈そうなひさしがあり、建物から一メートルほど出っ張っていて、花や野菜の鉢植えが置かれているひさしもある。

胡海平は一階のひさしの前で青い花崗岩の敷石に潰されて死んだ。これは敷石が上のどこかの階のひさしから落下したことを——もちろん、何者かが落とした可能性もあることを——意味している。

高棟は足を止めて長い間黙ったかと思いきや、陳に向かって小さな声で「事故と事件、どちらだと思います？」と尋ねた。

「これまでの経験から言うと、事故で間違いないでしょう。想像できる状況としては、この敷石はもともとひさしからはみ出ていて、風で落ちたのだと思います。もしくは当時、ちょうど誰かがひさしの上で物を動かして、縁に立て掛けてあった敷石をうっかり触ってしまったか。建物の上から敷石を落とすなんていう計画的な殺害方法があると思いますか？　聞いたことありませんよ。それに見たところ、敷石は三十キロぐらいあって、普通の人間ならちょっと持ち上げるのも一苦労です。そんな物を持ち上げて落とせますか？　しかも当てようとして当てられるものでもありません。胡海平がもう少し速く歩いて一階のひさしの下に来ていたら、石が落ちてきてビックリした程度だったでしょう。遅く歩いていたら、目の前に落ちたはずです。当たって死んでいなければ、その犯人を決して許さず、生きたまま皮を剝ぐぐらいのことはやったでしょう」

「そう、これは事故だ」意外なことに高棟はあっさり同意した。彼はわざとらしく声を張り上げ、周囲の警察官に聞かせた。「素晴らしい分析です。残りの仕事はだいたい、敷石がどうやって落ちたのかの調査だが、それは県公安局の仕事だから、私たち市公安局は参加したくてもできない。ああ……それと、これは事故だから、真相を知らない一般人が王宝国《ワン・バオグオ》事件と結び付けないようにするんだ」

陳は驚きの表情で高棟を見た。高棟がこれまでこれほど軽率に事件を定義したことなどなかったからだ。だが思い直し、すぐに意図を理解した。

長年、高棟の下で監察医として働いている陳は、捜査における重要性と緊急性の割合を熟知していた。王宝国事件に解決の目処が立っていないいま、人民法院の裁判長まで殺されたとあっては、高棟が重い責任を負うことになる。

だからいま最も重要なことは、胡海平の死と王宝国事件を早急に切り離すことだ。

胡海平が本当に何者かに殺され、二つの事件に関連があったとしても、いまは結び付けられず、事故として処理しなければならない。

それに陳自身、この事件は喉を掻っ切るという手口を使った王宝国事件と少しも似ておらず、明らかな事故だと考えていた。

監察医務院で高棟は接合された青い敷石の前に無言で立っていた。長い時間が過ぎ、彼はそばにいた陳に声を掛けた。「敷石が何階から落ちたか特定できましたか?」

「まだです。でも明日には結果が出るはずです」

「敷石のサイズと重さは?」

陳は報告書を読み上げた。「縦八十五センチ、横六十一センチ、重さ三十一・五キロです」

高棟がうなずく。現在明らかな点は、胡海平が何者かに殺された場合、犯人はひさしの上から敷石を落としたのであって、窓の内側からでは不可能だということだ。

重さ三十キロ以上の敷石は、持ち上げるだけでも困難だ。それに窓の外には約一メートルのコンクリート製のひさしが取り付けられている。敷石を持ち上げて一メートル以上放り投げるのは一般人では到底不可能で、できるのはポパイぐらいだ。

「敷石の側面にあった接着剤の跡は、建物の外のひさしに固定するためのようですね」

「明朝、もう一度調べに行きます」

「そうだ。この敷石がもともと一枚じゃないことに気付きましたか？」

陳は敷石に顔を寄せ、両面を細かく観察した。「よく見ていますね。敷石はもともと四片でした。いくつかの亀裂はどれも裏まで貫通しているから、四片の石は建築用の接着剤でくっつけられていたのでしょう。補修で使うタイル用接着剤だと思います。石材を接合するのに使われる、強度が高い接着剤です」

タイル用接着剤で固められていたことで、敷石は地上落下時にいくつかに割れたが、多くのつなぎ目は割れることなくまだ接合されたままだ。

「他にもう一つ。敷石は青色ですが、片方はカーキ色にペイントされています」

「そうですね。それが何か？」

高棟は苦しそうに頭を振った。「今の状況から見て、いくつか疑問点があります。一つ目は、あのマンションにどうして石灰岩の敷石が突然現れたのか？　二つ目は、敷石は何のためにあったのか？　三つ目は、敷石に塗られた接着剤の意味は？　四つ目は、敷石はどうしてもともと切断されていて、そして誰がタイル用接着剤で一枚に組み合わせたのか？　五つ目は、敷石の片側にペンキが塗られているのはどうしてか？」

陳が慎重な口ぶりで尋ねる。「事故ではなく事件と疑っているのですか？」

高棟は顔色を変えず、「陳さんは？」と言って見つめた。そして平然とした様子で笑った。「王宝国事件は批判の的になっています。これで胡海平が死んだとあっては、公には事故としか言えませんよ」

「私の見解はこれまでと変わりません。こんな殺害方法はいままで聞いたこともありません。ターゲットが建物の下に来たとき、マンションの上から重量物を投げて潰し殺すなんて。こんな手口は不確実性が高く、成功率が低過ぎて、失敗したら大変なことになります」

「しかし他殺でないとしたら、この敷石には疑問点――いや、いまはまだ疑問点とは言えないから、普通とは異なる点――が多過ぎます。植木鉢や灰皿が落ちてきて、たまたま胡海平に当たって死んだとしたら、事故の特徴と完全に一致するので納得がいきます。でも凶器が大きな敷石なら、それはどこから出てきたのか？」

陳は咳払いして反論した。「しかし、本当に何者かが敷石を投げて胡海平に当てたとして、そんな技術を持っている人物がどこにいるというんです？　敷石には落下時間があるんです。標的にうまく当てられる保証は？　敷石の幅は六十センチ余り、落下時は水平とは限りません。普通は重い方が下になりますから、敷石は斜めに落下したはずで、垂直投影した幅は四十センチ程度だと思います。つまり胡海平は敷石に当たった瞬間、ちょうどその幅四十センチの狭いエリアに寸分違わず立っていたということになります。四十センチから前に出過ぎていても後ろに下がり過ぎていても当たりませんし、当たっても必ず死ぬわけではありません」

高棟は仮説を立てた。「それなら簡単です。犯人が上から『胡裁判長』と声を掛けたら、胡海平は自然と足を止めて、反射的に見上げるでしょう。そうすれば落とした敷石はちょうど頭部に命中します」

陳は高棟がこのような「キテレツ」な犯罪のアイディアをひねり出せるとは考えたこともなか

った。その仮説はあり得るが、その光景を想像するととても滑稽に思えた。そんなシーンは現実ではなかなか起こり得ない。

そして高棟自身が首を横に振り、自分の仮説を否定した。「いまのも確実じゃない。マンションの上から誰かに呼ばれたら、きっと数歩後ろに下がって上を見上げるはずです。ひさしの手前からは上が見えないのだから。その上、『胡裁判長』と声を掛けても、胡海平が絶対足を止めて見上げるとは限らない。いまは推測でしかないから、明日の調査結果を待ちましょう。ただ、この件が事故であればいいいんですが」

天井を見上げた高棟は少しばかり疲労を覚えた。

12

朝一時間目の授業――理系クラスの物理の授業を終わらせた顧《グー・ユエン》遠は職員室に戻り、隣に座る理系クラスの担任に聞いた。「魏《ウェイ》先生、陳《チェン・シアン》翔は今日登校していないんですか?」

魏は四十歳過ぎの女性だ。彼女は眉をひそめて肩を落とした。「顧先生は昨晩いらっしゃらなかったからご存じないんですね。昨日の午後、陳翔は早退して家に帰り、夜に派出所に連れて行かれたんですよ」

「えっ?」そばにいた、事情を知らない数人の教師もやって来た。

魏は沈痛な面持ちで話を続ける。「陳翔が何をしたのかは分かりませんが、昨晩、城管隊と揉めたんです。そのリーダー格に噛み付いてけがをさせて、派出所に連れて行かれ、まだ捕まったままです。昨日だいぶ遅くに派出所から電話があって、事情を説明されました」

　顧遠は話を急かした。「陳翔はいまどこにいるんですか？」

「まだ派出所にいます。劉先生が今朝派出所に行きましたので、詳しい状況は戻ってきてから分かると思います」彼女が言う劉先生とは、二年生の学年主任だ。

　顧遠は気分が沈んだまま職員室を出て、授業棟下の人けのない場所まで来ると携帯電話を取り出した。思案したが、警察に葉援朝《イエ・ユエンチャオ》の通話履歴を調べられた際、自分の存在に気付かれてはいけないので、葉には電話をしなかった。しばらくためらってから、彼は派出所の電話番号を押した。「もしもし、葉援朝のおいの顧遠ですが、おじはいますか？」

「はい、顧先生ですか？　葉叔《イエさん》は会議中ですが、どうしました？」

「李《リー》さんですか」顧遠は相手の声から判断した。派出所には何度か行ったことがあるので、顔見知りの警察官が数人いる。

「実はですね、私の生徒が昨晩捕まったそうなのですが、いまどうしているのかお聞きしてもいいですか？」

「陳翔は先生の生徒なんですか？」

「はい」顧遠は焦燥にかられて返事した。

「彼はまだ奥の留置場にいますよ。さっきそちらの先生が一人来ていました。あの生徒は本当に怖いもの知らずですよ。昨晩、一人で城管隊と揉めて噛み付いたんですから」

「いつになったら出られるんですか？」

「いまのところはなんとも。大したことないとは言えない事態ですし――」

顧遠は焦るあまり、話をさえぎった。「噛んだのであれば、治療費を払う以外どうすればいいんですか？　彼はまだ高校生なんです。見逃してもらうわけにはいかないんですか？」

「誰に噛み付いたか知っていますか？　城管局の副局長ですよ」

「えっ」顧遠は陳翔が巻き起こした騒動がそこまで大きいとは思わず、続けて質問した。「ひどいけがを負ったんですか？」

「ひどいもんですよ。耳がもう少しで噛み千切られるところだったと。血もたくさん出て、まだ病院にいます」

「どうして城管に行ったんですか？」

「言ってみれば、その生徒の衝動的な行動です。昨日午後、城管が街で違法な移動販売を取り締まっていたところ、塩水鶏を売っていた彼の母親が捕まって、屋台も没収されそうになりました。そしたらその母親が、屋台を引いて逃げた弾みで転んで手にけがを負い、結局屋台も没収されたんです。夕方、家から電話を受けた陳翔は学校を早退し、事情を知ると家族に黙って城管のところへ行き、屋台を取り戻そうとして城管隊と衝突したんです。そこにいた副局長が仲裁に入ったら、陳翔に耳を噛み付かれたというわけです。引き剝がしたときには耳が頭の横にぶら下がっていて、もう少しで落ちるところだったと」

顧遠は息を吞んだ。「陳翔にはどういう処分が下されるんでしょうか？」

「まだ分かりません。身分証を確認したら、彼は今年で十八歳でした。城管からは、我々に刑事事件として処理するよう求められています。器物損壊、政府機関の通常業務の妨害、公有財産の奪取、そして傷害罪ですね。とは言っても一中の生徒ですし、向こう見ずで世間知らずな若者ということを考慮して、主に教育を受けさせればいいと考えています。だから、いったん県公安局に報告して、見解を待っているところです」

顧遠の体がたまらず震え出した。器物損壊、政府機関の通常業務の妨害、公有財産の奪取、傷害罪、どの罪名も陳翔という子どもの一生を変えるには十分過ぎる。

顧遠には陳翔の気持ちが分かった。屋台が没収され、母親が逃げる途中に転んでけがをしたと知り、あの世事に疎く真面目な生徒は思春期のホルモンに刺激され、単身で城管隊に立ち向かい、屋台を取り返そうとしたのだ。城管隊がやすやすと屋台を返すはずはなく、拒否したに違いない。両者は最終的に口論になり、それから本格的なもみ合いになった。一人のか弱い高校生が大人の集団を前に、頭を働かせることなどできようか。そのとき、人間の本能的な動作である「嚙み付き」が出た。不幸なことに、彼が嚙み付いたのが、他でもない城管隊の副局長だった。

結局のところ、これは少年による一度の突発的な行動にすぎない。若い頃は誰もが前のめりになる。だが陳翔は戦う相手を間違えていた。相手は彼では到底太刀打ちできず、彼より百倍すごい人間だったのだ。

しかし、少年による単なる一時の衝動のせいで、彼が思い描いていた将来が台無しになるのは、理屈に合うだろうか？

顧遠は心を痛めた。罪を犯しているときには痛まなかったのに。殺人決行中、落下する敷石が胡海平《フー・ハイピン》の頭頂部に赤い花を咲かせたときですら、何の憐憫の情も湧かず、心がざわめくことも全くなく、驚くほど冷静と言ってもいいほど、その静けさの中でわずかな快感を味わった。

だが、自分の生徒の身に事件が降り掛かったいま、彼は突然支えを失ったあの敷石が重力に従って真っ直ぐ落下し、たちまちのうちに砕けたような気持ちになった。

顧遠は世間が言うところのいい人ではないが、いい先生だった。

顧遠は少し間を置いてから口を開いた。「李さん、ありがとうございました。おじが戻ってきたら、電話するように言っておいてくれませんか」

「分かりました。しかしこの件は葉叔《イエさん》も力になれないだろうから、そちらの学校の上司と相談して、教育局を通して公安局と県の上層部と話し合って、便宜を図る方法がないか調べた方がいいですよ」

「はい、ありがとうございます」顧遠は疲労感を覚えながら電話を切った。

学年主任の劉が帰ってきていた。彼は職員室に入るなり、顧遠と魏から質問攻めに遭った。

「劉先生、派出所は何と？」

劉は苦々しい表情を浮かべた。「まずいことになりました。陳翔が昨晩、城管の副局長に噛み付き、軽症を負わせました。派出所が言うには、陳翔は十八歳になったばかりだから、その……傷害罪で逮捕されるということにもなりかねません」

顧遠が差し迫った様子で聞く。「何か他に手はないんですか？　彼はまだ高校生です。普段真面目だったことは、教師全員が知っています。昨日はきっと子どもゆえの一時的な衝動に駆られてのことだったのでしょう。劉先生、ぜひとも何か良い方法を考えていただくようお願いします」

魏も訴える。「そうです。陳翔はずっと成績優秀で態度も良くて……もし捕まりなんかしたら、あの子の一生がめちゃくちゃになります」

他の教師も次々に同調する。劉は彼らをなだめた。「まずは落ち着いて。この件は私たちでは手の打ちようがありません。校長に県の上層部と折衷案を出してもらうしかありません。校長は今朝教育局に行ったので、帰りを待ちましょう」

そのとき、守衛から電話があり、陳翔の母親が校門にいて、中に入りたがっているという連絡があった。

職員室に入ってきた陳翔の母親は、たまらず泣き出した。「魏先生、顧先生、息子は……息子は出られるんでしょうか？」

顧遠が尋ねる。「派出所に行ったんですか？」

「行きました。でも数分間しか会えず……逮捕すると言われました」

顧遠は彼女をなだめながら座らせた。「お母さん、焦らないでください。この件は学校がきっと解決策を出してみせますから」

陳翔の母親は胸を叩きながら泣き続ける。「全部私が悪いんです。叔父に電話させなければよかった。城管に没収されたのなら、しょうがないんです。あの子は学校でしっかり勉強してくれればそれでいいのに、早退してきて、それで昨日、黙って家を出たので、てっきり学校に戻ったと思っていました。それなのに……まさか……」彼女は大きく咳き込んだ。

授業の終わりを告げるチャイムが鳴った。騒がしい職員室はすぐに生徒たちの興味の的になった。顧遠は慌ててドアを閉めたが、生徒たちはさまざまなルートですぐに陳翔のことを知ったのだった。

教師たちは陳翔の母親を精いっぱいなだめ、学校側がどうにかして陳翔を助けてみせると言い、家に帰って知らせを待つよう促した。

陳翔の母親が出て行ってから数分も経たないうちに、校長の蔣亮《ジアン・リアン》が職員室に入ってきた。

教師全員が彼を取り囲み、陳翔の状況を矢継ぎ早に聞く。

蔣亮は咳払いし、厳格にこう言い放った。「けしからん、全くけしからん。我々一中の生徒がこんなことをするとは、恥さらしもいいところだ」

校長の第一声のトーンに教師たちは身を震わせた。魏が恐る恐る尋ねた。「校長先生、陳翔には……どういった対応をするおつもりですか？」

「対応なんかあるわけないでしょう」蔣亮は魏に目を向け、それから教師たちを見回した。「高校二年生がこんなことをしでかしたという事実を、教員全員にしっかり反省してもらいたい。今朝、教育局のトップと解決策について意見を交わしたが、最も良い方法は、いますぐ陳翔を除籍し、その後の対応は公安に任せ、学校は二度とこの件に介入しないということだ」

顧遠が直ちに反論する。「でも彼はうちの学校の生徒ですよ」

蔣亮は気にも留めずに言う。「刑法に反した生徒が我が校で授業を受けることなど、絶対にあってはならない」

顧遠は陳翔のために弁解した。「若いだけなんです。若者には過ちを反省する機会を与えてやるべきです」

「だがその過ちの度が過ぎている。それにもう十八歳なのだから、自分の行動に相応の責任を負う必要がある」

顧遠はほとんど懇願するように言った。「校長先生、学校側が彼を見捨てたら、彼の一生が台無しになります。彼が成績優秀で素行も良いのは、教師全員が知っています。来年の全国高校生コンテストできっと入賞し、清華や北大も夢ではありません。学校に栄誉をもたらしてくれます」

「ふん」蔣亮は冷たく笑った。「成績の良い生徒は罪を犯していいと？　そんな生徒、学校に栄誉をもたらすどころか、学校の名前に泥を塗ります。分かりました、教務グループは午後もう一度会議して話し合いましょう。しかし陳翔の除籍は絶対です。これに関しては異議を差し挟む余地もありません」

顧遠は決死の形相で歯を食いしばり、怒りのあまり大声で怒鳴った。「地獄に突き落とすってことですか！」

この言葉に、外で盗み聞きしていた生徒たちも含め、職員室全体がしんと静まり返った。蔣亮は言葉を発さず、ただ怒気を込めた目で顧遠をにらむ。教師たちはうろたえながら彼ら二人の成り行きを見守った。

顧遠は鼻をフンと鳴らし、職員室のドアを開けた。ドアの外でたむろしていた生徒たちが気まずそうに彼を見つめる。顧遠は何も言わず、無機質な表情で野次馬をかき分けて出て行った。

そのまま顧遠が階段を下りていくと、空気がようやく再び動き出したかのように、数人の勇気ある男子生徒たちが口々にこうつぶやいた。「顧先生は本当の男だ」「顧先生は偉い」

最初は小さく抑え気味だった声はたちまち大きくなり、男子も女子も大声で叫び出した。リーダー役の生徒の掛け声の下、生徒の集団はすでに授業棟の下にいた顧遠に向けて声を揃えてこう叫んだ。「顧先生最高」

振り返った顧遠は彼らの姿を認め、ため息をつき、気分がふさぎ込んだままグラウンドへ歩いていった。

職員室に残った教師たちは外の生徒たちの歓声を聞きながら、生きた心地がしなかった。彼らは口々に蔣亮をなだめ、顧先生はまだ若く、いつも生徒たちと距離が近くて仲が良いから、一時の感情に任せて校長に当たってしまっただけだと説明した。

授業を始めるチャイムが鳴ったが、顧遠はまだ一人でグラウンドにいた。この時間帯は文系クラスで物理の授業があったが、全く気が乗らなかった。どのみちきっと他の教師が代講してくれるはずで、今の彼は一人で静かに過ごしたかった。

蔣亮、お前はそれでも教師か？

顧遠は心中に例えようがないほどの怒りを覚えた。

トラブルに巻き込まれた生徒のために助ける方法を考えるどころか、真っ先に追い打ちをかけるように生徒を除籍し、完全に警察に処分を委ねようとするなんて。一見、正しい態度に見えるが、実際は単なる責任逃れだ。こういった人間は根っからの公務員気質だ。面倒事は少ないに越したことがないと思っているだけの、他人の人生など最初から顧みる気もない官僚だ。

一人の生徒が、たった一度の喧嘩で一生を棒に振らなければならないのか？

そうあるべきなら、どうして前回、副県長の息子がチンピラを集めて殴り合いをし、大勢の人間にけがを負わせて社会に悪影響を出したのに、単なる訓告処分で済ませた？　それが公平か？　それが省級特進校のあるべき態度か？

陳翔は日頃からわきまえた生徒だった。大きな辱めを受けなければ、逼迫した家計のことが頭によぎらなければ、母親が逃げる途中にけがをしなければ、どれほど度胸があっても揉め事を起こす気にならなかっただろう。

彼のような生徒を除籍し、あまつさえ刑法の審判を受けさせようというのか。

なんて校長だ、大した奴だよ蒋亮、お前は。

顧遠の瞳に冷たい光が走った。

蒋亮がこういうことをするのは今回が初めてではない。顧遠には記憶があった。

学校の教師が陰で話す蒋亮の評価も良くない。

蒋亮はもともと浙江師範大学の講師で、在職中に学生と付き合い、妻と離婚してその学生と結婚した。一九九〇年代ではこのことがとてつもない不名誉なこととされたため、当時の大学のトップから、講師としてふさわしくないと判断された。彼はつてを頼りに、最終的に寧県の高校教師として配属された。立ち回るのがうまく、上役の顔色をうかがうのに長けた彼は、とうとう寧県一中の校長になった。

彼の風紀が乱れているという噂が流れ、校長になってからも下世話なニュースがしばしば舞い込んだ。また、教育部門の審査認可資金に手を付けていると指摘されたこともあり、上層部に訴えた者もいた。しかしいずれも彼に握り潰された。彼は県の上層部との関係を上手に取り扱い、寧県一中の生徒が高考（全国統一の大学入試）で優れた成績を何度も上げていることもあり、同地の教育界で日の出の勢いとなった。だが彼が学校事務に取り掛かるときは、いつも官僚的な観点で問題を解決するのだった。このようなやり方で多くの教師の不満を招き、何人もの優秀な教師が彼と口論した挙げ句、怒りに駆られて他の学校に転職した。

顧遠の脳裏に焼き付いているシーンがある。仕事を始めたばかりの頃、彼のクラスの高一の男子が、規則に反した補講に不満を持ち、校長のメールボックスに投書を送り、幼稚にもマスコミに報道してもらうと書いたことで、蔣亮は彼を除籍しようとした。男子生徒は己の軽率な行為に反省と謝罪を繰り返し、授業を担当する教師たちもとりなしたが、蔣亮は校長である自分のメンツを一番に考え、見せしめにすると言って聞かず、自分の主張を決して曲げなかった。

このことは大勢の教師の不満を招き、みなその生徒に同情した。結局、多方面の努力によって、その生徒は退学処分になったものの学籍は残り、調査書にも処分を受けた記録は残らなかった。幸い、彼は第二中学校に移ってから、自らの努力で浙江大学に合格した。

当時の蔣亮の冷酷さは、顧遠の記憶になお新しい。

だが、いま解決すべき問題は、どうやって陳翔を救い出し、学校に戻して勉強を続けさせるかだ。

熟考の末、顧遠は二つの手段があるという結論を出した。

一つ目は、自分が校長に頭を下げて自らの誤ちを認めて謝罪し、蔣亮に県の上層部との間を取り持ってもらい、事態を沈静化させること。

二つ目は、県外のメディアにこの件を報道させ、寧県に圧力をかけることだ。どうせこの件は百パーセント、城管側が先に手を出したに決まっている。でなければ陳翔がどうして人の耳に嚙み付くのか？　だが、顧遠はこの方法では不確実だと思い直した。まず、メディアが報道したがるか不明だ。それに、事態は切迫している。メディアが来たとき、陳翔がすでに法に則って収監されていた場合、記者がインタビューをしたところで、県の各部署はいずれも体裁を保つためにきっと口裏を合わせ、陳翔が先に手を出したと言うに違いない。そのときにはもう救出できないどころか、重い刑を下されてしまう。

他の方法を探さなければなさそうだ。

考えていたところ、向こうから曾慧慧《ゾン・フィフィ》がやって来た。彼女が口を開く前に、顧遠は苦笑いし、「そうだな。授業に行くよ」と言った。

「授業に連れ戻しに来たわけじゃありません」

顧遠はまばたきした。「じゃあ何しに来たんだい？」

「クラスメイト全員、先生を応援してます。先生は勇敢に――」

顧遠は手を振って彼女の話を制した。「分かった分かった。短絡的な行動を取ってしまって、手本になれなかったな。君たちには俺のようになってほしくない」

曾慧慧は少し頬を赤らめ、うつむいて小さな声で言った。「先生の気持ちはとても分かります。私に……お手伝いできることがあるとしたら？」

彼女の意図を推し量った顧遠は眉をひそめた。二人きりでいるときに曾慧慧が発する、あってはならない感情をますます鬱陶しく思った。

顧遠はため息をつき、授業棟に向かった。「手伝うってどういう風に？」

曾慧慧は彼の隣でつぶやいた。「父が公安局の治安副局長ですから、陳翔のことを解決する方法があるかもしれません」

顧遠は曾慧慧の父親が公安局の幹部だということは知っていたが、副局長だったとは初耳だった。彼女の父親は陳翔の件に関して口を出す権利を持っているはずだ。しかし顧遠はこの大人の世界の出来事に生徒を巻き込もうとはこれっぽっちも考えていない。曾慧慧の父親に力添えを頼むということは、今後は学校で彼女に目をかけなければいけないということではないのか？

顧遠はそんなことを望んでいない。全ての生徒は平等であり、親の肩書きによって地位を決めることがあってはならないというのが彼の理念だ。

彼はきっぱり断った。「その必要はない。もう一回、校長と話し合うさ。この件は君らのような年齢の子どもが関わるべきじゃない」

「もう子どもじゃありません」曾慧慧が意地になって反論し、一瞬、顧遠に視線を向けるとまたすぐにうつむいた。

顧遠は見ていないふりをして、ただ笑って首を横に振った。

「本当です。父がきっと何とかしてくれるはずです」

「分かってる。でもこれは大人の話だ。君はまだ高校生なんだから、あまり多くのことに首を突っ込まなくていい」

曾慧慧はいきなり急ぎ足になり、顧遠の前に立ちはだかって彼を見つめた。「先生、いい加減、私は教師で君は生徒という目線で私を見るのはやめてもらえないですか？」

顧遠は呆れた。「じゃあどういう目線ならいいんだ？」

「友人です」曾慧慧は少しためらって、「とても仲の良い友達という目線で」と言った。

顧遠は相手の視線を回避し、言った。「俺はずっと君たちを友達だと思ってるよ」

彼は曾慧慧を避けようとそのまま前へ歩いた。

曾慧慧は大声で言った。「友達なら助け合うべきです」

顧遠は足を止めた。

曾慧慧は逡巡し、また口を開く。「陳翔の件を父に頼もうと言ったのは、先生の……先生のためだけじゃありません。陳翔は理系クラスでも成績がトップです。助けられなければ、彼が長年勉強した努力が無駄になります。先生は彼に、学校に戻ってきてほしくないんですか？」

顧遠はうなずき、長いためいきをついた。「俺も戻ってきてほしいと思ってるよ」

「先生が私たちに、こんな年で社会の現実にあまり触れてほしくない気持ちは分かります。でも他に方法はありますか？　自分の生徒のために校長先生に逆らえる先生がいるのなら、その生徒だって同じです。役に立てるときに指をくわえて傍観してろって言うんですか？」

顧遠は考え込んだ。一番大切なのは、一人の人間の将来だ。ここで力が及ばず陳翔を助け出せなければ、彼は永遠に自分を許せないだろう。葉家のため、彼は命の危険を冒して犯罪に手を染めた。いまは生徒のために、ルールを曲げて格好がつかなくとも、大したことないのではないか？

顧遠は深呼吸した。「家はどこだった？　必要なら今後、お父さんにあいさつしに行くかもしれない」

「皇朝花園《ホアンチャオホワユエン》です」

「皇朝花園？」顧遠は沈孝賢《シェン・シアオシエン》一家もそこに住んでいることを思い出した。

曾慧慧は当然、顧遠がこの瞬間にも今後の犯罪計画について考えを巡らせていたことなど知る由もなく、ただ話を続けた。「今日帰ったら父に聞いてみます。いつ来られるか、先に教えて下さい。父に早めに帰宅するよう言っておきますので」

顧遠は曾慧慧に礼を言い、考え事を抱えながら授業に戻った。本当に自分の生徒の父親を頼る必要があるかどうか、彼はまだ完全には決めかねていた。

13

昼間、監察医の陳《チェン》が高棟《ガオ・ドン》の事務室の前まで来ると、中で高棟が県公安局の人間と会議をしているのが見えた。出直そうとする陳を、高棟が呼び止めた。高棟は県公安局の人間を退室させ、ドアを閉めてから陳に座るよう促すと、すぐに質問した。「朝現場を見て、どうでした？　他殺と事故、どちらだと思います？」

「朝の調査から言うと、基本的に事故だと断定できる可能性が高まりました」

高棟は渋い顔をした。「詳しく説明してください」

「五階の廊下の窓から、四階の窓際に設置されているひさしの上に立ってみたところ、そこの一番外側に、石灰岩の敷石と同じ長さの接着剤が塗られているのを発見しました。敷石はもともとそこに固定されていて、接着力が弱くなった結果、敷石が落下し、たまたま胡海平《フー・ハイピン》に当たったのだと判断しました」

「じゃあ敷石の片面に黄色いペンキが塗られていた理由は？　それに、もともと四つだった敷石がタイル用の接着剤で一つに組み合わされていたのは？　この二つについてどう解釈します？」

「県公安局の刑事捜査隊が敷石の所有者を捜査中です。その人物を発見次第、答えが出ると思います。その後の賠償問題も解決しますね」

高棟は首を横に振る。「この件はおそらく簡単にはいきません。敷石を置いたのは自分だと名乗り出る人間がいますか？　昔、上から落下してきた灰皿に当たった通行人が植物状態になったというニュースを見たことがあります。事件後、家族と警察が建物の住民全員に聞き込みを行いましたが、灰皿を落としたと認める者は一人もいなかった。それに、科学的知識に疎い現場の野次馬が、割れた灰皿の破片を素手で集めて警察に寄越したものだから、持ち主の指紋を特定できませんでした。こういった事件は永遠に答えが出ないものです」

「灰皿は多くの家庭にありますから、持ち主が見つからなくても不思議ではありません。しかし、あの敷石の持ち主は見つかるはずです。表面の接着剤はきれいで、かびてもおらず、最近設置されたことが分かります。数週間か、長くても一、二カ月前でしょう」

「接着剤から、敷石が置かれた具体的な日時を特定できますか？」

陳は首を横に振った。「無理です。接着剤は一旦空気に触れると、二十四時間以内に化学反応が起きて完全に固まります。物質の余剰な成分を分析して判断が可能な、長期的に進行する遅効性の化学反応とは違います」

高棟は少し深刻そうな顔になった。「敷石の設置時期が分からなくて、持ち主をどう見つけるんですか？」

「敷石は非常に重く、持ち運ぶのが大変です。持ち主は運んでいるとき、何者かに目撃されたか、住宅区内の防犯カメラに撮られているはずです」

高棟は押し黙った。「ひさしには接着剤以外に何かありましたか？」

「何もありませんでした」

高棟は椅子にもたれ、目を閉じてしばらく考えてから、目を開けて質問した。「あの敷石はとても分厚いので、地面に直接立てても非常に安定すると思うのですが？」

陳は意図がつかめず、ただうなずいた。「そうでしょうね」

「接着剤で敷石をひさしにくっつけたのは、敷石をさらに安定させるためでしょうね？」

「そうですね」

「そちらの結論としては、昨晩、胡海平が帰宅したとき、たまたま風が吹いて敷石が彼の頭に落下したということですね？」

「はい……我々の推測はそうです」

「分かりました。じゃあもし昨晩、敷石とひさしの接着剤が剝がれたとして、つまり敷石がひさしの上に直接立っていたとしたら、どのくらいの風がどの方向から吹いて、敷石にどれほどの力が加われば落下するか計算してみましたか？」

陳は面目ないという表情を浮かべた。「それは力学関係の専門家に計算をしてもらう必要があると思います」

高棟は黙ってうなずいた。監察医が持っている力学の知識は、凶器の特定などの分野に限られていることは分かっていた。

「まだ調査が必要です。この程度では全然足りません」

「分かりました。もう一度現場に向かいます」

「現場に見張りは？」

「派出所の警察官が二人、ずっと建物のそばで見張っています。住民以外、部外者はしばらく立ち入りできません」

高棟は満足そうにうなずいた。「分かりました。午後、一緒に行きます」

「まだ疑っているんですか……」

「はい。普通の事故にしては出来過ぎているので。王宝国《ワン・バオグオ》の事件が起きてすぐに、胡海平が帰宅時に落ちてきた敷石に当たって死んだ。しかも検察院と人民法院という兄弟みたいな機関のトップ二人が。今朝、市公安局の局長と省の上層部から電話が来て、本件が王宝国事件と関係があるのかはっきりさせ、単純な事故なら、敷石を置いた人物を見つけ出し、実際の責任者の損害賠償方法を具体化してから人民法院に引き渡せと言われました。本件は上層部が重視しているので、私もおろそかにはできません。それに敷石には、他にも説明がつかない不審点がたくさんありません。問題はそう単純じゃなさそうです。まあ単なる考え過ぎで、普通の事故であってくれれば言うことないんですが」高棟は少し皮肉げに笑った。

胡海平の住んでいた住宅区は、多くの住宅区同様、警備員がチェックするのは出入りする車両だけで、歩行者や電動バイクはスルーだった。

高棟は私服姿で、張一昂《ジャン・イーアン》と数人の監察医グループと共に住宅区に入った。

昨日は夜遅かったため、現場の多くの状況をまだ細かく確認できていない。

住宅区はとても広く、東西南にゲートがあり、およそ千世帯が暮らしていて、建物はどれもエレベーター付きの中層型マンションだ。胡海平が住むマンションは中央にある。

高棟は、住宅区のゲート前に設置された防犯カメラや、区内の無数の防犯カメラに気付いた。

この住宅区は非常にまともなようだ。

高棟らはすぐに胡海平のマンションの下にまで来た。規制テープはすでに撤去され、現場には二人の警察官が見張りをしている。地面の血痕もほとんど掃除され、他の痕跡は指示通り手付かずのままだ。

高棟は当番の警察官二人に声を掛け、周囲に手掛かりがないか探しに行ったが、これといったものは見つからなかった。その後、彼は監察医の陳を引き連れマンションを上がった。

エレベーターが五階に到着すると、廊下に出た陳が窓を指差した。「敷石はこの外側に置かれていました」

高棟が窓の中央に取り付けられたクレセント錠を開け、窓ガラスを引いた。外のコンクリート製のひさしの一番端に、一筋の接着剤の跡がはっきり見える。長さも幅も敷石と一致している。

高棟が窓から這い出て、陳もその後ろに続く。

高棟は接着剤を凝視した。透明な接着剤には、かびも汚れも見当たらず、最近塗られたものであることが分かる。身をかがめ、ついでにひさしの縁から見下ろした。地面との距離は約十数メートルだ。下にいる警察官が彼を見上げている。

高棟は身をよじり、ひさしの他の部分を見渡した。二平方メートル未満の板の上には何もない。彼はこめかみを揉み、再びひさしの先から垂直に下を見た。数秒間にらんでから、高棟は眉を寄せると振り向いて陳に告げた。「下に行きましょう」

「何か発見したんですか？」

「ええ、そうかもしれません」高棟は言葉少なに四つん這いになって窓から廊下に戻った。二人はエレベーターに乗って三階に向かった。

「三階で何を？」陳は理解できなかった。敷石の割れ方から見て、落ちたのは三階からではない。ここからでは高さが足りない。

高棟は答えず、またもや窓からひさしに這い出ると、腹ばいのまま、しばらく注意深く観察した。それから立ち上がって、下にいる警察官に叫んだ。「車から巻き尺を持って五階に来てくれ」

高棟はまた這って窓から廊下に出て、五階に戻ると再び窓から外に出てひさしの上に立った。すぐに若い監察医が巻き尺を持ってきた。高棟は巻き尺を引っ張り、先端を下に投げて地面に到達させた。

「劉、近くの石に巻き尺をくくりつけてくれ」

下にいた劉がすぐに言われた通りにする。高棟は石をくくりつけた巻き尺を引っ張り上げ、それを五階のひさしの縁にくっつけ、石がくくりつけられている方を三階のひさしに垂らした。そして部下を三階に行かせ、巻き尺の着地点に印を書かせた。

作業が完了した後、高棟は巻き尺を巻き取って再び三階に来て、印からひさしの縁までの距離を測った。そして表情がさらに険しくなった。

「どうしたんですか？」陳には高棟の意図が測りかねていた。

「この件はおそらく事故じゃない、他殺だ」高棟が冷ややかに言い放つ。

「他殺？　しかし……どうやって？　こんな方法、成功するかどうか完全に運任せですよ」

高棟は首を横に振った。「犯人がどうやって敷石で胡海平を殺したかはまだ謎が残っています。しかしこれだけは言えます。これは他殺であって、決して事故ではありません」

高棟は少し間を置き、また話し始めた。「さっき細かく測りましたが、三階のひさしは五階のひさしより二センチ広いです。これで昨日の結論に疑問が生じました。敷石が風に押された場合、上の方からバランスを崩し、石全体が水平状態になった瞬間に、接着されていた下側がひさしから剥がれます。敷石は落下中、垂直方向の重力しか受けず、水平状態を保ったままです。三階のひさしが五階のものより二センチ長いのなら、敷石は先に三階のひさしにぶつかってから地面に落下するはずです。いま調べたところ、三階のひさしの縁にぶつかった跡は何もありませんでした。この点から、敷石は風で落下したわけではないと断定できます。今のところ、可能性は二つあります。一つは、何者かが敷石を押したことで水平状態にズレが生じ、落下中に三階のひさしに当たらなかった。もう一つは、敷石は五階から落ちたのではないということ。これら二つとも、これが事故ではなく、他殺だということを示しています」

「五階からではない？　しかしひさしの接着剤跡は敷石のものと一致していましたよ」

「犯人がわざと接着剤を塗って、敷石が五階から落ちたと思わせるようにしていたのなら？　他の階も見てみましょう」

六階に来た高棟は、またしてもためらうことなく窓から這い出た。そして、壁とひさしの境目に、妙な鉄片が刺さっているのに気付いた。

鉄片の長さは十センチばかり、先端に突起があり、全体の形は古い窓に使われているボルトのようで、中央に指先ほどの穴がある。

高棟は長いことそれをにらみつけてから陳を呼んだ。「陳さん、これ、何に使うか分かりますか？」

陳は体を屈めてしばらく観察したが、首を横に振った。「分かりません。見たことがありません。鉄板が加工されたもののように見えます」

高棟は眉間にしわを寄せた。「突然こんなものが出てくるなんてちょっとおかしいですね。後で写真を何枚か撮ってください」

高棟は次に、六階のひさしの横幅を測らせた。結果は、六階のひさしは下の五階のものより広かった。つまり、敷石が最初から六階のひさしの縁に立っていれば、風が吹いて落ちても下の階のひさしにぶつかることはないということだ。

高棟は敷石が五階から落ちたという仮説を排除した。いや、正確に言うと、敷石がもともと五階の縁にあり、風で落下したという仮定を排除したのだ。他殺だとすれば、犯人が五階から敷石を落としたという可能性もある。

しかし、壁とひさしの間に、奇妙な形状の鉄片が現れた。そして六階のひさしは下の階のものより大きい。

敷石は六階から落ちたのではないかと、高棟はふいに考えた。しかし鉄片と敷石にどのようなつながりがある？

本当にそうなら、犯人が五階に接着剤を塗った目的は、警察をあざむくためだったことが明らかだ。犯人は警察の目を何からそらそうとしたのか？　何を隠したのか？

この殺人事件において、犯人の無駄とも言える行為には常に動機と目的が潜んでいることを高棟は深く理解していた。

五階の接着剤がカモフラージュなのは確実だ。犯人は警察の注意力を五階に集中させ、他の場所を捜査させないようにした。

犯人はどうして五階を捜査させたがったのか。五階を調べても何も出てこないからだ。本当の手掛かりは他の場所にある。

この事件において、犯人は一貫して胡海平と接触していない。足跡や指紋、ＤＮＡといった手掛かりが見つからないのであれば、犯人はどのような手掛かりが警察に注目されることを恐れたのか。

犯罪におけるいくつかの基本要素を並べてみると、残った答えは一つだけ、犯罪に使った道具だ。

犯人は犯罪に使った道具を現場に残したに違いない。そして、犯人はそれを短時間で現場から回収できなかった。だから犯人は先に別の現場を捏造し、警察の注意を引き付けたのだ。

だが問題が三つある。第一に、敷石は本当に六階から落ちたのか？　第二に、犯人はどうやって敷石を落としたのか？　第三に、犯人は敷石を落下させれば胡海平を確実に殺せるとどうして分かったのか？

第三の疑問について、高棟は五階のカモフラージュからヒントを得ている。

五階の接着剤は犯行前に塗られた。犯人は即席で殺人を決行したわけではなく、計画的に行ったということだ。そして、殺害計画全体に万全を期していたということも意味している。犯人は機知に富み、注意深い人物だ。

そのような人物が、完全に運任せの方法で——上から重い物を投げて、下の人間を押し潰す——殺害を実行するわけがない。そんな方法は成功率が低いし、失敗すればたいへんな結果を招く。

犯人が殺害の成功に極めて強い自信を持っていたことは間違いない。高棟は口をすぼめながら、敷石が落下する当時のシーンを想像した。

殺害成功の条件は、胡海平がその位置まで来たとき、敷石がちょうど彼の頭上に落ちることだ。一つの可能性として考えられるのは、胡海平がそこに来た瞬間、何かに気を取られ、そこで立ち止まったことだ。別の可能性は、犯人が胡海平の歩行速度を把握しており、敷石の落下にかかる時間も計算していたことだ。胡海平が特定の位置を通過した瞬間、犯人は敷石を投げた。胡海平が前を歩き続け、敷石も落下し続け、彼がひさしの直前に差し掛かった瞬間、敷石がちょうど彼の頭上に落ちた。

高棟はこめかみを掻いた。二つ目の可能性は突飛に聞こえるが、よく考えるとあり得ない話ではない。

人間の歩行速度は時刻や周囲の状況によって異なるが、ほとんどの場合では一定だ。誰も気付いていないか、考えたこともないかもしれないが、事実としてそうなのだ。

帰宅して家の前まで来たときなどは特にそうだ。そのときには、考え事もしていないし、特に急を要することもない。しかも平らな道を歩いているのだから、歩く速度は毎回ほぼ変わらない。平らな道を歩くのと階段を上るのは違う。階段を上っているときは、気まぐれを起こして駆け上がるときもある。

高棟は仕事を終えて帰宅する自分をイメージした。車を地下駐車場に止め、車から降りてエレベーターに向かう。自分の歩くペースは毎回ほぼ一緒だ。

犯人がこれを利用してトリックをつくり、上から重たい物が落下して不幸にも死んでしまうという事故を偽装することは十分可能だ。

もちろんこれは可能性の一つだ。高棟はいまのところ、一つ目の可能性を排除することができない。

仮に二つ目の可能性が真実なら、犯人は十中八九、理工科出身だと判断できる。

高棟は優秀な学生だった。高校卒業からもう二十年経つが、速度と時間を計算する基礎的な物理学の知識はまだはっきり覚えている。

上空から敷石が落下する時間を犯人が計算しようとしていたら、重力と速度を考慮しなければならない。だがそれは簡単だ。中学生なら誰でも分かる。胡海平の歩行速度も簡単に測ることができる。マンションの付近に何度か潜んで、ストップウォッチを使うだけでいい。

把握しなければならない情報は限られているものの、本当に何者かがこの方法で殺害を実行したとすれば、高棟にとってそれは想定外だった。そんなことを考慮する犯人、見たこともなければ、聞いたことさえなかったからだ。

事件を解決する際、突飛な犯罪には突拍子もない仮説が求められる。しかも、高棟がこの仮説を出すきっかけとなったのは、五階の接着剤トリックを見破ってからの論理的展開であり、それにはある程度の合理性がある。

高棟は直ちに警察官に、各階をくまなく調査し、妙な物があれば一つも見逃さないようにと指示を出した。

しかし、数時間探し回っても、六階のあの鉄片以外、何も見つからなかった。

高棟は苦しげに息を吐いた。あの鉄片自体が手掛かりなのか？　だがどう見ても、鉄片と殺人事件の関連性を導き出せない。

やるせない気持ちになり、警察官に住宅区内全ての防犯カメラの映像を集めさせながら、引き続き、捜査員を派遣して事件のあったマンションの住民全員を一軒一軒調べていくしかない。その他、住宅区内の他の住民にも聞き込みをし、胡海平の交友関係の調査もすぐに始めなければならない。

王宝国事件から二週間も経たずに、今度は人民法院裁判長が死んだ。職務怠慢のそしりを免れるため、高棟は上層部に事故と報告するしかない。だが高棟の脳裏では、これが事故ではないことはすでに明らかだった。しかも、今回の犯人もおそらく手強い。

14

顧遠《グー・ユエン》が大勢の前で校長に歯向かったという噂はまたたく間に知れ渡った。

顧遠は穏やかな性格で、すぐに人と打ち解けられ、これまで損得勘定で動いたことがない。生徒だけではなく、ほとんどの教師とも良い関係だ。

彼が職員室に戻ると、他の階の職員室から教師が駆けつけ、冷静になって校長に頭を下げるよう忠告した。こういうことはさじ加減一つなので、適切な処理を怠れば、蔣亮《ジアン・リアン》から嫌がらせを受けないとも限らない。

顧遠はじっくり思案した。自分の将来など些細なことだが、このせいで校長の機嫌を損ねれば、最終的に害を被るのは陳翔《チェン・シアン》だ。蒋亮は面子を守るために陳翔の除籍をより頑なに主張するだろう。一旦、学校と陳翔の間に境界線が引かれれば、その後にやって来るのは司法による審判だ。そうなれば、陳翔の一生は根底から瓦解する。

腹をくくった彼は蒋亮に謝罪するとともに、陳翔のために説得しようと決めた。

若い顧遠が感情を抑えられなくなるのではと心配し、学年主任の劉が同行を提案する。しかし他人を巻き込みたくない顧遠は、彼の申し出を遠慮し、自分一人で行くと主張した。

校長室に入る前、彼は携帯電話の録音機能をオンにした。なんとしてでも蒋亮の手を借りたい顧遠だったが、承諾したあとで城管局の邪魔が入って前言が撤回されることを考え、証拠を残したかった。

校長室のドアの前まで来て、彼は中を覗いた。蒋亮はデスクに座って書類を閲覧している。

顧遠がドアを二回ノックすると、顔を上げた蒋亮は彼の姿を認めたが、無言で書類に目を落とした。

顧遠は慎重な足取りで部屋に入り、声を抑え気味に言った。「申し訳ございませんでした。朝のことは私が間違っていました。興奮し過ぎていまして、どうかご容赦していただけないでしょうか」

蒋亮はフンと鼻を鳴らすだけで答えなかった。

顧遠は気持ちを抑えて謝り続けるしかない。「よく考えてみて、校長先生の決定には筋が通っており、学校という立場から大局的に考えた結論だと思いました。私は問題を捉える視野が狭く、大変軽率な行動を取ってしまいました。月末の職員会議で反省の弁を述べますので、それでお許しいただければと思います」

　このような言葉が若い男性教師の口から出てくるのは、妥協の限界といえる。職員会議上で全員の前で自らの誤ちを認めることは、非常に不名誉なことだ。顧遠がこのように声を抑え気味にして謝罪することで、校長の威厳は保たれ、他の教師も校長に歯向かった結末を理解する。蔣亮から先ほどまでの不機嫌な気配が消え、怒りはほぼ収まっていた。彼はうんうんと首を縦に振り、顧遠に座るよう促す。

　顧遠は遠慮がちに椅子を引き、蔣亮の前に座った。

「君の気持ちは私にも分かる。陳翔は君の優秀な生徒だからな。私もわざと君に辛く当たって恥をかかせようとしているわけではない。分かっていると思うが、陳翔は君だけの優等生ではない。担任の魏先生も、学年主任の劉先生も、みんなあの自慢の生徒を守りたいのだろう？　ただ今回は起こした事態が大き過ぎて、収拾がつけられないんだ」

　顧遠は懇願してみた。「彼はまだ高校生です。今回の件は喧嘩として処理することはできないのでしょうか？　確かに公の場で起きたことですが、喧嘩として処理すれば観察処分だけで済んで、彼も助かります。彼に刑罰を科したいなんて、校長先生もそうお考えですか？　陳翔の家は貧しく、父親が数年前に他界し、母親一人で小さな商いをして家計を支えていました。彼は勉学に懸命に励み、将来は有名大学に合格し、素晴らしい門出を迎えられるはずでした。今回の件は、彼ら一家の将来を大きく変えることになるかもしれません」

「分かっている。私だって生徒を救いたいが、この件は私の手に余る。朝すぐに私が教育局に向かったのは君も知っているだろうが、教育部門は県内の他の執行機関より地位が低い。本件は教育局では手出しできず、最終的に県の上層部が決めることになる。どの道、教育局のトップから、本件に関して学校は口を挟まず、公安部門に任せろというお達しが出ている」

「では県の公安部門は基本的な方針を決めているんですか？」

蒋亮は首を横に振る。「まだない。最近、検察院検察長の王宝国と人民法院裁判長の胡海平が亡くなったのは知っているね？」

「聞いてはいます」

「そのため公安局はいま、手が回らないんだ。特に刑事捜査隊は毎日遅くまで働いている。本件は公安局に報告済みだが、最終的な判断を下すのが治安部門か刑事捜査隊か、まだ決まっていない」

「結論はいつ頃出るでしょうか？」

「おそらく何日も先になるだろう。城管側が意固地になっていて、公安部門に一刻も早く刑事事件として処理してもらいたがっているそうだ。紀委の人間が公安局に電話をかけて、刑事事件と定めるよう希望しているとも聞いている。最終的な結果は、私個人としては楽観視していない。だから私は君に、あまり思い詰めないようにと忠告したんだ」

今の話を聞き、顧遠の表情が固まった。「紀委？　この件がそこと何の関係があるんですか」

「それは私にも分からんよ。紀委の沈書記の意思だと聞いている」

沈　孝　賢《シェン・シアオシエン》だ。沈孝賢め、お前が支払うべき代償がまた増えたな。

顧遠は怒りをこらえて尋ねた。「この件はもう挽回のチャンスがないんですか？」

蒋亮は少し鬱陶しく思ったが、顧遠のすがるような目を見て、怒るのも大人げないと思って、ただ手を振った。「こういう状況なんだ。これも、私が朝教育局に行って、関係機関に再三問い合わせをして得た結果だ。生徒を除籍するのも、学校の利益のためを思ってのことだ」

「陳翔の除籍は一旦保留して、公安部門の最終決定が出てからにできませんか？」

「何かするつもりか？」蔣亮が顧遠をにらむ。

「おじが派出所に勤務しているので、挽回できる余地がないか聞いてみます」顧遠は非常に真剣に答えた。

蔣亮は鼻で笑った。「好きにしたまえ。除籍の件はそもそも、県の最終判断が出てからじゃないと決められないからな。ところで、前から聞きたいことがあったんだが、先週、クラスの生徒から靴をプレゼントしてもらったそうだね？」

顧遠は相手の意図が分からず、黙ってうなずいた。「はい」

「それは誰が企画したんだ？」

「それは……生徒が自発的に」

「それについてどう思う？」

「ど……どう思うとは？」

蔣亮が厳格な表情で言い放つ。「生徒の自発的な行動だとしても、授業中に靴を贈ったと聞いているし、しかもとても盛り上がったそうじゃないか。他の先生がどう見ると思う？　それに君のクラスの生徒は、三年生になっても君に担任になってほしくて、担任が交代したら集団で学校に抗議すると話していると聞いたが、これは本当か？」

顧遠は驚愕した。生徒たちの会話がどうして蔣亮の耳に入るのだ？　きっと教師の誰かが告げ口をしたに決まっている。どの職場にもそういうつまらない人間がいるものだ。彼は初耳という体を装うしかなかった。「その話は初めて知りました。もし本当なら、必ず生徒たちに指導を行います。そのような考えは絶対にあってはいけません」

顧遠が即答したのを見て蔣亮はうなずいた。「校内の人間はみんな、君の生徒への教育方針が比較的自由で開放的だというのを知っている。しかしそのような方針が果たして現在の体制下の中学・高校生に適しているのかどうか、私個人としては何とも言えない。物理教師である君が、三年生の文系クラスを引き続き担当するかどうかは、教務グループで話し合わなければいけない」

「承知しています。全て学校の指示に従います」

蔣亮は顧遠の態度に十分満足し、続けてアメとムチを使い分けようとした。「君は若く、考え方もはつらつとしていて、能力もある。これからも働き続けて、数年後に在職年数を満たせば、君が高級教師として選出されるよう、学校側が推薦するのは確実だと思う。あとでよく考えたまえ、一人の生徒のために余計な時間や体力を使わないことだ。君が受け持っているのは特進クラスなのだから、生徒が良い成績を挙げれば君個人のポイントにもなる。期待しているよ」

「分かりました。少し考えさせてください。今日はありがとうございました。他に何もなければ、仕事に戻ります」

蔣亮は黙ってうなずいた。

教職棟から出た顧遠の足取りはとても重かった。いまの謝罪で、学校側に陳翔のことで県と仲立ちさせることはできなかった。唯一の収穫は、陳翔の除籍を保留し、県の最終決定を待つと校長に約束させただけだ。

少し時間を稼ぐことができたが、陳翔の最終的な運命は公安側が立件するか否かにかかっている。

城管局、そして本件と無関係な沈孝賢は重い処分を望んでいる。陳翔の件でまだ転機はあるのだろうか。

人事を尽くして天命を待つというが、何か手立てがないものか。

顧遠の携帯電話に電話がかかってきた。派出所で葉援朝《イエ・ユエンチャオ》が使っている固定電話からだ。関連性を減らすため、二人は携帯電話で通話をしないという取り決めを交わしていた。

「何か用か？」

「うちの生徒が捕まったんだ」

「知っている、陳翔だろ。さっき李から、お前のところの生徒だと聞いた」

「ああ、陳翔はいまどうしてる？」

「大丈夫だ、しばらくは安心していい。掛け布団をあげたし、朝食も昼食も同僚が出前を取ってあげた。昨晩のことは彼一人の責任ではないとみんな思っているし、同情している」

「昨晩、いったい何があって事件なんか起きたんだ？」

「昨晩、陳翔が一人で、城管局の法執行隊のところまで、屋台とコンロを引き取りにやってきたんだ。本当に呆れた子どもだ。屋台一式はたかが一千元程度なのだから、わざわざ引き取りに来ることもなかっただろう。そして城管の当直員と小競り合いが起きて、取っ組み合いになった。そのとき、ちょうど職場に残っていた副局長が騒ぎを知って慌てて駆け付けてきて、陳翔が高校生だと知ると、冷たくあしらうことはせず、彼を帰らせようとした。だがあの子は屋台を引き取るの一点張りで、今度は別の人間とつかみ合いになった。その副局長は優しい性格だそうで、そんなに大勢で一人の子どもを取り囲んで何かあってはいけないと、すぐに喧嘩に割って入った。だがあの子は、混乱の中で殴りかかってくる者と仲裁している者の区別ができず、副局長の耳の半分を噛み千切る寸前までいってしまった。そして城管が陳翔を取り押さえて通報し、うちの所まで連れてこられたというわけだ」

「彼をそこから出す方法はあるのか？」

「彼が高校生であることを考慮して、治安管理処罰条例に従って、一日勾留して学校に返すつもりだった。だが城管局はそれを認めず、刑事事件として扱うよう求めた。この件はもう県公安局に報告してある。刑事捜査隊がいま多忙なので、立件されていないだけだ。刑事事件とみなされるかどうかは今のところ不明だから、派出所も彼を出すことができない」

「この件はおじさんを頼っていいのか？」

「安心しろ。全力を尽くして対策を考える」

顧遠は少し間を置き、質問した。「喫緊の課題は、城管局の手を緩めさせるってことか？」

「そうだな」

「陳翔の家族に連絡して、けがをした副局長にとりなしてもらうようにさせる。その副局長に、陳翔の家の経済状況が良くなく、一時の感情に流されたことを考慮してもらって、大目に見てもらおう」

「その副局長自身は、事の経緯を知ると、特に何かしようとは考えず、子どもの責任を追及するつもりはないと言っているそうだ。ただ城管局の他の人間が厳罰を望んでいるから、難しいことになっているんだ」

「県の紀委が厳罰を望んでいるって聞いたけど、そんなことあるのか？」

「俺も県公安局からそう聞いた」

「この件が紀委と何か関係あるのか？」

「俺も分からん。紀委が高校生の事件に首を突っ込むなんてと、みんな奇妙に感じている」

「県公安局の曾博《ゾン・ボー》は役に立つと思うか？」

「曾副局長？」葉援朝は質問を返した。「彼なら話を通せるはずだ。知り合いなのか？」

「生徒の父親なんだ。そうだとしたら、陳翔が早期釈放されるように今日あいさつに行くよ」

「ああ、こっちもいくつか手立てを考えてみる。情報が入ったらすぐに連絡するからな」

15

県公安局に戻った監察医の陳《チェン》は、早速高棟《ガオ・ドン》に状況を報告した。「現場と敷石の写真を浙江大学建築工程学院の力学実験室に送りました。さっき実験室から届いた暫定的な回答によれば、敷石が落下した高さは十五から二十五メートルの間で、正確なデータは現場で実験する必要があるとのことですが、やる必要はありますか？」

高棟は少し考えた。「彼らを現場に呼んだ場合、いくらかかります？」

「千、二千元ぐらいです。うちとその大学は長期プロジェクトの提携をしていますので、払うのは交通費だけです」

　高棟は了承の態度を取った。「分かりました。では手配してください。それから県公安局に清算してもらうよう、江偉《ジアン・ウェイ》にサインを書いてもらってください」

「そういえば、先ほど江副局長が探していました」

「じゃあ来るように言ってください」

　陳が退席して間もなく、江偉が部屋に入ってくるや、いきなり口を開いた。「ご自分で現場を調査したそうですが、どうでした。事故でしたか？」

　高棟は眉をひそめ、直接答えずに質問を返した。「王宝国《ワン・バオグオ》事件の捜査に進展はあったか？」

　江偉は難しそうな顔で首を横に振る。「聞くべき対象者にはみな話を聞き、王宝国に恨みを持つ人物についても聞き出しましたが、調査の結果、犯行の線は消えました。当日夜は停電していたため、予備電源がある付近の防犯カメラの映像も真っ暗で、どれも使い物になりません。加えて路上には通行人がほとんどおらず、周辺の聞き込み業務も進展は見られません。いまだにこのような状況です」

　高棟は深い溜め息をついた。「本件はこのままだと迷宮入りになる。手をこまねいていればいるほど、小さな糸口を見つけられたとしても、当日の状況を把握するのは難しくなる。なんとかして別の方法を思い付かなければ」

「何かお考えがあるのですか？」

　高棟は首を横に振った。「やれるべき仕事はこれだけだ。他に何が考えられる？　そうだ、葉援朝《イエ・ユエンチャオ》は最近どうしてる？」

「まだ葉を疑っているのですか？」

「可能性のある被疑者の一人としてな。葉は偵察兵の経歴もあって、刑事をしていたこともあり、犯行を可能にする能力を備えている。それに王宝国の住所を知っていた」

「しかし容疑は晴れたのでは？」

「アリバイは物証だけで証言はない。彼が事件当日に家にいたことを完全に証明できたわけじゃない」

「しかし動機が不十分です。復讐すべき相手は沈《シェン・》孝賢《シアオシエン》であり、王宝国には用がないでしょう？」

高棟は指を振った。「仮にだ、今から言うのは仮の話だ。仮にこの事件が葉援朝の犯行なら、奴が王宝国をターゲットにしたのはきっとさらに深い理由があるはずだ。もう一度部下を動員して、当初どれだけの機関が沈《シェン・》浩《ハオ》の事件を共同で処理したのか、そこで何があったのか、王宝国がどれほど深く関わっていたのかを調べるんだ。そして葉援朝が連日飲酒していないかも調べろ」

江偉は不思議がった。「毎日酒を飲んでいることと、事件に何の関係があるんですか？」

高棟は説明する。「もし毎日酒を飲み続けていた場合、そんな状態で短期間のうちに胡海平《フー・ハイピン》も殺すことはできない――」

「待ってください。つまり、胡海平は他殺ということですか？」

高棟はやるせなく笑った。「そう言っていいな。今日現場に行って、事故の線が消えた」

江偉は背中に冷たいものが走るのを感じた。「それは……半月のうちにトップが二人立て続けに死んだということは……」

高棟は声を低くした。「この件はお前のところの部局長はまだ知らないから、こっそり教えるんだ。他の人間には秘密にして、完全に事故だということにして捜査させろ」

「そ……わ……分かりました。二件目の殺人事件が起こったと上層部に知られれば、マイナスが大きいですからね。しかし人の口に戸は立てられませんよ。捜査をすればよそから疑われませんか？」

「その点は心配いらない。胡海平事件は主に市公安局が担当する。俺が率いている隊は長年一緒にやってきているから、完全に信用できる。そっちの県公安局の主な業務は、住宅区周辺を聞き込み、敷石を置いた人物を見つけられるかどうかだ」

「承知しました。どのみち、県公安局の業務は高棟さんの指示で動きますから。ところで、相次いで二人も亡くなったのですから、各機関のトップに注意するよう口頭で通知するべきではないですか？」

高棟はおでこを掻いた。「俺もそのことで悩んでいるんだ。通知すれば、事態が大事になって、公安内部のプレッシャーもさらに大きくなる。通知しないとなると、もしも……万が一また事件が起きたら、まずいことになる」

江偉も険しい顔をした。この件は確かに判断が難しい。王宝国が殺されたことで、県公安局は残業し、捜査地点を増やした。その事件が間もなく迷宮入りになり、上層部への報告に困っていた矢先、今度は胡海平が死んだため、事故とみなして処理する他ないのだ。胡海平は大衆の面前で、落下した敷石に当たって死んだため、組織の内外の人間も事故だと信じている。いま各機関に注意を喚起すれば、疑いを抱かせることにならないか？　そうなれば、事件解決に向けた警察側のプレッシャーも大きくなることは確実だ。

高棟は考えた末に結論を出した。「とりあえず通知はなしだ。この二つの事件を一刻も早く明らかにすることが第一だ。わずか半月でトップを狙った殺人事件が二件も起きた。犯人はおそらく同一人物だ。そっちはすぐに王宝国と胡海平に恨みを持つ者を探すんだ」

「はい、直ちに手配します」

「胡海平の経済状況はどんな感じだ？」

江偉は声のトーンを落とした。「私が知る限り、王宝国より金を持っていますが、彼本人は地味です。ただ、それにもかかわらず、裕福なことは県内で知られています」

「その金の出どころは？」

「贈り物や株式といったところです」

高棟は納得した。「それも不思議じゃないな。人民法院裁判長なら、仕事上での付き合いが検察院の人間より多い。そうなると、この件の動機は金銭トラブルの可能性もある。捜査の際は少し踏み込んで、多くの関係者から話を聞かないと、そういった水面下の金の受け渡しは詳しく調べられない。それで、彼の家の状況は？」

「胡海平は地元の人間ではありませんが、ここで官僚になってだいぶ経ちます。何年も前に離婚し、娘は海外に留学しているそうです。ここには親戚はいませんが、友人は多いです」

「じゃあ人間関係はその友人たちから当たるべきだな」高棟は少し考え込んだ。「捜査は困難なことになると思う。グレーな収入が多少あった以上、奴と付き合いのあった人間が正直に話すわけがないし、それに政府機関内の人間が相手なら、その方面の話題は特にデリケートだ。頭を使わなければいけないぞ」

「はい。できる限り行います」

高棟は念を押した。「捜査の際は原則を押さえておけ。本件はいまのところ事故であって、殺人ではないということを忘れるな。明日、省の上層部に二つの事件の詳細を報告しに行かなければならないから、何かあればすぐに電話するんだ」

一日を挟んで、高棟は寧県公安局に戻ってきた。江偉はすぐに彼のもとへ向かった。

「省の会議の結果はどうでした？」

ほほ笑む高棟の表情はとても緩んでいる。「王宝国事件に関して、現在の捜査が行き詰まっている理由を省の上層部に説明したら、理解を示してくれた。俺たちにプレッシャーをかけるつもりはなく、一刻も早い解決を望んでいて、本当に手掛かりが何も見つからなかったら、そのときにまた考えるとしか言われなかった」

江偉にとってその結果は予想外過ぎた。検察院検察長殺人事件の未解決まで許されるとは。言うまでもなく、この結果は上層部が突然物分かりが良くなったからではなく、高棟の権力の巨大さや人脈の広さがなせる業だということを江偉は理解していた。

高棟は続ける。「胡海平事件については、いまのところ事故として報告しておいたし、上層部も我々の捜査報告書を読んで事故だと信じている」

江偉は胸をなでおろした。

しかし、途端に高棟の表情が沈んだ。「だが絶対に油断するな。外部の人間は知らないが、俺

も お前もこれが二件目の殺人事件ということを知っているんだ。一日も早く犯人を捕まえなければ、また殺人事件が起きたりでもしたら、今度はどれだけ言葉を尽くしても穏便には済まないぞ。それに、王宝国事件も迷宮入りとなったら……そんなこと考えたくもないし、そんなことをさせるつもりもない。覚えておいてくれ」

江偉は申し訳なさそうにうなずいた。

「それで、そんなに急いで何か用だったか？　捜査に進展はあったか？」

「相談したいことがあるんです。県内で高校生が城管局副局長の耳を噛み千切りかけるということが起きました。治安管理処罰条例に基づくか、刑事事件の手順を踏むか、意見がまとまっていないため、高棟さんの意見を伺いたいのですが」

高棟は手を振り、そんな些事に関わっていられないという態度を示した。「お前らで勝手に話し合えばいい。それか邵局長に音頭を取ってもらったら済むことじゃないのか？」

「邵局長は刑事事件として立件し、逮捕し、裁判にかけるという考えでした。しかし昨日、香港のメディア関係者を名乗る人物が、我々がこの事件にどう対応するのか電話で質問してきまして……」

「待て。香港のメディアだって？」

「はい。相手はインターネット電話で、県公安局の外事弁公室に直接電話をかけてきて、この件の現在の状況を知りたいと言ってきました」

高棟は心を落ち着け、質問した。「どういう事件なんだ？　なんでメディアが動いた？」

江偉は陳翔《チェン・シアン》の案件の経緯を時系列順に述べた。

「その生徒に前科は？」

「ありません。派出所によれば、その生徒はずっと品行方正で、これが生まれて初めて起こしたトラブルのようです」

高棟がまた尋ねる。「うん……それでマスコミが反応したのか。この件は彼と城管のどちらに理があるんだ？」

「彼が屋台の返還を強く求めて手続きを無視しようとしたのは当然悪いことですが、当日夜に大勢の臨時雇用職員に殴られ、暴れた末に噛み付いたと聞いています」

高棟は唇を尖らせた。「県はこの件をどう見ているんだ？」

「その生徒は貧しい暮らしをしていますが、とても向上心があります。下部の派出所を含む組織全体がその生徒に同情的で、多くの人間が減刑を求めています。曾副局長はおそらく誰かに頼まれて、直ちに彼を釈放するよう強く提言しています。しかし城管局側は強硬な態度で、このような事件が二度と起こることがないよう、刑事事件として対応するよう求めています。県紀委弁公室も電話で同様の意見を伝えてきました」

「紀委？」高棟は軽蔑したような声を上げた。「この件があいつらと何の関係があるんだ？」

「私も人づてに経緯を聞いたのですが、城管局がこれほどの強硬姿勢なのは、噛まれたのが副局長だからではないらしいんです。副局長自身は事を荒立てるつもりはなく、穏便に済ませようとしています。しかし法執行隊の大隊長がその生徒の家と因縁があるようなのです。大隊長の父親が県下で一番裕福な郷の書記をしていて、紀委の沈書記と仲が良く、両部門とも厳罰を希望しているとのことです」

高棟は不満の表情を露わにしながら、虚しさを帯びたため息をついた。「お前自身はどういうスタンスなんだ？」

江偉は両手を広げた。「私はその生徒と縁もゆかりもありません。お灸をすえて学校に戻せばいいと考えています。その子は清華や北大にも受かると聞いています。牢屋に入れば、一生が台無しじゃないですか？」

「学校側の意見は？」

「全て法執行機関の意思に従うと言っています」

県の各方面の態度を理解し、高棟は苦笑いしながら頭を振った。平凡で月並みな小さな事件にも、こんなに多くの事柄が絡んでいるのかと思った。

「そして手の付けようがなく、頭を抱えているということか？」

「そうなんですよ。邵局長からは刑事事件として立件し、彼を収監するよう言われていますが、騒ぎが大きくなってマスコミが介入してくれば、収拾しきれなくなるのではと不安で。すぐに戻られると聞いていたので、立件するのは考えを伺ってからにしようと」

「俺の考えか」高棟は冷ややかに笑った。「今日中に解放しろ」

「何もせず解放するんですか？」江偉が難しそうな表情を浮かべた。「城管側からは処分を下すよう求められていますし、紀委弁公室からも意見をもらっています。そのまま解放するとなると、沈書記の気分を害して邵局長でも対応が難しくなると思いますが」

高棟は気にせず言い放つ。「城管と紀委にはこう言っておけ。この県には俺がいて、俺自身が市公安局に本件を引き継ぐよう指示を出し、そして市公安局の決定が即時解放だったとな。城管と紀委が説明を求めてきたら、直接俺のところに来させろ。邵局長については、こんな些細なことで俺に文句を言ってこないだろう」

高棟がこんな小さな案件を引き受ける理由が江偉には分からなかった。「どうしてこの生徒をそんなに気に掛けるんですか？」

高棟が咎めるような目付きで彼を見た。「あのなあ、いつまでも人に使われるんじゃない。もしマスコミに取り上げられて、事態が大きくなって判断が覆ったら、その責任は誰が取る？　お前だろう。最終的にお前が刑事事件として立件するんだからな、違うか？　城管や紀委、お前らの局長なんか気にしてどうする？　今後は、リスクのある案件にあまり関わるな。最前線の兵士になったつもりで突っ込んでいくんじゃない。それと」高棟は咳払いした。「そのブランド物の腕時計とベルトはしまえ。そんなにおおっぴらに見せつけるな。まるで成金だ」

江偉ははっとした。高棟は権力でも財力でも自分を大きく上回っているが、普段着が高級品でも、ブランド名を見せびらかしたことはない。

「ところで、頼んでいた件はどうなっている？」高棟は二つのコップにお茶を注ぎ、一つを江偉の前に持っていった。それから彼は両手の指を交差させて、椅子にもたれた。

江偉は舌を鳴らし、答えた。「胡海平の交友範囲は広く、関係者はまだ捜査中ですが、いまのところ目ぼしい発見はありません。唯一の収穫は、胡海平宅の向かいのマンションに目撃者がいたことです。その人物は会社経営者で、先週末はちょうど家におり、日曜日に窓辺に立っていたところ、何者かが窓から這い出してきてセメント製の黄色い板をひさしの上に置いていたと言っています」

高棟は途端に目を輝かせた。「何階の窓から出てきたんだ？」

「六階の窓からだと言っています」

「それは確かか？」

「はい。目撃者の家も六階で、相手がいた場所が自分と同じ高さだったので、印象に残っていたそうです」

高棟は両目をかすかに細めた。やはり六階だった。これで五階のひさしの接着剤が偽装工作だと完全に証明された。

江偉が続ける。「目撃者の話では、その人物は作業服を着ていたとのことです。距離が遠過ぎたため、顔立ちははっきり確認できず、年齢も不明で、男だということしか分かりませんでした。作業員が外壁を補修しているのだと思い、あまり気に留めなかったそうです」

高棟は指でこめかみを押しながら、急速に思考を組み立てた。彼は敷石の片面がカーキ色に塗られていた理由が分かった。

住宅区内の建築物の壁はいずれもカーキ色だ。そしてマンション同士は数十メートル離れているが、互いにはっきり見通せる。

仮に犯人が石灰岩をひさしに軽率に立てれば、そのマンションの住民には見えずとも、向かいの住民には一目瞭然だ。突然石灰岩がそこに立て掛けてあったら、親切な人間が管理会社に連絡しないとも限らない。

だが、石灰岩の片面を壁と同じカーキ色に塗ると状況が一変する。数十メートル離れた向かいの住民はその敷石にほぼ気付かない。実際、その目撃者も当時、何者かが敷石を立て掛けているのを見て、外壁補修だと勘違いしたのだ。

　接着剤を塗ったのは、敷石を置いた階層を警察に誤認させるためで、カーキ色のペンキを塗ったのは、敷石を目立たなくするためだ。

　残された疑問は二つ。どうして四つの敷石を一つに接着したのか？　そして、事件当時、敷石はどのように落下したのか？

「敷石を設置した人物の手掛かりは？」

「まだありません。マンションの部屋を一軒ずつ当たっていますが、全員、敷石とは無関係だと否認しています」

「敷石が置かれたのが先週日曜で、置いた人物が作業服を着ていたのなら、直ちに防犯カメラを調べろ。絶対に見つけ出せ」

「はい。こちら側で手配します」

　江偉が席を立って退室しようとしたとき、高棟が呼び止めた。「そうだ。葉援朝の状況は探ったか？」

「ああ、言い忘れるところでした。掘り下げて調べたところ、葉には実際に動機がありました」

「というと？」

「当初、葉晴《イエ・チン》が亡くなってから、葉援朝の妻は告訴しに行こうとしましたが、そのたびに夫に止められました。しかし派出所の仕事も多忙で、葉援朝も毎日妻を見張っていられません。妻はまず我々に会いに来ましたが、局長は立件することなく、彼女を追い払いました。それから何度も検察院に行きましたが、検察院は沈浩が公務員ではないという理由で管轄外とし、沈孝賢にいたってはいっそう手に余るので、起訴するなら公安部門が先に立件してからだと言い訳をしました。彼女はあちこちで騒ぎを起こし、ある日、車で帰宅中の王宝国の前に立ちふさがったんです。死んでもどこうとしない彼女に王宝国は怒り、どかないと轢くと言い放ちました。もともと脅しのつもりでアクセルを軽く踏んだら、なんと衝突してしまい、彼女は地面に頭をぶつけました。けがはせず、一時的に気絶した程度で済みました。王宝国は電話で部下に彼女を病院に送るよう命じ、さらに葉援朝に対して、これ以上妻を制御できないのならクビにすると伝えたそうです。その件はその後うやむやになりましたが、部下が派出所の人間から聞いたところによると、妻の死後、葉援朝は王宝国に詰め寄り、車にはねられなければ妻の頭がおかしくなることも、重度のうつ病にかかることも、マンションから身を投げることもなかったと怒鳴ったそうです」

高棟は皮肉を込めて笑った。彼はその件の是非について評価を下すつもりもなければ、寧県の一連のくだらないことに関わるつもりもなかった。彼の目標は事件解決だけだ。

しばらく押し黙ってから、高棟はうなずきながら言った。「その動機なら十分筋が通っているな。葉援朝は、妻の頭がおかしくなったのは王宝国に車ではねられたからだと考えていただけでなく、王宝国宅付近が停電することで手を下せるチャンスを得ている。そのせいで最初の標的が沈孝賢ではなく王宝国となった可能性が非常に高い。じゃあ胡海平は？　奴は葉援朝の恨みを買うことをしていたのか？」

「葉援朝の妻は当初、人民法院に沈浩を起訴させようとしていました。ところが人民法院は、彼女の手続きに問題があり、公安も立件していないから受理できないと突っぱねました。この件を県人民法院が受理できなかったのはもちろん、市の中級人民法院や省の高級人民法院に訴えても結果は同じでした。人民法院の人間は無駄なことをしないよう彼女を諭したのですが、彼女は言うことを聞かずに何度も法院に侵入し、胡海平の事務室で騒ぎ立てました。胡海平も最初は葉援朝に配慮して彼女と言い争うことはせず、毎回派出所に電話をかけて連れて行ってもらっていました。しかし何度も続くうちにとうとう胡海平の堪忍袋の緒が切れて、司法警察を呼んで彼女を連行しました。どうやら言い争っていたとき、彼女はまた気絶したそうです」

「気絶？　まさか殴られたわけじゃないだろうな？」

江偉は首を横に振った。「葉援朝は派出所副所長ですから、その妻に手を出すことはないはずです。ただ、葉援朝がそのときの失神とその後の精神疾患を結び付けたかどうかは分かりません」

高棟はこう考えた。精神を病んだ女に勤務先に何度も来られて騒ぎを起こされては、誰であっても耐えられない。この点は王宝国と胡海平のみを責められない。それに彼らは何度も葉援朝に配慮しているのだ。しかし根本的な原因は、葉晴が沈浩に轢き殺されたという事実を、関係機関がいずれも無視したことだ。

その父親の沈孝賢が紀委書記で、あらゆる機関を監督・管理し、県委員会グループの主要構成員であるのだから無理もない。彼は長年官僚として深く根を張り、省との関係性も強固だ。県レベルのどの機関がその息子に異議を唱えられる？　市レベルの機関に訴えたところで、息子はおそらく無傷で済む。だから全て王宝国や胡海平らが悪いわけではない。

沈浩の父親が紀委書記ではなく一般人、大企業の社長だったとしても、派出所副所長の娘を轢き殺したとすれば、どうあがいても殺人罪で死刑だ。

これが現実だ。

高棟には寧県の「現実」に関わる能力もなければ、そのつもりもない。彼が行うことは事件の解決であり、事件が解決できるのなら、県の誰が正しく誰が間違っているかなどほぼ気にしない。

江偉に陳翔の解放を指示したのは、一人の子どもの将来を潰したくないと同情心を抱いたからではない。デリケートな事件が二件も続く捜査期間中、彼はマスコミに報道禁止を命じている。こんなときに、簡単に処理できる些細な出来事でマスコミを引き寄せ、二件の殺人事件まですっぱ抜かれてしまうことこそが大問題なのだ。

こんな時期にある高棟に、陳翔解放後に寧県の他の機関と軋轢が生じるかどうかなど、最初から考える気になれなかった。捜査の邪魔をされなければそれで良かった。

現在の状況からいって、とりあえず葉援朝を被疑者と見なすことは、これまでの捜査で得た証拠と矛盾しない。

王宝国殺しと胡海平殺しに関し、葉援朝には十分な動機がある。

彼は偵察兵の経験があり、刑事をやっており、殺人を実行できる能力を持っている。

それに王宝国と胡海平の住所を彼は把握している。

しかし疑いがあるだけだ。最も重要なのは証拠だ。

証拠がないのに葉援朝をうかつに第一被疑者に挙げて、この線に沿って捜査を続けた結果、無関係だと分かったら?

事件解決における最大の問題を犯すことになる。つまり、捜査方針の誤りだ。

高棟の捜査マニュアルには次の項目がある。十分な証拠がない状況で、捜査方針を決定づける結論はできる限り下さない、または下してはならない。確かな証拠という土台の上で打ち出された必然的な推論こそが正しい。

彼が得意とするこの捜査方法は、強力なフォールトトレランスを備えている。人的資源と物量を効率よく利用し、無駄な仕事を減らせる。これも彼の事件解決率が他の刑事捜査専門家よりはるかに高い理由だ。

「最近の葉援朝の様子はこれまで通りか？」

江偉がうなずく。「秘密裏に人から聞きましたが、以前と同じで、いつも酒を飲み、仕事もあまりしていません」

高棟の頭の中で、さっき新たに生まれた葉援朝への疑いが減った。連続殺人の渦中にある犯人は、殺人後、往々にして高揚期が現れ、生活に多少変化が起こりうるはずだ。葉援朝が最近突然酒をやめたり、生活態度を改善していたりしたら、被疑者の特徴とさらに合致する。しかし葉援朝は相変わらず自堕落であり、これは被疑者の特徴と矛盾する。

もちろん、葉援朝が演技している可能性がある。高棟もその点は織り込み済みだ。

「十二月六日夕方、胡海平が死んだとき、葉援朝はどこにいた？」

「勤務表には名前がありませんでしたが、家にいたかはまだ確認していません。捜査が必要ですか？」

高棟は頭を掻いた。「もうすでに二回も直接話を聞いているから、また調べるのはおそらく難しいな。それに、本当に彼の仕業なら、次に聞いたところで何も出てこないはずだ」

「じゃあどうします？」

「葉援朝の捜査が県公安局でやりづらいことは、俺も頭に入れている。お前は市公安局の人間と共に、先週日曜日の防犯カメラの映像を急いで調べるんだ」

江偉が退室して間もなく、監察医の陳が浙江大学建築工程学院の力学実験室の講師を連れてきた。

「講師の斉《チー》さんです」

高棟は斉教授を座らせ、彼にお茶を入れた。「斉先生、一連の事情は陳からお聞きしましたか？　本件は重大かつ敏感な問題が絡んでいるので、私も前置きはほどほどにしておきます。実験結果をお話しいただけますか？」

斉教授は落ち着いた様子で口を開いた。「数回の実験を行い、敷石は五階か六階、または七階から落下したものと最終的に判断しました。敷石が落下した方向と地面衝突時の状況が定かではないため、この三階いずれにも可能性が――」

「中央値は六階でしたか？」高棟が話をさえぎる。

「はい……そうです。しかしこの三階の確率は一緒で――」

「六階です、捜査で明らかになりました。敷石を設置する瞬間を目撃した者がいました」

斉教授は気まずそうに口を閉じた。

高棟が続ける。「しかしまだ疑問があります。斉先生から見て、何者かが六階から敷石を落とした場合、胡海平に命中する確率はどのぐらいですか？」

「非常に低いです。六階の高さは地上約二十メートル、物体が二十メートルの高さから落ちた場合、約二秒かかります。あの敷石に対して実験を行いましたが、敷石の重心はあいにく中央になく、落下時は水平状態ではなく少し傾くため、水平投影面積は約四十から五十センチです。階上の人物は、敷石を投げる前、被害者が二秒後に五十センチ以内の狭いゾーンにいることを確保しなければいけません。普通の人間の一秒当たりの歩行速度は約二メートルです。つまり、敷石を投擲する時間のズレは四分の一秒以内に収めなければなりません」

高棟は斉教授の話を咀嚼しながら、脳内に胡海平殺害時のシーンを思い描いた。

斉教授が続ける。「いまのは最も単純な状況です。敷石が自由落下運動する際に必要な時間のみ考慮すればいいんです。その前提として、六階にいた人物は敷石をひさしから水平状態で落とさなければいけません。しかし敷石は重いため、投げられる人物は少ないと思います。より可能性が高いのは、敷石を押して落とすことです」

「え？　押すのと投げるので違いがあるんですか？」

「押して落とす場合、時間の計算がさらに複雑になります」斉教授はつばを飲み込んで話を続けた。「当時、敷石がひさしの縁に立っていて、何者かがそれを押して落とした場合、全体の運動は二段階に分けられます。第一段階では、ひさしの縁が敷石の底部を依然として支え、敷石の上部が空中で傾斜し、傾斜が水平になった瞬間、底部もひさしから離れます。そして第二段階となり、敷石は自由落下運動を始めます。第一段階で、敷石は円弧型の回転運動を行います。その回転時間を正確に計算するのは困難です。押し出す力が大きいと、回転にかかる時間は短くなります。逆に、押し出す力が小さければ、回転にかかる時間は長くなります」

「その回転にかかる時間はだいたいどのぐらいですか？」

「四分の一秒以内になると思います」

高棟は顔をしかめた。この問題は当初の想定よりだいぶ複雑だ。

もともと彼は、速度と時間を計算するのはそこまで難しくないと考えていた。犯人は尾行を繰り返し、胡海平が普段マンションへ向かう速度をストップウォッチで正確に測り、そして敷石が六階から胡海平の頭頂部に落下するのに必要な時間を計算してから、地面に印を付ければいい。犯行時、犯人は胡海平が印地点を通過した瞬間に敷石を投げ落とした。当時の胡海平の歩行速度が普段と一緒なら、殺害の成功率は極めて高い。

しかし、斉教授の話によって彼は考えを改めざるを得なかった。

敷石は非常に重く、成人男性でも持ち運ぶのは難しく、水平状態を維持したまま投げ落とすことはさらに困難だ。投げ落とす力が小さければ、敷石は六階のひさしにそのまま落ちる。力が大きければ、敷石の水平方向にズレが生じ、放物線を描くような運動になり、胡海平に当てることが困難だ。犯人は驚嘆すべき膂力を有しているだけでなく、力をちょうどよい具合にコントロールさせなければいけない。だから、敷石は押されて落ちたのだと考えられる。だがそうなると、敷石が自由落下する前、所要時間が不明な回転動作も生じる。犯人が犯罪を成功させる前提条件は、敷石の落下の全所要時間を計算し、誤差を四分の一秒以内に正確に収めることだ。

高棟の頭に二つの可能性が浮かんだ。

一つ目は、犯人の今回の殺人は、大部分が運に左右されていたということ。もしくは、犯人は敷石の落下過程をそれほど複雑だと思っておらず、完全にその場しのぎで動いただけだった。または、犯人は確かに自由落下運動の知識を有し、自由落下運動に基づいて全過程を計算した結果、成功した。

二つ目は、犯人は運任せで今回の殺人を成功させたわけではなく、敷石落下の第一段階でかかる時間も正確に計算したということ。第一段階の時間の計算には微積分を使わなければならない。大学時代に覚えた微積分の知識など、高棟にとってはるか昔の話だ。

犯人が微積分の知識を持っているなら、彼はどういう肩書きだ？

高棟は斉教授をちらりと見た。

そうだ。犯人が殺人を運任せにしていないとすれば、その職業は教師やエンジニア、あるいは大学卒業後間もない人物に限られる。

葉援朝は合致しているか？　ほぼ不一致だ。彼は学歴が高くなく、微積分も知らないはずだ。

だが問題は、犯人が犯行時、運を頼りにしていたか、それとも必然的な勝算があったのかだ。

16

金曜日、陳翔《チェン・シアン》が授業に帰ってきた。

朝の自習時間に担任の魏が陳翔を職員室に呼び出し、学年主任の劉と共に彼を指導した。彼らは月曜夜の出来事について触れなかった。人生経験豊富な大人たちは、陳翔が十分過ぎるほどのダメージを負っていることを心得ていた。彼らのなすべきことは、生徒の不安を減らし、「全部過ぎ去ったことであり、今後は学問に励み、一日も早く大学に合格しよう。クラスメートや先生たちはいままで通りだ」と伝えることだった。

陳翔は感動のあまり、嗚咽を漏らしながら返事をした。

派出所に勾留されていた三日間は、この十八歳の生徒にとって経験したことのない日々だった。刑事事件として立件されれば、それは刑務所に入るという意味だと聞かされたとき、彼は絶望の淵に突き落とされた。長年苦学して大学まであと一歩というときに急ブレーキをかけられたのだ。日が昇る前に毎朝屋台を出す母親のことを思い出すと、自分が罪人になった気がして、お世話になった人たちに顔向けできないと感じた。それが昨日の午後、突然、学校に戻っていいと告げられた。彼はとうてい信じられなかった。噛まれたあの副局長と城管局にこれ以上追及する気がなかったとだけしか言われず、幼い彼には、自分を気に掛けてくれる人間が事件の外側で努力していたことなど考えもつかなかった、また、刑事事件として立件されるかどうかという運命の分岐が、鶴の一言に左右されたことなど思いも寄らなかった。

高棟《ガオ・ドン》のあの「解放しろ」の一言がなければ、彼の人生はことごとく書き換えられてしまっただろう。物理教師がその前に重罪を犯していなければ、高棟も細かいことまで気に留めず、彼の将来はまたもや覆されただろう。

運命とはかくも奇妙なものか。

顧《グー・》遠《ユエン》は、自分が香港のメディアを装ってインターネット電話で公安局に連絡したことで警察側が二の足を踏み、陳翔を解放したのだと思った。自分が犯した当日夜の殺人が本当の理由とは想像だにしなかった。彼の殺人が運命の悪戯となって自分の生徒を救ったのだ。

昼食を済ませた顧遠が職員室で授業の準備をしていると、陳翔が二人だけで話がしたいと言ってきた。

顧遠は席を立ち、グラウンドのひと気のない隅まで陳翔を連れてきて、彼にほほ笑みかけた。

「すっかり調子は回復したようだな。どうした、何か話か？」

　陳翔が突然両膝を地面につけようとした。彼が膝をかがめるより先に、顧遠は彼を抱きとめた。

「何のつもりだ？」

　陳翔の目の周りは赤く腫れていた。「友達と魏先生から聞きました。先生が何日も僕のために奔走してくれて、校長先生にも逆らったことを。本当に、本当にすみませんでした」彼の目は涙でにじんでいた。

　顧遠は彼の肩を叩き、咳払いした。感動的なシーンには慣れていない。

「お前は俺の生徒だろ。生徒の身にトラブルが降り掛かったら、教師として見過ごすわけにはいかない。そんな顔するな。俺たちはいま、教師と生徒だけど、卒業したら友達だ。今回の件は俺一人の努力でなんとかなったわけじゃなく、魏先生や劉先生はもっと苦労したんだ。もう済んだことだから、これからは何もなかったようにしよう。今回の学校側の観察処分は形だけだから、考え過ぎないように。どのみち次の学期になれば処分はきっと取り消される。勉強に励むんだ。もうちょっとで清華や北大に行けるんだからな」

　陳翔は顔をほころばせ、感極まって何度も首を縦に振った。

「そういえば、お前の家族は紀委の人間と知り合いなのか？」顧遠は沈《シェン》孝賢《シアオシエン》が高校生一人に重い刑を下すよう口添えしていたことが腑に落ちなかった。

「知り合いなんかいませんよ」彼は言葉を区切り、歯噛みした。「どうせ紀委にろくな人間はいませんよ」

　顧遠は気になった。「どうしてそんなこと言うんだ？」

陳翔の顔が曇ったが、何か踏みとどまったようにも見えた。「済んだことですから」

顧遠は彼の肩に手を置き、何度か優しく叩いてから尋ねた。「教えてくれないか？」

陳翔は口ごもったが、顧遠の誠実で真心のこもった瞳を見つめ、静かに口を開いた。「うちはもともと緑湾郷《リューワン》に住んでいて、父は郷の中にある村の村長だったんです。六年前に政府が道路を造るために村の土地を占用し、上からは一千万元以上の補償金が支払われたのですが、郷の党委員会書記の江盛《ジアン・ション》が先回りして横領したせいで、村には五十万元も支給されませんでした。父は村人全員のために県紀委へ訴えに行きました。でも実は県紀委書記の沈孝賢は江盛と戦友で、その告発状を江盛に渡したんです。その日、江家が大勢の人間を引き連れてうちの家を壊し、父もけがを負いました。父はけがが癒えると今度は市へ訴えに行きましたが、それで江家どころか沈孝賢からも恨みを買ったんです。沈孝賢は強い権力を持っていて、その件をもみ消したどころか、うちに二度と余計なことを言わせないよう江盛に指示したそうです。そして憤りを覚えた父は、今度は省に訴えに行き、そのおかげで江盛は補償金を全額村に返還し、処分を受けました。でもそれからしばらくして、父は堤防で溺死したんです。捜査した郷の派出所からは、酔った父がうっかり足を滑らして落ちたのだと言われましたが、父は肝炎で酒なんか飲めなかったんです。どうして酔っ払って溺れることがあるんだ？」憤懣やる方ない陳翔は顔を朱に染め、このときばかりは目に涙はなく、怒りと恨みの暗い光を放っていた。

顧遠は両の拳を固く握り、思わず汚い声を吐き出した。「畜生ばかりだ。どいつもこいつも人間じゃない」

「父が亡くなってから、僕は県城の第一初級中学に受かって、母も県に出稼ぎに来て塩水鶏の屋台をずっと引いていました。でも城管隊隊長に就いた江盛の長男の江華《ジアン・ホワ》が、屋台を引く母を見つけ、有無を言わさず没収したんです。それからというもの、あいつは路上で母を見つけるたびに屋台を持っていって、今回でもう五回目で、僕は……もう怒りを我慢できなくなって、あんな……間違ったことをしてしまいました」

顧遠は黙って首を振り、声を荒らげた。「お前は間違ったことをしていない。そんなことされて、我慢できる奴なんかいない」そして言葉を区切り、勇気を与えるような眼差しで陳翔を見据え、力を込めて語った。「お前はただ社会経験が少なく、行動が浅はかだっただけだ。とても立派なお母さんがいるということを忘れるな。これから数年耐え忍んで、将来働いてお金を稼ぐようになれば、お母さんはお前のことを誇りに思うだろう」

それと同時に顧遠は、沈孝賢が公安局に口を出し、陳翔を厳罰に処すようにした理由にようやく気付いた。

陳翔の父親は当時何度も告訴し、江盛らに補償金を返還させるどころか処分を受けさせるまで追い込んだ。そんな彼らが、息子である陳翔に嫌がらせするのは当然だ。城管局が頑なな態度だったのは、その江華のせいに違いない。江華たちはきっと沈孝賢に、陳翔が自分たちの足を引っ張った男の息子だと教えたのだろう。だから沈孝賢はまだ子どもの陳翔を徹底的に追い詰めようとしたのだ。

よし、沈孝賢、お前は死ぬべきだ。お前の息子も、一家もろとも死ぬべきだ。

お前は権力をほしいままにでき、人々の口から言葉を奪い、人々をさいなみ、反撃される心配はないと思っているのかもしれない。だが忘れるな、お前の命は一つしかないということを。

しかし顧遠は、沈孝賢殺しを心のどこかでためらっていた。行動に出てしまえば、動機が一目瞭然だからだ。警察はきっと葉援朝《イエ・ユエンチャオ》を調べ、捜査の手は自分にまで及ぶ。葉援朝も自分も、運命の終着点に追い込まれる。

午後、顧遠は校長室から電話をもらった。蒋亮《ジアン・リアン》から少し話があると校長室に呼ばれた。電話を切った顧遠は考えた。陳翔が解放されたいま、蒋亮が自分を呼ぶ理由はなんだ？　江華がコネを使って蒋亮とコンタクトを取り、陳翔を除籍するよう要求したのか？　しかし朝、学年主任の劉が、学校側から陳翔へは観察処分に留めるとはっきり言っていた。

顧遠の心に不安の影がよぎった。よし蒋亮、お前が裏工作をするのであれば、こっちも遅かれ早かれ同じことをするだけだ。

彼は気持ちを整理し、教職棟に向かった。校長室に入る前に、また携帯電話の録音機能をオンにした。

「どうぞ座って」蒋亮は意外にも外面の良い笑みを浮かべていた。

顧遠は礼を言って蒋亮の向かいに座る。

「実はだね、顧先生の意見を聞きたい件があるんだよ。陳翔が昨日出てきて今日授業に戻ってきたけど、今後の処分についてどう考えている？」

顧遠は眉をひそめた。「朝、劉先生は観察処分にするとおっしゃっていましたが？」

「んんっ……」蒋亮は咳払いをした。「最初はそうする予定だったが、それは暫定的な意見にすぎない。教務グループはまだ最終的な判断を下していない」

顧遠は蒋亮の顔を見つめ、尋ねた。「校長先生は観察処分では軽いとお考えですか？　それとも重いと？」

蔣亮は居心地悪そうに顧遠の視線をかわした。「今回、陳翔が犯した間違いは重大なものだ。この点は否定しないね？　まあ……公安機関が刑事事件として立件しなかったのは、我が寧県一中の生徒ということを考慮したからだろう。出てはきたが、彼の行為そのものは法に触れるものだ。法を犯した生徒を今後も我々の学校で勉強させていいものかどうかは検討に値する」

顧遠の眉尻がわずかに痙攣する様子を見て取った蔣亮は、嫌悪感を抱いたが、校長が教師に怒鳴りつけられるという不名誉な一幕を再現しようとは思わず、言葉をつむいだ。「私個人の意見としてはだ、一人の生徒が一人前に成長するのは容易なことではないから、学校は更生のチャンスを与えて然るべきだと思う。しかし、そういった生徒を寧県一中にこのまま置くのは不適切であり、除籍して二中か三中に転校させるのが一番だと主張して、教育局に働き掛けている機関や幹部もいるんだ。私も手を焼いていてね、だから授業を担当する君たちの意見を聞きたいんだ」

顧遠は怒りをこらえて答えた。「私は、除籍するべきではないと思います。観察処分でもう十分重過ぎます。この件が起きるまで、陳翔はずっと成績も素行も優秀で、毎学期に奨学金が給付されていました。ここまで努力家で向上心のある生徒は稀です。彼を除籍するのは一中にとって損失です」

「しかし彼は法律という一線を越えてしまっただろう。今回の件は学内どころか地域にまで知られてしまっている。彼を学校に置いたままにしておけば、子どもを本校に通わせる他の保護者から安全面の問題を心配されるのも必然だ。地域も本校に悪い印象を持つだろう。この点を考慮したことがあるかね？」

蒋亮の本心で陳翔の除籍が決定事項なのは明らかだ。おそらく江家や沈孝賢が裏で糸を引いているに違いない。でなければ、彼も教師たちの感情を逆なでするような話はしない。

陳翔の除籍が、授業を担当する教師たち、特に高校二年生のクラスを受け持つ教師全員の不興を買うことは蒋亮も分かっていたし、その結果がどれほどの影響を及ぼすのかは不明だ。だから、本件に最も入れ込んでいる顧遠を手懐けることができれば、他の教師も二度と首を突っ込もうとしなくなり、陳翔の除籍も首尾よく進むと考えた。

顧遠が答える。「その点は考える必要ありません。そもそも陳翔はこれまで騒ぎを起こしたことがなく、クラスメートを傷つけることなど絶対にありえません。子どもの安全を憂慮する保護者は出てこないでしょう。そして、陳翔を学校で学ばせ続けることによって、地域は本校が間違いを犯した子どもに更生の機会を与える学校だと思い、むしろ良い評価を持ちます」

蒋亮は苛立ったように顧遠を一瞥する。「君が言っていることは君自身の考えにすぎない。何の確証もないだろう」

「こうしましょう。校長先生も難しい立場にあるとは存じ上げますので、陳翔の処分に関しては、教職員会議で全員で話し合ってはどうですか。必要なら全体採決も取れます」

教職員会議で採決を取るだと？　蒋亮は鼻で笑った。それはつまり、自分一人で学校中の教師と対立しろということではないのか？　この顧とかいう男は、この前は教職員会議で反省文を読み上げると言っておきながら、今回はそれで自分の邪魔をしようと言うのか。

蒋亮は長いため息を吐き出した。「顧先生は公安局が陳翔を釈放した理由は知っていますか？」

「高校生だからでしょう」

蔣亮は首を横に振る。「それだけじゃありません。マスコミから、この事件を探ろうとする電話がかかってきたんです。公安局は余計なトラブルを避けて穏便に済まそうとしたため、釈放した」

「それがどうかしました？」顧遠の表情に変化はない。

「この件は起きてから数日しか経ってない。県のマスコミも話題にしていないのに、省外のマスコミがどうやって知ることができた？　誰の仕業だと思う？」

顧遠の表情は変わらない。「分かりません。誰かがマスコミにたれ込んだんでしょう」

「ごまかすな」

「ごまかすとは？」

「君の仕業だろう。君が関わっているのは間違いない」

顧遠は慌てた素振りで否定する。「どうやって？　マスコミの知り合いなんかいませんよ」

蔣亮は笑顔を取りつくろった。「農村出の陳翔の家族がこんなに速くマスコミに連絡できるはずがない。学校の教師でこの件に一番関心を持っていたのは君だ。さまざま可能性を考慮したが、若くて頭が回る君がいち早くマスコミに伝えたに違いない」

顧遠は一瞬動揺したが、毅然として否定した。「していません。マスコミの取材など本当に知りませんでした」

「顧先生、そう固くならずに、この件は秘密にしておきますよ。君の苦しい心のうちは理解してるし、本当の狙いも分かっています」

「成績優秀な陳翔が全国高校生コンテストに入賞し、清華大学や北京大学に受かれば自分の栄誉になると考えているんでしょう」蔣亮は確信を持った口ぶりで顧遠にささやいた。

「そうとしかお考えにならないのなら、私もどうしようもありません」顧遠はそう言うしかなかった。

「本当の狙いって？」

蔣亮は体をのけぞらして言った。「分かった。私はね、誰の仕業であっても、マスコミに連絡するということは極めてデリケートな問題だと言いたいだけだ。だがこの件に関して、私もこれ以上調べようとは思わない。陳翔の件に話を戻そう。学校とは独立した組織ではなく、その成長には政府のサポートが必要ということは理解しているな？　政府の意見には、学校側も往々にして断りづらいものだ。だからこの件では態度を改めてくれないか。正直に言うと、私は彼のことが気に入らないんだ。学校側の対処に君が首を縦に振ってくれれば、数年後に君が高級教師に選出されるよう推薦しよう」

蔣亮は、さっきまでマスコミと顧遠の関係性をそれとなく示唆し、いま「高級教師」というアメを彼に与えることで、顧遠がきっとおとなしく言うことを聞くだろう、少なくとも陳翔の除籍には口をつぐむだろうと考えた。

だが顧遠は話を聞き終えるや席を立った。「校長先生、申し訳ありません。教師全員が肩書きを望んでいるわけではありません。校長先生がそうしたい理由は？　これまでの失礼なところは謝罪しますし反省もします。しかし、私の生徒の除籍には同意することはできません」

彼はそう言って出て行き、蔣亮を再び絶句させ、気まずい雰囲気の中に置いた。

蔣亮め。公安局が手を引いたのに、お前はなおも生徒を死路に追い詰めようというのか。

蔣亮はこれ以上校長を続けるのにふさわしくない。早足で授業棟に戻った顧遠は、そのことだけをずっと考えていた。

17

土曜日、県公安局は今週末も残業で、高棟《ガオ・ドン》は何週間もまともに休めていない日々が続いていた。しかしそれは彼の部下たちも同じだった。あと二カ月で春節という時期になっても事件の解決に目処が立たず、また新たな事件が起きたせいで、彼らは年越しの準備をする必要がなくなった。高棟は気が気でなかったが、勝算ありという態度を取るほかなかった。彼は上に立つ立場の人間なのだから。

彼が市公安局の数人に命じた、胡海平《フー・ハイピン》宅のある住宅区の防犯カメラの映像調査は、午後になってようやく進展があり、目撃者が言っていた作業服姿の男が写っていたという報告があった。張一昂《ジャン・イーアン》を連れて物証科の職員のために特設したオフィスを訪れた高棟は、防犯カメラの映像を食い入るように何度も見た。

その防犯カメラは胡海平のマンションからあまり離れていない街路灯に設置され、ちょうどマンションの入り口を収めていた。

日曜日午後一時過ぎ、灰色の作業服姿の男がカメラに映った。ハンチング帽を目深にかぶり、作業服の上にハイネックのコートを羽織り、襟を立てている。男は撮影範囲内に入ってからレンズの外に出るまで終始うつむき、映像には顔が全く映っていない。また、手袋を着用していた。つまり、カメラに肌をほんの少しもさらしていない。

防犯カメラの撮影範囲内に入ったとき、男は紙で包んだ平べったい何かを抱えていた。マンションの入り口そばに立っている間、彼はカメラに背を向けており、何をしているのかは見て取れない。チャイムを押しているのだろうと高棟は推測した。

しばらくしてから彼はドアを引き、それと同時に抱えている物を地面に置いてドアが自動で閉まるのをふせいだ。それから体をひねってそばの花壇から石をつかむと、それをストッパー代わりにした。そして地面に置いていた物を持ち上げてマンション内に入ると、数秒もしないうちに手ぶらで出てきた。

それから一分もしないうちに、また同じように紙に包んだ物を持つ男が映った。彼は再びマンションに入り、数秒後にまた手ぶらで出てくる。

このような搬入作業が四回行われた。最後のシーンでは、紙に包まれた物のほかに、男はツールバッグを提げていた。マンション内に足を踏み入れると、ドアにはさんだ石ころを蹴飛ばしてドアを閉めた。

次の映像はそれから約一時間後だ。二時半、男はマンションのドアを開けて出ていった。そのときはツールバッグしか持っておらず、紙に包まれた四つの荷物がマンション内に置かれたことは明らかだった。

高棟はタバコに火をつけ、映像を何度も見返すと、少し間を置いて口を開いた。「ずっと顔を隠しているせいで容姿が分からない。マンションのエレベーターの防犯カメラは調べたか？」

「調べましたが、映っていませんでした。きっと階段を使ったのでしょう」

「なるほどな、そういうことだったのか」

張一昂は不思議そうに聞いた。「何か分かったんですか？」

「敷石が四つの石を接着させたものだった理由がずっと不明だったが、映像を見終わってそれが分かった。あんな三十キロ以上の敷石、常人なら持ち運べない。犯人が敷石を六階に持っていくには、エレベーターに乗るのが普通だ。だがエレベーター内には防犯カメラがついている。ハンチング帽をかぶって襟を立てているものの、エレベーターに乗ればカメラのレンズと接近してしまい、顔全体が映らないとしても、体や衣服の特徴がはっきり映り込んでしまう。犯人としては、そんな危険は冒したくない。だが階段を上るとなると、今度は三十キロ以上もの敷石が問題になる。一人で運ぶのは容易なことじゃない。だから犯人は、敷石を一つ七、八キロ程度の破片にして、紙で包んでから一個ずつ六階まで持ち運び、それからタイル用接着剤でくっつけたんだ。接着して五分もすれば、強度は十分足りる。そうして一枚の敷石にしたんだ」

張一昂は驚きのあまり、口が半開きのままになった。敷石の運搬という地味な作業すら、これほど入念に実行した犯人に恐怖を覚えた。

張一昂は少し考え込み、高棟に尋ねた。「犯人が階段で敷石を六階まで運んだということは、長時間かけて階段を四往復したということですよね。マンションの住民に聞き込みをすれば、そのときに犯人とすれ違った者がいるかもしれませんよ」

高棟はその意見を却下した。「無駄だ。すれ違ったからなんだって言うんだ？　お前だったら、階段を下りているときにすれ違った内装業者の顔を記憶しているか？　この事件は発生からもう六日経っている。階段ですれ違った人間が本当にいたとして、いま質問されたところで、そのときに内装業者に会ったかどうかすら思い出せないだろう。それに、この防犯カメラの映像を見る限り、マンションから出ていく住民はいない。しかもこういったマンションはエレベーターに乗るのが普通で、階段を使う人間は稀だ」

張一昂は残念そうにうなずいた。高棟の言葉は正しい。人間の目はカメラではないのだ。日常生活では、毎日さまざまな他人と出会う。何日の午前中に街角で誰と出会ったのか覚えていられる人間は少ないし、ましてやそれがどんな容姿だったのかは、特に奇妙な格好をしていたわけでなければ、ほぼ記憶に残らないだろう。産んで申し訳ないと両親が思うほどの宇宙人みたいな顔の人間であれば、誰が見ても忘れないだろうし、その人物が罪を犯して捕まったとしても、警察が特別すごいというわけではないだろうが。

そばにいた若い警察官が口を開いた。「この男はマンションのチャイムを押してからドアを開けているようです。建物内に仲間がいて、ドアを開けてもらったのではないでしょうか？」

高棟は首を振った。「マンションに仲間が住んでいたら、どうして敷石を運んでいる様子をわざわざ防犯カメラに撮られているんだ？　それに、一日で四回も石を運んだ理由は？　紙で包んだ石を日を空けて持ち運べば、そもそも中に何が入っていたのかすら気付かれないんだぞ」

刑事捜査隊に入ったばかりで実習期間中の新人警察官は、無邪気に聞いてきた。「しかし犯人がチャイムを鳴らしたからドアが開いたんですよ？　普通の住民が知らない人間のためにドアを開けますか？」

その点に関して、高棟は無駄話に付き合うつもりもなかった。このような大事件の捜査に、こんな豚みたいに愚かな人間を加入させた張一昂を疑った。

張一昂が居心地悪そうに部下に説明する。「有線チャイムがあるマンションの入り口でボタンを押して、通信会社の者です、LANケーブルの点検に来たから開けてくださいって言ってみろ。開けない奴はいないぞ」

高棟は張一昂を呼び、小声で聞いた。「葉《イエ・》援《ユエン》朝《チャオ》に実際会ったんだろ。体型は？」

「百七十センチちょっとで、かなり痩せています」

「映像の人間とは？」

「体型は見た限りではほとんど一緒です。まだ葉援朝を疑っているんですか？」

「あの日、江《ジアン・》偉《ウェイ》から聞いた内容はお前にも説明したな？　二件の殺人事件とも被害者の金品は奪われておらず、被害者同士に経済的なつながりはないことから、復讐殺人だということが分かる。葉援朝は現在判明している関係者の中で一番強い動機を持ち、犯罪能力が極めて高い人物だ。彼を指し示す有力な証拠はないが……まあ……捜査が低迷しているいま、どんな可能性もやすやすと排除できない」

「しかし二つの事件は、被害者が政府機関の幹部ということ以外、似ている点がありませんから、同一犯による事件として捜査する条件を満たしていませんよ？　それにこの人物の歩く姿は葉援朝と異なります。葉ならやや足を引きずっているはずです」

「二つの事件が実は全くの無関係だったら、とは俺も考えた。一件目の事件は極めて残酷で、二件目は事故に見せかけている。両者の手法や特徴はかけ離れている。胡海平に恨みを抱く人物が、王宝国《ワン・バオグオ》殺人事件に便乗して胡海平を殺めた可能性もある。犯人が散々工夫を重ねたおかげで、あやうく事故として処理するところだったが、犯人からすれば、殺人だと判明されたところで、一件目の事件と結びつけさせて、警察に便乗犯の可能性を匂わせることもできる」

「そうですね。本当にそうだとしたら、二つの事件が同一犯によるものだと誤解し、動機面から葉援朝にばかり注意を向け、そのまま迷宮入りになってしまいます」

高棟がうなずく。「同一犯だとすれば、動機面から葉援朝が第一候補だ。二つの事件が無関係なら、犯人は王宝国と胡海平どちらかに恨みを持っていた可能性が高く、葉援朝の身の上とは無関係だ。だが葉援朝の容疑も完全には排除できないから、お前にはもっと深く捜査を進めてもらいたい」

「この二件で、我々の捜査は王と胡の人間関係に集中しています。彼らに恨みを持つ人物はいたか、どの人物が動機を持っていたかという捜査方針は間違っているのではないでしょうか？　真犯人は人間関係のリストに含まれていないかもしれません。犯人が社会に復讐心を抱いていたとしたら？　または公安や司法に不平等な対応をされたことがあって、それをずっと恨んでいて社会に報復したいと考えていたら？」

高棟は否定する。「それはない。社会に復讐する心理的な要因は、発散だ。事態が大きくなるほど手口がますます残忍になって、犯人の心の不満はようやく発散される。王宝国の殺人は残忍な手口で、確かに社会に大きな影響を与えた。だが胡海平事件は、犯人の極めて巧妙な手口によって事故に見せ掛けられている。社会への復讐という線は完全に消せる」

張一昂は納得し、また尋ねた。「葉援朝をどう調べましょう？」

「市から経験豊富なベテラン刑事を何人か寄越すよう電話で頼み、彼らに尾行してもらう。あと、ここ数日の防犯カメラの映像チェックは大変だっただろうが、あと数日辛抱して、住宅区内の他の防犯カメラと住宅区外の街頭防犯カメラの映像も調べてもらう。きっとこの人物の顔の特徴が映っている映像があるはずだ。いまの映像で、敷石をタイル用接着剤でくっつけた理由は分かったが、胡海平事件には、六階のひさしにあった鉄片が関係あるかも含めて、まだ未解決の疑問がいくつかある。そうだな……まずは結果が出てからだ」

極度の疲労を覚えた高棟は長いため息を吐いた。

18

多くの教師の説得の下、校長の蔣亮《ジアン・リアン》は大勢の怒りを買おうとは思わず、ついに陳翔《チェン・シアン》の除籍を諦め、これまで通り観察処分とした。顧遠《グー・ユエン》はやっと胸をなでおろした。

週末になり、顧遠は長い時間をかけて、次の目標を始末する準備をしなければならなかった。次は公安局局長の邵小兵《シャオ・シアオビン》だ。

顧遠は一日ごとに夜勤があり、クラス担任でもあるから、ほぼ毎晩職員室にいる。彼は夕方の僅かな時間を縫って下見をし、七、八時に急いで学校に戻って授業の準備や当番をしなければならなかった。

そんな途切れ途切れの下見では当然足りない。

下見をもっと難しくさせていたのは、最近警察側の捜査へのプレッシャーが強くなったせいで、邵小兵も定時通りに退勤することが少なくなり、仕事が終わっても家に帰るとは限らないことだ。

顧遠は邵小兵の家の周囲を何度確認しても彼と出会うことがなく、周囲の地理を繰り返し頭に入れることぐらいしかできなかった。

また、検察院と人民法院のトップが殺されたことで、邵小兵もいくらか用心しているようで、実行難易度は胡海平《フー・ハイピン》よりはるかに高い。

胡海平殺害の方法は邵小兵には使えないので、他の計画を練った。

今回、顧遠はおそらく銃を使用する。だが銃を使ってどのように事故に見せ掛けるか、彼はまだ考えをまとめていない。

顧遠は警察側が胡海平の死の真相を見抜けていないと考えていた。専門捜査グループ責任者の高棟《ガオ・ドン》が、地道で丁寧な捜査の末に自分のトリックの大半を見破ったとは想像もしていない。警察側の捜査の進展具合を知ったら、顧遠が取るべき行動は、次の殺人を計画することではなく、退路を考えることだ。

邵小兵は正真正銘の地元出身者だ。地元出身の人間が現地の重要機関のトップになる例は少ない。彼の父親は九〇年代に寧県の第一副県長を務め、一族には官僚もいれば企業家もいる。彼の妻の弟は会社経営者で、何年も前に上場を果たし、もともとはバイク部品を造っていたが、ここ数年は航空機部品の製造に着手し、寧県富豪ランキング二位に入っている。しかし商売がどれだけ儲かっていようが所詮そこまでであり、官僚とは比肩できない。社会と政府双方をまとめる邵小兵は一族で誰もが認めるリーダーだ。

県西部の山荘エリアが本来の邵小兵の住所だった。とても豪華な家で、面積は一ムー（約〇・〇六七ヘクタール）余りあったと言われている。その後、通報を受けた省から調査された際、彼は邸宅を義弟の名義に変え、一時的に住んでいるだけだと述べた。その後は何者かからの「指導」を受けて、生活態度も地味になった。現在は県北部の高級住宅区に住んでいる。マンションはエレベーター付きだ。

家には彼と妻の二人だけ。一人息子はオーストラリアに留学中。家政婦がいるのかは不明だ。これらの情報はもちろん顧遠が葉　援《イエ・ユエンチャオ》朝から聞いたものだ。でなければ、多忙な高校教師が尾行だけで邵小兵の住所を知るのに、いったい何日かかるだろうか。

日曜日、顧遠は邵小兵の家がある住宅区内と区外の道路を再び歩いて回った。ここは相当な高級住宅区だが、セキュリティー面は弱い。自動車に乗っていなければ、電動バイクや徒歩で来た者は自由に出入りできる。沈　孝　賢《シェン・シアオシエン》や県の他の重要な幹部が住む皇朝花園とは大違いだ。

住宅内外の防犯カメラについて、顧遠はもうだいたい把握済みだ。しかし設置場所ごとにいちいちチェックする時間を割けないので、存在に気付いていない防犯カメラがないとはいえない。しかし関係ない。犯行時に顔をさらさず、目撃者もいなければ、警察側は防犯カメラの映像から彼のおおよその身長を知る程度で、何の手掛かりもつかめない。

道を歩きながら、どのように手を下して後始末しようか構想を練っていたとき、携帯電話が鳴った。表示画面を見てみると、曾　慧　慧《ゾン・フィフィ》からだ。

「もしもし？」

「顧先生」

「曾慧慧か、何か用か？」

電話から笑い声が伝わる。「先生がいまどこにいるか、分かりますよ」

顧遠は若干眉を寄せた。

「金光公館《ジングアン》の近くですよね？」曾慧慧が話し続ける。

顧遠はたまらず身震いし、冷や汗をかいた。本能的に道の前後に目を向けたが、曾慧慧は影も形もない。それ以上に彼を慌てさせたのは、今日わざわざかつらをかぶって付け髭と眼鏡を装着し、普段着たことがない服を着て、歩くペースも平時と意図的に変えているというのに、どうしてここにいるのがバレたのかということだ。

「どうして黙っているんですか？　当たりですか？」

「ああ……」顧遠は悟られないように深呼吸し、こわばる気持ちを落ち着かせた。「金光公館の近くにいるが、どうして分かったんだ？」

「何か用事で来てるんですか？　うちは通りのたった三つ先ですから、ぜひ寄ってください」

「うーん、今日は駄目だ。友人と会う予定でね、別の日にしよう。そうだ、そっちはどこにいるんだ？」

「家です」

「じゃあどうして先生がここにいるって分かったんだ？」

曾慧慧はいたずらっぽい笑い声を上げた。「あはは、明日教えますよ。言っても怒らないでくださいよ」

顧遠は居心地悪く「ああ」と答えるしかなかった。疑われることを心配し、あえて追及せず、早々と電話を切った。

どうやら今日の下見はここまでのようだ。まさか警察がすでに自分を尾行していて、曾慧慧はそれを気付かせてくれようとしたのか？

　あり得ない。彼の父親は刑事捜査の担当ではない。葉援朝の話では、刑事業務の性質は非常に特殊で、重大事件があれば同じ組織でも刑事でない職員には詳細を知る術がない。曾慧慧ならなおさら不可能だ。

　それに警察が自分に目を向けるとしたら、先に葉援朝を十分捜査してからのはずだ。

　そういえばここ数日連絡を取っていない。この機会に話でもしよう。

　日曜日午後の退勤前、顧遠は派出所の副所長室の固定電話に電話をかけた。

「おじさん――」

　彼が口を開くや、葉援朝がさえぎった。「俺は飯には行かない。角のファーストフード店で食べるから、構わないでくれ」

　顧遠は少し面食らい、すぐに「分かった」と言って電話を切った。何か起きたようだ。

　顧遠は葉援朝の退勤時間の五時半まで待ち、それから葉援朝の家の近くの中国式ファーストフードチェーン店にやってきた。ここは葉援朝がたまに来る店だ。電話で言った店はここしかない。

　店に入った顧遠は無意識の行動に見えるように店内をぐるりと見渡したが、葉援朝の姿はない。それからトレーを持って、小皿を二皿選び、白飯を加えて会計すると、奥側のテーブルに座った。

　十数分後に葉援朝がドアの前に現れた。彼は顧遠の姿を認めると、直ちに視線をそらした。そしておかずを選んですぐに代金を支払い、レジ前で席を探すふりをし、顧遠のテーブルの前までやってきて、その斜め向かいのテーブルに座り、うつむいて食事を始めた。

「どうしたの？」顧遠も同じようにうつむいて食べ始め、葉援朝に視線を向けることなく小さな声で聞いた。

「つけられてる。多分、市公安局の人間だ」

「いつから？」

「二日前からってところだ。午後に用事があって出掛けたとき、朝にも昼にも見掛けた車が目に入ったから疑っている」

「携帯と固定電話は？」

「分からん。盗聴されてるかもしれん」

顧遠は考え込み、うつむいて食べるふりをしながら話した。「これから連絡する際はこの店に来よう。俺はこの時間帯に三日ごとに来る。必要がなければおじさんは来なくていい。あと、盗聴器を付けられないように、身に付けてる物を他人に触らせないようにしよう」

葉援朝は、おう、とだけ言った。彼には聞きたいことがたくさんあったが、この状況下で一体何から質問していいのか分からなかった。

顧遠がまた聞く。「最近あいつらは来た？」

「あれから来ていない」

「思った通りだ。もう一通り聞いたから、いくら聞いても何も出てこないと思ってる。でも尾行しているってことは、またおじさんに疑念を抱いたってところだろう。それも当然か。あいつらはきっと、おじさんには動機があるし、過去の経歴を見てそういった能力もあると思ってる。それにあの晩、誰かに見られて声を掛けられているしね」

そのとき、トレーを持った客がそばを通ったので、顧遠は急いで口をつぐんだ。しばらくして、その人物が遠くのテーブルに座ったのを視界の端で確認してから、再び小声で話し出した。「でも心配いらない。尾行してるのなら好都合だ。おじさんの嫌疑はすぐに晴れるよ」

その言葉に葉援朝の眉がピクリと動いた。「じゃあお前は？」

「俺は大丈夫。自分なりにやる」

「どうやって胡……」

「それは気にしなくていい」

「次は何をするつもりだ？」

顧遠はご飯を一口食べ、くぐもった声で言った。「邵小兵」

葉援朝は顔色を変え、うつむきながら早口で呼び掛けた。「駄目だ、危険過ぎる。あいつは他の人間と立場が違うんだ」

その点は顧遠も承知の上だ。

検察院と人民法院のトップが死んだのは当然重大な出来事であり、省公安庁が出てきて監督することになる。だが公安局局長が次の被害者になれば、公安部どころか北京の最高政策決定層すら揺るがす重大事件となる。何より邵小兵は警察官だ。警戒心も常人より高く、実行に移そうとしても並大抵の方法では成功しない。

顧遠は冷静に言い返す。「おじさんが尾行されているのは、胡海平事件が起きても、おじさんが犯人の可能性を完全に排除しきれなくて、もう少し調べる必要が出たからだ。邵小兵が被害に遭った時間帯におじさんが尾行されていたら、その瞬間に鉄壁のアリバイができて、容疑が完全に晴れる。だからこれは好都合なんだ。おじさんの疑いが消え、俺が疑われることはもっとない。

そして証拠を残さなければ、あいつらが真相にたどり着くことは永遠にない。邵小兵が終わったら今度は沈家だ。全部順調にいけば、年が明けたら全部過去の出来事になる」

実を言えば、顧遠は沈家を本当に始末しようと考えたことがなかった。沈家の人間を殺せば、誰もが分かる動機によって葉援朝が浮上する。彼が葉援朝にそう言ったのは、葉援朝の心のわだかまりを一日でも早く解き、復讐の考えを捨てさせて平穏な余生を送ってほしかったからだ。

顧遠が胡海平を殺し、邵小兵殺しを企てているのは、葉晴《イエ・チン》とその母親の復讐を遂げようという気持ちからではない。事実、彼は母娘のことなどこれっぽっちも気にかけていない。全ては葉援朝一人のためだ。葉援朝がいなければ、彼はいまどうなっていたのだろうか？　顧遠にとって想像することすら恐ろしい。

顧遠は見抜いていた。胡海平を殺したところで葉援朝は「目を覚ます」こともなければ、復讐を諦めることもないということを。しかし彼は、邵小兵が死ねば葉援朝の気分もきっと晴れ、沈家全員を銃殺してやろうとは二度と思わないだろうと考えていた。

これこそ彼の計画だ。この計画で彼が殺人の大罪を背負ったとしても、おじのためなら、彼は自分の人生を変えても良かった。なぜなら彼の人生はおじによって変わったからだ。

葉援朝は唇を引きつらせ、口内のご飯をようやく飲み込んだ。うつむいてしばらく黙り、首を横に振り、お椀の中のご飯を見つめながら口を開いた。「最初から俺が間違っていた。人は死んでしまえば、生きている人間が何をしようとも無駄だ。お前を巻き添えにしてしまうのなら、一時の感情に駆られて過ちを犯すんじゃなかった。もういい、もうやめて、全部過ぎたことにするんだ。警察が真相にたどり着いたときには、俺一人が引き受ける。俺はもう年で、人生にも希望を持っていない。だがお前にはお前の人生がある。俺のためにもう十分やってくれた」

顧遠は小さく首を横に振った。「あの日、俺が家に行かず、王宝国《ワン・バオグオ》殺しがおじさんの仕業だと知らなければ、いま頃どうなってた？　おじさんはとっくに捕まってるかもしれないし、そうでないかもしれない。捕まっていなければ、どうしてたと思う？　諦めたか？」

葉援朝は何も言えなかった。

「おじさんのことはよく分かってる。おじさんは融通がきかない善人だ。でもあいつらはおじさんの希望全てを台無しにした。もう覚悟を決めて、死なばもろともと思ってるんだろう。俺が絶対にそうさせない」

葉援朝は視線をテーブルに落としたままで、二人が会話しているとは誰からも思われない。彼はゆっくりと息を吐き、小さな声で訴えるように語った。「あのときは理性を失っていた。本当は、人生にもまだ希望が残っている。それはお前だ。お前のことはずっと自分の子どものように見ていた。お前にはよく生きてほしい」

顧遠のまぶたが瞬時に赤くなり、彼は無理やり笑みをつくった。「分かってる。だからこそ黙ってられないんだ。これも葉晴とおばさんのためだ」

「でも二人はお前に……」

「そんな風に言わないでくれ。二人の立場からすれば、間違ったことはしていないんだ。いままで二人を恨んだことは一ミリもないよ。二人とも俺にとっては家族だ。おじさん、あの日言わなかったか？　もう余計なことは考えないで、全部俺に任せてくれ。それでいま、ちょっと頼みがあるんだけど、手錠を貸してくれないか」

「何に使うんだ？」

「自分なりの使いみちがあってね。それと、もうしばらくしたらあれを返すよ」顧遠は手で銃の形をつくった。

しかし葉援朝の答えはノーだった。「駄目だ。それはできん。これ以上お前に間違ったことをさせたくない。全部済んだことにするんだ」

「それで心が休まるのか？」

葉援朝は愕然とした顔になり、おもむろに口を開いた。「休まる」

「嘘だ。顔は、全然休まらないって言ってるよ」

葉援朝は黙った。

「全部うまくやるから、信じてくれ。胡海平の件は何も進展していないんだろ？」

「だが邵小兵は違うぞ。あいつは警さ……」葉援朝は、警察というデリケートな言葉を最後まで言い切らなかった。

「違わない。人間の命は一つしかない。奴らはこの道理を知らないから、他人の人生をいともたやすく終わらせられるんだ」

葉援朝はため息をついて、押し殺した声を出した。「あれを返すんだ」

顧遠がきっぱりと断る。「駄目だ。いまは絶対に返せない」

葉援朝はしばらく箸を握りしめ、歯の隙間から言葉を絞り出した。「俺のせいで死なせたくないんだ」

顧遠は気にせずほほ笑んだ。「馬鹿な真似はしないから、安心してくれ」

歯を食いしばる葉援朝はしばらく黙ると、尋ねた。「お前の計画を教えろ」

「おじさんは知る必要ないよ。知ってほしいのは、胡海平は事故、邵小兵は自殺ということだけだ。王宝国を殺した罪が発覚するのを恐れて自殺するんだ」

葉援朝は目を見開いた。また口ごもり、そしてため息をついた。「分かった。三日後に手錠を持ってくる。またここでだ」

だが、そう口にした葉援朝は苦悩した。自分がひどく自己中心的な人間だと思えた。何せ、他人が自身の恨みのために極めて大きな危険を冒すのを黙認したのだから。だがその一方、彼の心は関係者全員の死を望んでいるようだった。

にやりと口元を歪めた顧遠は、葉援朝の本心をほとんど見抜いていた。彼はもう葉援朝のためにあらゆるものを犠牲にする準備ができていた。だが彼は、葉援朝も彼のために何もかもを犠牲にする覚悟を決めていることは知らなかった。

彼らはどちらも相手の無事を祈り、相手の罪をかぶる気でいた。

彼らは父子ではないし、血縁関係もないが、父子同然の深い愛を持っていた。


翌日の月曜日、顧遠は授業のため学校にやってきた。気になって仕方なかったが、自分から曾慧慧に声を掛け、どうやって自分の居場所を知ったのかは聞かなかった。そうやって強く興味を示せば、相手に怪しまれてしまうからだ。

彼は疑問を脳の片隅に置き、何もなかったかのように通常通りに授業を行い、授業を終わらせ、宿題の採点をした。

昼休み、顧遠は職員室に向かっている途中、廊下で偶然曾慧慧とすれ違った。彼は普段と変わらぬ態度で彼女にうなずいてあいさつし、そのまま歩き続けたが、曾慧慧が答えを教えてくれることを内心期待した。

数歩も歩かないうちに、期待通り、曾慧慧が呼び止めた。「顧先生、昨日どうやって場所を知ったのか分かりました？」

顧遠はまた心がさざめくのを感じた。振り返り、興味津々というように彼女を見つめた。「どうやったんだ？」

「当ててみてください」

顧遠は脳をフル回転させた。昨日、車を降りたとき、帽子と眼鏡と付け髭を装着して、誰にもバレないようにしていたし、歩くときも歩行速度をわざといつもと変えた。その状況でも誰かに見抜かれるのだとしたら、確実にまずい。

あり得ない、彼女に見破られるはずがない。

そうだ、北側に停めた車を見られたのでは？

だが車は路上駐車されている他の車両の間に止めたし、シボレーみたいな安物はどこにでも見掛けるから、目を引く要素がない。それに車体は地味な青色だから、ますます目立たない。

もしくは彼女がナンバーを覚えていて、駐車させた場所をたまたま通り掛かったのか？　しかし世の中そんな偶然があるか？

顧遠はさまざまな可能性を考えたが、結局負けを認めた。「分からないな」

「怒らないでくださいね。携帯電話の位置情報を特定したんです」

「携帯を？　どうやって？」顧遠は理解できなかった。

「父から聞いたんですが、市公安局はいま、頻発している振り込め詐欺を撲滅させるために、携帯電話事業者と手を組んで、最新の携帯電話の電波検知装置を設置したそうなんです。携帯電話の電源が二分間オンになっていれば、そのシステムがすぐに電波を受信できるんです。パソコンで対象の携帯電話番号を入力するだけで、その携帯の正確な位置をすぐに特定できます」

顧遠は舌打ちをした。「そんなにすごいのか」

これからは下見の際に携帯電話を持てない。

「昨日父がいないときにこっそり父のパソコンを使って、そのソフトを起動してクラスメートの番号を何個か入力してみたら、どれもすごい正確だったんです。それで、駄目なことだと思いましたが、顧先生の番号も試したんです」

分かってしまうと大したことなかったが、顧遠は厳格な態度で言い放った。「それはよくないな。クラスメートのプライバシーの侵害になるぞ」

曾慧慧はすぐに反省の態度を示した。「これからは先生の個人情報を暴くことは絶対にしません。もちろん、友達のも」

顧遠はほほ笑んだ。彼は生徒が時折見せるやんちゃさをとがめたことがない。やんちゃとはその年齢にあって当然のものだ。毎日夜遅くまで勉強することしか知らない人間の方が、正常ではない。

「そのソフトでは、どのぐらい正確に位置が分かるんだ？」

「父の話だと、直径二メートル以内に特定できると言っていました」

「本当にすごいな」

顧遠の専門は物理だ。電磁波や携帯電話の電波検知の原理は当然耳にしたことがある。しかし、携帯電話の電波の反応から、対象の位置をそこまで狭い範囲で正確に把握できるのなら、強大な技術的サポートが必要だ。

職員室に戻った顧遠は、席についてさっきのことを振り返った。いまの公安部門のテクノロジーの強大さは、すでに自分の常識を超えている。今後の行動は、もっと隅々まで気を配り、より完璧を目指さなければ。従来の論理的思考で犯罪を実行してはならない。自分も葉援朝も知らないだけで、警察側がさらに多くのツールを持っているという可能性もあり得るからだ。

一つのミス、大したことのないケアレスミスで警察側に逆転勝利を与えてしまう。

しばらくして、食事を済ませた教師たちが続々と職員室に戻ってきた。その先頭を歩いていた魏が、顧遠を見るなり口を開いた。「顧先生、共同出資マンションが出来上がったのは聞きましたか?」

「早いですね。来月じゃなかったですか?」

別の教師が口を挟む。「早めに竣工したからですね。あと数日で引き渡しですから、今週日曜にみんなで確認に行きましょう」

魏は心配そうな表情を浮かべた。「でも建築基準は満たしてるんでしょうかね。いまは手抜き工事なんて珍しくないじゃないですか」

顧遠が諭す。「問題ないでしょう。全員で開発業者と共同購入を決めた分譲住宅ですから。いまのマンションは、土地にかかる費用が大半で、建築にかかるのは一部です。普通の開発業者は建築資材の削減なんかしませんよ」

「そうだと良いんですけど。これから十五年間、ローンを返済しないといけませんから、考えるだけで憂鬱ですよ」

顧遠が笑う。「うちなんか三十年ローンですよ。払い終わるのは退職する頃です」

「顧先生は何階のを買ったんですか？」

「四階の、七十一平方メートルある単身者用の部屋です。仕事を始めたばかりで貯金も少ないから、頭金の一部は大学の友人から借りました。でもマンションができたら、もう学校の寮に住むこともなくなりますね」

顧遠の瞳に未来への憧れがにじみ出たが、自分がこれからやるべきことを思うと、心に一抹の不安を覚えた。

しかしそれでも顧遠はやるのだ。それが葉援朝のためだから。

葉援朝がいなければ、いまどんな人間になっていただろう？　顧遠は想像しようとは思わなかった。子どもの頃を思い出すと、心のうちに押し込めていた恐怖が思考を現実に引き戻すのだった。

19

警察が防犯カメラの映像を、昼夜問わず何日間も調査した末、新たな収穫といえるものがあった。

敷石を設置した男は、日曜日、マンションを出てから次の防犯カメラの撮影範囲内に現れたときも、帽子をかぶりマスクをしていた。黒い小型電動バイクに乗り、白いヘルメットをかぶっている。

沿道に連なって設置されている防犯カメラの映像を残さず調べ上げたところ、男は最終的に建業路《ジェンィエ》の道路で姿を消した。その道路は事件現場となった住宅区から通り三つ分離れている。

建業路は約八百メートルほどの短い道路で、東西両端の交差点にそれぞれ防犯カメラが設置されており、途中に分かれ道がない。

姿を消したというのは、西側の防犯カメラには電動バイクが建業路の西端からやって来るところが写っているのに、東側の防犯カメラには建業路から出ていく姿が写っていないことを意味する。

事件発生前の映像を見返しても同じだった。西側の防犯カメラには建業路から現場の住宅区へ向かう電動バイクが写っているのに、東側の防犯カメラには建業路に入ってくる電動バイクが写っていない。

その電動バイクはどこからともなく建業路に出現し、煙のように消えてしまったようだった。また、男は住宅区に出入りする前後も帽子とマスクを付けていて、一度も顔を上げておらず、防犯カメラに顔の特徴を何一つ残してなかった。

高棟《ガオ・ドン》がまず疑問に思ったのは、犯人が煙のように現れて消えたことだが、建業路で現場を確認すると、すぐにそのからくりに気付いた。

道路の両側が無料の駐車スペースになっていて、平日は多くの自動車が停まる。犯人は車で建業路まで来てから、車から電動バイクを降ろし、現場へ向かったのだ。犯行後、彼は電動バイクで建業路に戻り、またバイクを車に載せて運転していった。

犯人がどんな車に乗っていたのかはもう分からない。トラックか、セダンもあり得る。電動バイクの見た目はコンパクトで、セダンのトランクなら簡単に入る。重量もあまりなさそうで、成人男性なら確実に持ち運べる。

この事態に直面し、今後どのように捜査を続けていけばいいのだろう？

専門捜査グループの定例会、ベテラン刑事が揃って高棟を見つめ、次の指示を待っていた。

高棟は一同を見渡し、何も言わずにタバコに火を点け、天井を仰いだ。

江偉《ジアン・ウェイ》が発言する。「防犯カメラを避けて電動バイクを建業路に持ってこようとしたら、取れる方法は一つだけです。自動車に積み込んできたのでしょう」

高棟の表情に変化はない。その結論はさっき建業路に来たとき思い付いた。

江偉が続ける。「これはつまり、その自動車は確実に防犯カメラに写っているということです。犯人の電動バイクが建業路から走り去る前の一時間以内に建業路に入ってきた車両と、電動バイクが建業路に戻ってきてから一時間以内に建業路から出ていった車両の数を集計して、防犯カメラに二度とも写った車両を探し出すことはできます。二回とも写る車両は多くないはずです。一台ずつ調べ上げれば、特定は時間の問題でしょう」

高棟は江偉に目をやって煙を吐き出し、黙り続ける。

返事を待ち続ける全員は、高棟が表情を崩さず、江偉の判断に肯定も否定もしないことに対して焦れた。耐えられずに江偉が尋ねる。「この方法はどうでしょうか？」

高棟は大きく息を吐いた。「犯人はお前が考えているほど甘くないぞ」

江偉はきまりが悪そうに顔に悔しさをにじませた。「では……他にどんな方法が？」

高棟は全員に目を向け、口を開いた。「お前たちはこの点に気付いているか？ 道路の防犯カメラに写っている犯人は、電動バイクに乗っているときにマスクをしている。だがマンションの出入り口前の防犯カメラの映像では、マスクをしていない。犯人は顔を上げていないから、容貌は写っていない」

張一昂《ジャン・イーアン》が疑問を口にする。「それが何を意味しているのでしょうか？」

「注意深さだ、極端なまでの」高棟は声を抑えて言った。「マンションの階段を降りているとき、マスクをした人間とすれ違ったら何度も見返すだろう？ 絶対に。寧県のような南方の地域で、屋内でマスクをしている人間なんか怪し過ぎる、違うか？ 何度も視線を向ければ、そいつの外見が覚えられるかはともかく、その人物を気に留めるだろう。犯人は誰からも注目されたくなかったから、マンションに入るときはむしろマスクを外した方がいいと考えた。そうすれば、階段を降りているときに偶然誰かとすれ違ったところで、一見普通のよそ者には関心を払われないし、外見的特徴を覚えられることもない。例えば朝、家を出て最初に目にした人間の外見をいま答えろと言われたところで、完全には思い出せないだろう」

高棟は一呼吸置き、話を続けた。「ここから、犯人が人間の心理を極めて細かく分析していることが分かる。犯人はマンションに入ってからなら、マスクをしない方がむしろ安全だと分かってた。だがその一方で、電動バイクに乗っているときにマスクをしているのはなぜか？ それは、この季節だとマスクをしてバイクに乗っている人間などどこでも見掛けるからだ。バイクに乗っているとき、ずっと下を向いていることは不可能だ。向こうから車がやってきて避けなきゃいけないってときは顔を上げるしかない。そのときにちょうど前方の防犯カメラに顔を撮られたらそれでおしまいだろう？　だから犯人はバイクに乗っているときにマスクを付ける必要があったんだ」

江偉が質問する。「犯人がそこまで考えていなくて、単なる癖という可能性はありませんか？」

「いやそれはない」高棟がすぐに否定する。「犯罪をしているとき、人間には恐怖心があって、遮蔽物を探して隠れようとする。犯行時にマスクをするなんて大したことじゃない。この犯人が普通じゃないのは、犯行前にマスクをして、実行時にマスクを取っている点だ。一般の犯罪者に置き換えれば、マンションに入ったときは路上にいるときよりさらに恐怖を感じ、顔を覚えられないかよけい心配して、マスクを絶対に外そうとしない。前回の接着剤の件から、犯人の並外れた注意深さが分かり、接着剤を利用して警察の判断を妨害しようとしているのは理解できた。今回のマスクの着脱というポイントは、とても地味だが、相手が普通の犯罪者ではないことのさらなる証明になった」

江偉はうなずいた。彼は高棟の判断を信じたが、ちょっと考えてまた疑問を口にした。「しかし、犯人がマスクをするかしないかと、我々が防犯カメラから車両を調べることに何の関係が？」

「お前がさっき言ったのは、電動バイクを建業路まで運ぶ一つの方法であって、最も簡単な方法にすぎない」

「他にも方法が？」

「胡海平《フー・ハイピン》を殺した犯人は一人だと断言できるか？」

「それは……この一人しか見つけていませんから」

「だから我々の結論としては、犯人は少なくとも一人ということしか言えない。共犯者がいるかどうか、分かりようもない。仲間がいた場合、電動バイクを建業路に運び込んだ車は二台あったかもしれない。犯人はそのうち一台を運転して電動バイクを建業路まで持っていき、犯行後に仲間がもう一台を運転して電動バイクを建業路から運び出す。そういう場合、どう捜査する？

「他に、犯人が単独犯であったとしても、お前の言った方法を使うとは限らない。犯人が電動バイクを積んだ自動車を運転して建業路まで来たとしても、それから一時間以内に電動バイクを車から降ろして、胡海平宅がある住宅区に向かったとはいえない。犯人は車を数時間、あるいは前日やさらに前から路上駐車させて、日曜日にようやく実行した可能性が高い。建業路から離れるときも同じ理屈だ。電動バイクを車に載せ、作業服に着替えてから徒歩で建業路を出て、しばらくしてから車に戻って運転して出ていったということも考えられる」

江偉は驚きのあまり息を呑み、絶句した。

犯人は確かにそうすることができるし、そうした方が目に見えて安全だ。しかしそうなると、犯人が電動バイクを建業路に運び込んだ可能性は多岐にわたり、警察がここ数日間に建業路を通過した車両全てを調べ上げるのは不可能だ。それに全て調べたとしても、被疑者を割り出せるかは別の話だ。仮に、ここ最近建業路を通過した車両全てを何らかの方法で調査しろと言われたら、県内の人間全員を捕まえて取り調べしたほうがマシだ。どっちみち、その中に必ず犯人がいるのだから。

高棟の分析を聞いた全員の顔に「消沈」の二文字が浮かんでいるようだった。

高棟は咳払いした。「被疑者の他の挙動を見ても、非常に注意深く、慎重な人間だと分かる。江偉の話した方法は身元が特定されやすく、犯人がこの過程でミスを犯すはずがないというのが個人的な見解だ。だがみんな、気を落とすことはない。まず江偉の言った通りに調べることはできるし、その作業量はあまり多くない。犯人がその過程でのみうかつな行動を取っていれば、それが年貢の納めどきだ。何も出てこなければ、また別の方法を考えよう。会議はここまでだ。みんな頑張ってくれ」

会議が終わり、高棟は張一昂を残した。「ここ数日、尾行中に葉援朝《イエ・ユエンチャオ》に発見されたりしたか？」

張一昂が自信を持って答える。「ありません。尾行しているのはみんな、高棟さんが指名したベテランですから、全員とても慎重です」

「何かおかしな挙動は取っていたか？」

「いまのところは何も。ところで、私も葉援朝には二回会いましたが、彼は歩くときに足を少し引きずっています。しかし胡海平事件に関与する男は歩き方が普通です。葉援朝ではありませんよ。それにあの男は老けているという感じもありませんし、少なくとも葉援朝と同じ五十代には見えません」

「防犯カメラの映像を何遍も見て、俺もあの人物が葉援朝ではないと思っている」

「では王宝国《ワン・バオグオ》事件もその人物の仕業だと？」

高棟は肯定も否定もしなかった。「二つの事件は手口からして違う点が多過ぎる。王宝国事件の手口は残忍で、社会的影響力も高いが、捜査網をかいくぐる犯人の能力が必ずしも高いとはいえない。せいぜい、停電という都合のいい日を選んだぐらいだ。反対に、胡海平事件の犯行はすさまじく、白昼に衆目の面前で殺人を犯して事故だと見せ掛けている。胡海平殺害前後の五分間、周囲には百人を超す目撃者がいたが、犯人を知る者は誰もいない。しかも犯人は犯行の細部にまでそつがなく、極めて高い隠蔽能力がうかがえる。二つの事件が同一犯のものであるかどうか、まだ判断つかない。いまのところ、二件目の事件に残された希望は、犯人が犯行前に電動バイクを車で建業路に搬入し、犯行後にまた車で建業路から立ち去ったところを防犯カメラが収めているかどうかだが、そううまくいかないだろう。だからいまは視線を王宝国事件に戻すしかない。判明している被疑者の中で、一番条件を満たしているのが葉援朝なんだ。アリバイがあり、靴のサイズも違い、お前らと会話しているときの態度も正常だった。しかし、彼の疑いを完全に晴らせるか、または確定させられるかは、尾行と監視をしないことには分からないんだ」

「ここ数日、葉援朝の様子はこれまでと全く一緒で、退勤後に街角の食堂で食事してから帰宅していますし、ときどき酒を購入しています。どう見ても犯罪者らしくありません」

高棟はため息をついた。「本当に俺が考え過ぎているだけかもしれない。こうしよう、三グループで尾行するのも大変だろうから、今週何もなければ、もう尾行しなくていい」

数日後、警察による防犯カメラの映像の調査結果が出た。電動バイクが建業路から走り去る前の一時間以内と、建業路に戻ってきてからの一時間以内の二つの映像に写っていた車両は全部で十六台で、うち十三台がタクシーだった。電動バイクを持った客を乗せたタクシーはいない。残りの三台の持ち主を調査したところ、被害者と接点のない一般人だった。ここ数日に建業路を通り過ぎたタクシーも調べ尽くしたが、収穫は皆無だった。どうやら犯人は自家用車を持っているようだ。

高棟の予想通り、犯人はここでもミスを犯さなかった。

残りの仕事は、防犯カメラに写し出された電動バイクの外観から、当該車両を県内全域から探すことだけだ。しかし県全体を対象に、際立った特徴のない一台の電動バイクを見つけるのは容易ではない。それにそのバイクの外観は犯行の前後で顧遠《グー・ユエン》によって塗り替えられているから、実際は探し出すことは不可能だ。

葉援朝の尾行からも、同様に新情報は得られていない。

マンションの防犯カメラの映像から、胡海平が被害に遭った当日、被疑者と体型の似ている非居住者がマンションに入った形跡はない。犯人はおそらくマンションに入らず、何らかの遠隔制御装置を使ったのだ。しかし高棟は現場マンションの六階のひさしで鉄片しか見つけておらず、他に怪しい物体は何も見つかっていない。その鉄片が装置と関わりがあるのか、彼はまだ答えを見つけられていない。

二つの事件の行き詰まりを眺めていたここ数日、高棟は眉間にしわを寄せて頭を絞ったが、方針を定める策はやはり出せなかった。

その間、彼は市公安局からの電話を受け、来週、隣県から大勢の民間人が市の天天《ティエンティエン》広場に集結し、付近の化学工場建設に反対する抗議のデモ行進が行われると告げられた。抗議活動を呼び掛けるネット上の投稿は全て削除され、投稿者も数人逮捕されたが、事態はますます拡大の一途をたどり、来週にどれだけの人数が集まるのか未知数だった。市公安局は公安組織の全職員に対して徹底的な対応の準備をするよう要求し、高棟には、寧県での業務をひとまず放置し、日曜日に市に戻って対策会議に出席するよう告げた。

20

今日は土曜日、旧暦の十一月六日だ。

今日は犯罪にうってつけの日だ。顧遠《グー・ユエン》はだいぶ前からこの日を待ち望んでいた。午後の授業はないため、彼は早々と学校を出た。夜の行動のために準備が必要だった。明朝に他の教師と新居の引き渡し検査に行かなければならないので、夜の殺人はできるだけ早く終わらせるに越したことはない。

夕方四時半に顧遠は邵小兵《シャオ・シアオビン》の住む住宅区「金光公館」付近にやってきた。通りを五つ離れた道路に車を停め、かつらと眼鏡とひげを装着し、コート姿に肩がけバッグという出で立ちで、右腕にジャケットを持ち右手を隠している。寒風に少し身を縮こませ、うつむきながら邵小兵の住宅区に向かった。

住宅区に入った顧遠は邵小兵の住むマンションの下までやってくると、歩きながら視線を周囲に走らせた。邵小兵の車は見当たらない。顧遠は油断せず、地下駐車場に入って特に用はないという素振りで辺りを見渡した。ここにも邵小兵の車はない。

よし、奴はまだ帰っていない。顧遠の希望は、邵小兵の妻だけが家にいることだ。相手が一人だと都合がいい。二人同時だと厄介だ。

それから顧遠はマンションに入り、六階まで階段を上がった。六階には二世帯しか住んでいない。その二つのドアが同じ壁面に設置されているので、もう一軒のドアスコープに紙を貼ってふさぐ必要はない。ドアとドアが向かい合っていた場合、手を下す前に必ずそうしなければならなかった。物音が漏れた際、向かいの住人がドアスコープから様子をうかがうのをふせぐためだ。

顧遠は何度か深呼吸し、心をいっそう落ち着かせてから、左手にゴム手袋を装着してチャイムを押した。そしてゴム手袋を見られて怪しまれないよう、すぐに左手を袖に隠した。

「どなた？」すぐにドアの向こうから女の声が聞こえた。

顧遠は普通のトーンで答えた。「邵局長にご用があります」

するとドアが半開きになり、贅沢な身なりをした中年女性がドアノブに手をかけながら顧遠をジロジロ見た。「どちら様？」

顧遠はほほ笑みながら室内をのぞき込む。テレビの音が聞こえるが、他の人間は見当たらないし、声も聞こえない。家には邵小兵の妻一人しかいないに違いない。

「邵局長に会いに来ました。邵局長はいらっしゃいますか？」

女の手はドアノブをつかんだままだ。「邵はまだ帰ってないよ。どちら様？　何の用？」

「まだ帰られていませんか。分かりました。お手数をおかけしますが、これを邵局長に渡していただけますか？」

顧遠はジャケットで隠れている右手をバッグに入れるふりをした。その一秒後、パンという音だけが聞こえた。葉援《イエ・ユエンチャオ》朝から借りた五四式拳銃が女の額に穴を開けたのだ。

至近距離からの発砲の威力は絶大で、引き金を引いた顧遠は震えながら二歩あとずさった。銃弾は女の額をうがち、後頭部を貫通してリビングに着弾した。

銃にタオルを巻いてさらにジャケットでくるんでいたので、銃声は普通より小さかったが、それでもよく響いた。近隣住民にもきっと聞こえただろうが、爆竹の音や何かの破裂音だと思われただけで、銃声だと気付かれることはないと顧遠は考えた。遠くの住民はパンという音を耳にしたかもしれないが、あまり気にならなかったはずだ。

顧遠はドアの前で立ち尽くしているつもりはなく、すぐに部屋に侵入した。ドアを閉め、室内を歩き回って一通り調べ、誰もいないことを確認した。

死体を調べた顧遠は、銃弾が後頭部を貫通していることに気付き、色を失った。計画外の事態だ。

物理教師である顧遠は力学に詳しかったが、銃を撃った経験はゼロだった。彼はテレビドラマを参考にして、頭部に撃ち込まれた銃弾は頭蓋骨内で停止するだろうと疑っていなかった。警察にリビングの銃弾を発見されれば、銃を使った犯行だとバレてしまい、本来の計画と大きな齟齬が生じる。

顧遠はリビングを歩き回って捜索したが、落ちた銃弾は見つからなかった。

顧遠はますます焦った。しかし理性が、絶対に取り乱してはならないと告げていた。無理やり心を落ち着かせ、ドアまで戻ると、先ほどの発砲の軌跡に沿って真っ直ぐ前を見つめた。視線の先はリビングのソファだ。

ソファに向かうと、そこのクッションに穴が開いていた。クッションを持ち上げると、その下のソファの台座に銃弾がめり込んでいる。

顧遠は気持ちを沈め、考えを練った。状況はそれほど悪くはない。これならまだカバーできる。

顧遠は安堵の息を漏らした。深呼吸を繰り返し、邵小兵の妻をクローゼットに隠すと、床の血痕と自分の足跡を掃除し、靴底をきれいに拭いて、近くの窓を半分開けて室内の火薬の臭いを散らしてからリビングに腰を下ろした。

いまは邵小兵の帰りを待つだけだ。

邵小兵が一人で帰ってくるのなら、それが一番だ。友人と一緒に帰ってくるのなら、いささか厄介だ。銃があるとはいえ、複数人をスムーズに殺せるかが問題だ。殺せても、銃声が連続で響いたら近隣住民に感づかれやしないか？　とにかくいまは奴の家に潜んで、成り行きを静観するしかない。

犯罪とはこういうものだ。どれだけ完璧な計画にも変数が存在し、ときには運も成功に欠かせないパーツとなる。

成功率百パーセントの犯罪は存在しない。できるのは、知恵を絞って犯罪の成功率を上げることだけだ。

邵小兵、お前の運を試してやる。


邵小兵の運は最悪だった。彼は今日、一人で帰ってきた。

そもそも彼は普段も一人で帰宅し、友人とも外で集まる。彼は家に人を招くのが好きではない。家の整頓や掃除をするのが億劫だからだ。

夜七時、ドアを開けた邵小兵は奥へ向かって言った。「飯はあるか？　晩飯がまだなんだ」

玄関に上がると、室内は真っ暗で、妻は出掛けているようだった。

クソ、また麻雀でも打ってやがるな。邵小兵は心中毒づいた。妻がすでに殺され、犯人が依然自分の家で待ち構えているなど、知る由もない。

電気をつけてドアを閉め、靴をスリッパに履き替えた邵小兵は、奥へと歩きながらバッグから携帯電話を取り出して妻に電話しようとした。

彼がリビングに足を踏み入れたとき、隅から突然銃口が現れ、肉付きのいい彼の頭に向けられた。

銃はコットンのジャケットでくるまれ、午後に発砲したときよりもきつめに巻かれている。夜のいま、発砲せざるを得ない状況を考え、顧遠は音を最小限に抑えなければいけなかった。

「あっ」驚いた邵小兵は本能的に一歩後ろに下がった。その銃も追ってきた。

銃の後ろにいる人間の姿を認めた邵小兵は震え声を出した。「だ……誰だ？　どうやって入った？」

顧遠の鼓動が速まり、手に痺れを覚えたが、踏ん張って平静を保ち、静かな声で命令した。

「手を挙げろ。行け、ソファに座るんだ」

「だ……誰だ？　妻は？」

「とっくに捕らえている。見ろ、銃だ、お前も警察の人間なら本物かどうか分かるよな。見間違えるはずはないだろう」

邵小兵は頭が真っ白になった。自分が警察関係者であることを知っていてこんなに大胆なことをするとは、何を考えている？　彼はひと目で銃が本物だと分かった。部屋からは妻の声が全く聞こえない。もしやもう……絶望的な状況なのか？

「手を挙げろ、さっさと行け」顧遠が催促する。

邵小兵の両足は震えていた。黒く光る銃口を前に、彼は下手な動きをする気などなく、命令に従って両手を挙げ、銃の恐怖に怯えながらソファまで一歩ずつ移動した。

「座れ」

邵小兵は黙ってソファに座った。

顧遠は彼を見下ろしながら銃を構えた。こうすることで邵小兵の反撃の成功率はさらに低くなる。

「だ……誰なんだ、何が目的だ？」邵小兵は怯えた目で顧遠を見つめる。

顧遠は答えず、相手の顔をにらみ、片時も油断するつもりはない。彼は右手で銃を握りしめ、ゆっくりと移動してソファの後ろに回った。その間、銃口は常に邵小兵の頭を向いていた。それから左手をバッグに回し、中から手錠を取り出して邵小兵のそばに投げた。「自分で両手にはめろ。妙なことを考えるんじゃないぞ」

「な……何がしたいんだ？　妻はどうした？」彼は恐怖の限界だった。

「言われた通りにしろ、無駄口を叩くな」

後頭部に銃を突き付けられ、邵小兵は失禁しそうだった。恐る恐る手を伸ばして手錠を持った。手錠に刻印されている文字を見て、いっそう仰天した。「寧県公安局？　これは……警察官の装備品だ」

顧遠は彼を無視し、ただ告げた。「さっさとしろ。俺はあまり我慢強くないんだ。安心しろ、命は助けてやる。この家に金があるって聞いたから、稼ぎに来ただけだ」

邵小兵は脳をフル回転させて現在の状況を整理した。この手錠をつけてしまえば、一切抵抗できなくなる。犯人の目的は金だけなのか？

いや、おそらくそれはない。覆面もしていなければ、自分が警察関係者だと知っている。強盗をして人質を生かしておけば、翌日には全国指名手配犯になる。多分……この犯人は金だけではなく、命まで奪うつもりだ。

考えた邵小兵は躊躇した。どうせ死ぬなら、命がけで戦った方がマシだ。

そうだ。いま座卓に置いているカバンには拳銃が入っている。全力で駆け出してすかさずカバンを持ち去ってから、隣の寝室に入って鍵をかければいい。決心した彼は手錠をつかみ、手首につけるふりをしながら、途端に飛び上がった。

邵小兵が立ち上がるのと同時に、緊張のピークにあった顧遠は即座に制圧にかかり、邵小兵の頭に照準を合わせながら、「動いたな、動くんだな」と叫んだ。

顧遠は止めに行き、座卓にあったステンレスのフルーツボウルを蹴飛ばした。ボウルは耳をつんざく音を立てて床に落ちた。

邵小兵の顔から一気に血の気が引いた。顧遠の血走った両目と自分の頭を狙う銃を見て、それ以上足が動かなくなった。

「十数えるうちに手錠をしなければ撃つからな」顧遠のこれは脅しではない。もし次に何かあれば、彼は撃つほかなかった。

これで邵小兵は反抗の気が完全に削がれ、混乱状態のまま顧遠の命令に従って自分で手錠をつけるしかなかった。

顧遠は邵小兵の両手の手錠を引っ張り、バッグから取り出したロープで手錠とソファをまたたく間に結び付けた。そして邵小兵の目の前に戻り、銃で脅しながら彼の足もロープで縛った。邵小兵は手足の主な関節がロープで固定され、身動きができなくなった。もはや殺されるのを待つ家畜だ。

顧遠は息を荒らげながら、爆発しそうな心臓の鼓動を徐々に落ち着かせた。一息ついたあと、後始末に取り掛かった。

リビングのライトを消し、万一にも訪問者に来られないように、邵小兵宅が無人であると周囲に思わせた。

そして冷たい目で邵小兵を見定め、質問した。「クローゼットにある金庫のパスワードは？」

「ど……どうして金庫があることを知ってるんだ？」

「この家でずっと待っていたんだから、知らない方が無理だろう？」

「つ……妻は？」

「死んだ」顧遠は少しも眉を動かさず言い放った。「協力しなかったから殺した」

「ひっ」邵小兵の顔色が真っ青になった。

「協力してくれたら命だけは助けてやる」

いつもの邵小兵であれば、ちょっと頭を働かせれば、暴漢が自分を生かしておくはずはないと分かっただろう。

夜に公安局局長の自宅に覆面もつけずに押し入り、局長の妻を殺したのだ。邵小兵を生かしておけば、絶対に警察に通報される。このような悪質極まりない事件に対し、公安局は周囲の都市から警察官や武装警察部隊を集結させて、全道路を封鎖して、全国に指名手配を出す。そうなれば、犯人が逃げられる可能性はゼロに等しい。

しかし、人間は死という暗い影が心に落ちているとき、一縷の望みをかけ、犯人が最終的に見逃してくれるか、あるいは時間をできるだけ引き延ばして、自分が殺される前に警察が犯人を捕まえてくれることを願うものだ。

邵小兵は時間を稼ごうとしたが、顧遠にはそれほど多くの時間がないため、彼が口を開かないのを見ると、直ちにバッグから縫い針を取り出した。「早くしろ、言わないと刺すぞ」

邵小兵はすぐに泣き言を言った。「分かった、言う。XXXXXだ」

顧遠は立ち上がり、邵小兵がきつく縛られて身動きできないことを確認すると、彼から携帯電話を取り上げ、彼の体が届く場所を一通り検査し、周囲からハサミなどの道具を持ち去った。そしてバッグから取り出した布切れを彼の口に詰め、ようやく寝室に向かった。

寝室の窓は外に面していないので、顧遠は電気をつけた。クローゼットを開け、スペースを取っている死体を一瞥すると、隅の壁にはめ込まれた金庫を一瞬で開けた。

死体を隠しているとき、クローゼットの壁側の仕切りに無意識に手を触れた瞬間、手触りが異なることに気付き、調べたところ金庫を見つけたのだ。

金庫を開けた顧遠は啞然とした。上段には金の延べ棒数本と大量の首飾りや宝石、中段には通帳と一冊のノート、そして折りたたまれた書類、最も大きな下段には大量の百元札が整然と並べられていた。

　顧遠は数秒間絶句した。いままでこれほど間近でこれだけ大量の紙幣を見たことがなかった。彼は欲深い人間ではないし、犯罪の理由は金銭とは無関係だが、生涯かけても貯められない金銭を目にしたとき、普通の人間と同じように心を動かされた。少しも迷うことなく欲が出た。

　よし、没収だ。

　元々の計画は死体処理という業務しかなかったが、もう一つ増えた。資金移動だ。

　現金をおおまかに数えると、約二百万元あり、十五〜二十キロほどありそうだった。上段には一本一キロの金の延べ棒が五本あり、他にネックレス、腕時計、玉器などがある。中段を漁ってみると、不動産権利書だけで八通あり、通帳に記入されている国内通貨と外貨、そしていくつかを加えると、少なくとも五百万元ある。その他、数社の投資登録証明書もあった。

　次に顧遠は黒革のノートを手に取った。めくってみると帳簿のようで、記録されている内容は不明瞭で意味不明だ。

　例えば、「二〇〇二〇七〇六、王（郷）、五」という記述がある。顧遠は首をひねり、郷にいる王という官僚から五万元もらったという意味だと判断した。珍しいことではない。多くの官僚は手元にこういう物を置いている。自分が捕まったときの脅迫に使うのだ。

　そして分厚く折りたたまれた書類を手に取った。財産関係の証明書かと思ったが、中身は全て捜査報告書だった。顧遠には意味が分からなかった。邵小兵があまりにも勤勉だから、報告書の束を家に持ち帰り、金庫という秘密の場所に保管しているということか？

　書類に目を通していると、突然見知った二つの名前が目に入った。「江盛《ジアン・ション》」と「江華《ジアン・ホワ》」だ。

これは陳翔《チェン・シアン》一家の仇では？

顧遠はためらうことなく報告書を開き、内容を一覧した。

報告書はいくつかの部分に分かれ、うち一つが陳翔の父親・陳水根《チェン・シュイゲン》の検死結果だった。「機械的窒息」と「体内からアルコール未検出」の言葉が突然目に飛び込んできて、顧遠は心の奥が震えた。公安部門は最初から陳水根が飲酒による溺死ではなく、「機械的窒息」で死んだと調べ上げていた。つまり、殺人だったのだ。

続きは捜査担当者による江盛と江華の調書だ。二人共、殺人への関与を否定している。

他には、各種の捜査記録だ。

陳翔から聞いた話だと、彼の父親は飲酒後に水場に落ちて溺死したと認定されたはずだ。しかし報告書には「機械的窒息」と明らかに記されている。なるほど、この事件の背後には不正が隠されているようだ。

報告書の記載日を見ると、〇七年六月だ。彼は少し考え込み、あのノートをまためくり、〇七年からの項目を調べ、ついに発見した。

「二〇〇七〇六一二、江（郷）、三本、二〇」

顧遠には「三本、二〇」の意味が分からなかった。彼は自分で考えるのが面倒になって、リビングに戻り、邵小兵の口から布を引っ張り、尋ねた。「〇七年六月の陳水根溺死事件は覚えているか？」

邵小兵が恐る恐る彼を見つめる。「そんなこと聞いてどうする気だ？」

「検死結果は機械的窒息、つまり殺人だ。だがどうして飲酒後の溺死という結果になった？」

「わ……私は知らない」邵小兵は目を逸らす。

「ほお、知らない？」顧遠は鼻で笑った。「犯人は江盛の一家だろう？　あいつらがお前に金を寄越したから、事故として処理したんだな？」

　邵小兵は慌てて否定した。「違っ、違う……そんなことはない。その殺人事件は……君が考えているようなものじゃないんだ」

「そうか。じゃあ次に、〇七年六月十二日に、江家がお前に贈った『三本』と『二〇』はどういう意味だ？」

　邵小兵は顔色を失い、額に冷や汗をにじませた。

「言いたくないか？」顧遠は向こうに行って縫い針を見せた。

　邵小兵は抵抗が無駄だと悟り、少しでも痛めつけられないよう、急に喋り出した。「あのとき、江盛から金の延べ棒三本と二十万元をもらったんだ」

「それで殺人事件を事故と偽造したのか？」

「いやいやいや、これは私一人だけの問題じゃないんだ。これは……紀委の沈書記から言われたことなんだ。私は彼に弱みを握られていて、命令は絶対なんだ。江盛は沈書記の戦友で、特に仲が良いんだ」

　顧遠は冷たく笑った。「殺人事件をなかったことにするなんて、大したもんだな」

「そうじゃない、この件には他にも関係者がいるんだ。江盛は身銭を切って、関係者全員の口を封じたんだ。それに……沈書記は恐ろしい。誰だって従わざるを得ない」邵小兵は相手が本件にこうも関心があるのは、陳水根の親族だからに違いないと判断し、復讐に来たのだと思い込んでいた。だから彼は慌てて自分の潔白を主張しようとした。

「じゃあ陳水根は誰が殺したんだ？　江盛か？」

「分からない。捜査は途中で終わったから……本当に私は関係ないんだ」

顧遠はそれをあざ笑った。「分からないなんてことはあるか？　江盛じゃなかったら、どうして賄賂をバラ撒く必要があったんだ？」そう言いながら、顧遠は邵小兵の顔に枕を押し付け、その上から縫い針を何度か刺した。

針が顔に到達する前に、邵小兵は悲鳴混じりに叫んだ。「分かった、言う、息子の江華だ」

「証拠は？」

「あった、だが……なくなった。当初、刑事捜査隊は江華を捕まえ、三日三晩取り調べて吐かせた。でも、沈書記から、拷問による強要だから自白には当たらないという伝言が届いて、吐かせた警察官を処理するよう言われた。それから自白も廃棄されて、そういう幕切れになったんだ。頼む、見逃してくれ。知ってることは全部言った。私は本当に無関係なんだ」

「どうして報告書を隠していた？　そう言えば、他の報告書も私的な理由で法をねじ曲げた事件だったな。お前は自分の退路を用意していたんじゃないのか？　万が一発覚すれば、お前は報告書を使って、当時お前に接触した官僚をゆすり、コネで助けてもらおうと考えていたんだろう？」

「わたっ……私は……」顧遠に心を読まれた邵小兵は反論できなかった。

顧遠が腕時計を見ると、もう夜の九時だ。これ以上時間を無駄にできない。直ちにことを終えなければ。

金庫の中の一部を持っていく準備を始めた。ネックレスは売却時に足がつきやすいから残しておく。金の延べ棒を三本、現金百万元を持っていくことにした。顧遠は偽装工作をするつもりだった。もし現金全てを持っていけば、偽装が困難になるのだ。

21

日曜日の深夜一時、高棟《ガオ・ドン》は就寝中だった。夜が明ければ市に戻って会議だ。夢にはまだ邵　小　兵《シャオ・シアオビン》が殺されるシーンなど出ていない。

携帯電話が鳴った。ショートメールだ。高棟は眉間にしわを寄せ、不機嫌そうに目を開け、ベッドサイドテーブルに置いている携帯電話を手に取った。邵小兵からだ。

高棟は釈然としない気持ちでショートメールを開くと、画面に突然こんな一行が表示された。

「高副局長、申し訳ない。王宝国《ワン・バオグオ》を殺したのは私だ」

高棟は目を丸くし、直ちにベッドから跳ね起きた。これはどういう意味だ？

すぐに電話をかけてみたが、向こうから聞こえるのは「おかけになった電話は電源が入っていないためかかりません」というメッセージだ。

どういうことだ？　何が起きている？

すっかり眠気が覚めた高棟はすぐに江　偉《ジアン・ウェイ》の携帯電話に電話した。「邵局長の自宅の電話番号を知っているか？」

「え……はい」

「すぐに電話するんだ」

「どうしたんですか？」

「いいから、早く電話しろ。したら俺に連絡するんだ」

二分後、江偉から電話があった。「邵局長の携帯電話は電源が切られていて、家の電話にも誰も出ません」

「家族はいるのか？　妻は？」

「奥さんの電話は知りません。一体何があったんですか？」

高棟は薄く開けていた両目を一気に見開いた。「邵小兵の住所は分かるな？　すぐに人を集めて、俺のところまで車を回せ」

電話を切った高棟は、続けて張一昂《ジャン・イーアン》たちに電話した。このショートメールは不審な点が多過ぎる。彼はまだ何が起きたのか把握していなかったが、とてつもなく嫌な予感を覚えていた。

二十分後、パトカー三台が邵小兵宅のあるマンションの下に到着した。高棟は真っ先に車から降り、一階の鉄扉の前で邵小兵宅のインターホンを押した。反応はない。

他の住民を呼び出そうとした彼の手が空中に止まった。だめだ、状況が明らかになっていないいま、もし……万が一深刻な事態が起きていたのなら、騒ぎは少ないに越したことはない。

「張、警備員にドアを開けさせるんだ、早く」

張一昂が警備員室に駆けて行く。一階の鉄扉を開け、七、八人の警察官を引き連れて階段を上りながら、高棟は指示を出した。「住民を起こさないように、物音を立てるんじゃない」

六階の邵小兵宅に着いた高棟は何度もチャイムを鳴らしたが、やはり何の返事もない。

そばにいた江偉がつぶやく。「おかしいです。普段は奥さんがいるはずです」

高棟は無言で携帯電話を取り出し、マンションの下にいる警察官に電話した。「邵小兵の家の鍵がないか警備員に聞くんだ」

「ありません」下にいた警察官はすぐに警備員の答えを伝えた。

高棟は顔を歪ませた。少し考え、知り合いから邵小兵の妻の電話番号を聞くよう江偉に命令した。

数分後に江偉が電話番号を入手したが、その携帯電話の電源も入っていなかった。

高棟の顔がますます曇った。かなりまずい状況だ。

高棟は立て続けに指示を出す。「消防を呼べ。この防犯ドアは俺たちじゃ開けられない。あと、外に邵小兵の車があるか確認するんだ」

五分後、外に下りた警察官から連絡があった。「邵局長の車が見つかりません」

「昨晩、邵小兵の車がこの住宅区から出なかったか警備員に聞くんだ」

「警備員は気付かなかったと言っています」

「クソッ」高棟は歯ぎしりしながら電話を切った。高棟がこのような表情を露わにするのを初めて見た江偉らは身を縮こまらせ、呼吸することもはばかった。

高棟は廊下を行ったり来たりしてから、隣人のチャイムを押した。

熟睡していたところをチャイムに叩き起こされた隣家の男は、ドアスコープに顔を近づけ、ドアの前に複数の警察官が立っているのを確認した。こんな夜中に警察官が家の前にいる事態に、彼は驚き、怯んだ。慎重にチェーンロックを外し、ドアを開けて、かすれ声で質問した。「何か……ご用でしょうか？」

高棟は一瞬で優しい表情になり、口を開いた。「起こしてしまい大変申し訳ありません。隣の部局長の家族が在宅しているかご存じでしょうか？」

男は少し考えて、答えた。「昨日の夜に帰ってきたはずですよ。隣から物音が聞こえました」

「どんな物音を？」

「トレーを引っくり返したような」

「他には、会話とかは聞こえましたか？」

「うーん……会話していたとしても、隣でも聞こえませんよ」

高棟はうなずいた。ここの部屋の造りは見たところ悪くなく、防音効果も高いようだ。ラッパを吹くぐらいしないと、普通のマンションの部屋ですら隣人の会話など聞こえない。

「ありがとうございました。大変お手数をおかけしました。どうぞお休みください」高棟はドアノブに手を添えて、男がドアを閉めるのに合わせた。


高棟はそこに立ったまま、両手を組んで考え込み、尋ねた。「江偉、県公安局の車にはＧＰＳ発信機は付いているのか？」

「ええと……なかったと思います」

「思いますじゃなく、すぐに確認するんだ」

江偉は高棟の顔を直視しようとせず、直ちに電話で県公安局のセキュリティー部門に確認したが、付けていないとのことだった。

高棟の表情がますます険しくなる。邵局長の身に何が起き、いまどのような状況なのかを彼に聞ける者はいなかった。ただ彼と共に消防隊の到着を待った。

十分後、消防隊が駆け付けた。建物の構造を見た彼らは、壁を伝って中に入るのは不可能だと言った。警察側も彼らにロープを持ってくるよう伝えるのを忘れていたため、上の階から部屋の窓を割って入るのは不可能だった。それで、工具を使って防犯ドアを強引に開ける他なかった。

鉄製のドアは相当頑丈で、二十分かけてようやくこじ開けられた。

高棟は無言で玄関に立ち、壁のスイッチを押した。リビングの大きな照明が部屋全体を照らした。高棟はそこに立ったまま、床から家具の配置までを事細かくチェックし、部屋全体を見渡した。全てが整然としており、おかしな点は見当たらない。

高棟は他の人員を玄関の外に立たせ、自分は靴を脱いで慎重に室内に入った。全ての部屋を見終えたが、誰もいない。部屋はどこもきれいで、何ら不審な点はない。

そのとき、高棟は玄関そばの衣装掛けに掛かっているバッグに注目した。それが邵小兵のバッグだと気付き、夜に帰宅したのは間違いないと思った。しかしその他に価値のある物は何も見つけられなかった。

邵小兵、邵小兵、お前はどこに行った？

王宝国は本当にお前が殺したのか？

お前の妻はどこに行った？

さまざまな疑念が一気に噴出する。高棟はリビングの中央に立ったまま顔をしかめた。ドアの外にいる警察官たちは居心地悪そうに待っている。

高棟は疲れた様子でこめかみを叩き、自分の脳を覚醒させた。いまは情報が少な過ぎて、可能性のある状況すら全く推測できない。

彼はもう一度室内に目をやった。そのとき、ソファのクッションが一つ足りないことに気付いた。

ソファはL字型で、壁側にある四つの座席とリクライニングソファの上には五つのクッションが整然と並べられている。だがL字の短い方の三人掛けソファは、右側の座席にだけクッションがなく、代わりに大きな枕が置かれている。

どうして一つ足りないんだ？

高棟は疑念を抱き、近寄って慎重に枕を持ち上げてソファの表面を凝視したが、何もおかしなところは見当たらない。それから真ん中と左側のクッションを持ち上げると、左側のソファの表面にまるで鋭利な刃物でめった刺しされたかのような穴がいくつも開いていた。

もともとこうだったのか、それとも今夜のことと関係があるのかは不明だが、高棟はこのことを頭の片隅に留めた。

そしてまた室内を捜索したが、それ以上の収穫はなく、仕方なく部屋から出た。ひとまず室内に見張りを置き、朝になったら監察医の陳《チェン》たちに捜査させるよう江偉に指示を出した。

本件について、高棟は他の人間同様、何ら見当がつかなかった。邵小兵が本当に王宝国を殺し、捕まるのを恐れて逃げたと推測する者もいた。だが、王宝国事件に全然進展がなかったのに逃げたのはなぜか、理解できる者はいなかった。それに、逃げるにしても、高棟にショートメールを送ったのはなぜか？

全てが事件のさらなる複雑化を暗示していた。

早朝に市の会議に出席しなければいけない高棟は、本件をとりあえず保留し、車に戻って目を閉じ、休息をとった。


今日のこの会議は権威的なもので、市の各部門からそうそうたる顔ぶれが揃った。

高棟にとっては居心地の悪い会議だ。

会議は劉《リウ》市長が取り仕切る。公検法（公安局・検察院・人民法院の略称）、政法委員会、治安維持ボランティア部隊、武装警察、刑務所、労働教養所……市内関係機関の主なトップが集結している。

会議の目的は、明後日に行われる大衆の自発的なデモ行進に対する処理の基本方針を決めることだ。

本件の発端は、市傘下の某県が投資した百億元規模の化学工場の設立プロジェクトだ。環境汚染を恐れた地域住民が大きな不満を抱いた。それで、一部の県民が抗議やボイコットを呼び掛け始め、リーダー格の数人が現地の公安に逮捕された。しかし事態はそれで終息するどころか、火に油を注ぐことになった。大勢の人間がネット上で市内の天天広場での「集団散歩」を呼び掛けたのだ。その後、ネットの投稿は次々に削除され、複数人が捕まったが、事態はますます大きくなるばかりだった。多くの地域住民が来週火曜日に市で散歩すると決めた。加えて大勢の市民も彼らを支持し、少なくとも数万人が参加するという見込みだ。

今回の事態は極めて深刻なため、市で適切に処理せよというのが省の意見だった。これは玉虫色の指示だ。省の上層部もどのような処理が最も妥当か分からず、事態がさらに大きくなって自身のキャリアに影響が及ぶことを恐れたため、このような「適切な処理」という要求が出されたのだ。全て市で取り計らえということだ。

会議を主宰する劉市長は、公安機関に対して、「集団散歩」には厳格かつ強圧的な姿勢で臨み、初期段階で制圧するよう求めた。劉市長がこうも強硬な理由が、そのプロジェクトを誘致した張本人だからだと高棟は知っていた。このようなやり方に会議の出席者の多くは内心承服しかね、事態が余計拡大すると危惧したが、それを堂々と表明することは避けた。反対意見を出せば、劉市長の恨みを買うことにつながるからだ。

高棟が所属する公安局の局長は昨年転属してきたばかりだ。土台が不安定な彼は、将来のために賭けに出て、劉市長側につくことを表明した。治安を担当する副局長は、この会議の精神を確実に実行に移すと言い、お茶を濁した。

高棟の義父は政法委員会書記で、公検法に言うことを聞かせられる。あと数年で退職する身として、現地出身の彼はそれで汚名を残す気はない。会議の前に彼は高棟と打ち合わせをした。高棟としては本件に巻き込まれたくなかったが、他の幹部の恨みも買いたくなかったので、義父と相談し、当日に誰を何人捕まえようとも、せいぜい治安管理処罰条例に基づいて処理するのみで、刑事事件の罪をかぶせることはしないと決めた。刑法の範囲外なら、高棟のような刑事捜査を主管する副局長の出る幕はなくなる。それで高棟の義父も会議でこの見解を表明し、事態の拡大化を可能な限り抑え、刑事事件を発生させないよう求めた。

高棟の発表の番になると、彼も、本件は適切に処理し、事態の拡大を抑え、刑事捜査隊の介入を可能な限り避けるなどとして、断言を避けた。彼は部下の刑事捜査隊全員とすでに口裏を合わせ、当日に治安警察と武装警察がどう動こうとも、絶対に表立って動かないようにと命じていた。

劉市長は高棟の発言に不満を持ったが、彼の抜かりない話しぶりに面と向かって反論しなかった。

皆がそれぞれ意見を胸に納め、態度を保留した数時間の話し合いはいまだ最終的な結論が出なかった。

そのとき、高棟の携帯電話が振動した。このようなレベルの会議では電話に出づらい。張一昂からだと分かると、彼はすぐに着信を切り、ショートメールで情報を聞いた。

すぐに張一昂からショートメールが届いた。携帯電話には残酷にもこう表示された。「邵局長の死体が見つかりました」

高棟の顔色がサッと変わった。きつく歯を噛み締め、指先がたまらず震え出した。

彼は平静を装いながら席を立ち、静かに会議室を出た。局長と彼の義父は彼の顔色が悪いことに気付いたが、会議中だったため呼び止められなかった。

会議室の外で高棟は両足を震わせながら窓辺に立ち、逡巡したが、結局、張一昂の携帯電話に電話をかけた。

「邵……邵局長の死体が見つかりました」張一昂も歯切れが悪い。

「し……死因は？」高棟もいつものような冷静さを保てなかった。

「陳さんが調査中です。いまのところ、自殺と判断しています」

「自殺か……ああ、自殺か、自殺ならいい」高棟の頭は少し混乱していた。常識的に考えて、自殺があり得ないことは分かっていた。王宝国と胡海平《フー・ハイピン》が死んだばかりのタイミングで邵小兵も死に、寧県の公検法のスリートップが全滅したのだ。自殺など、誰が信じるものか。だがこのときの彼は心中、邵小兵の自殺を切に望んだ。邵小兵も殺されたとあっては、市公安局刑事捜査担当副局長兼捜査グループ長の彼は責任を負わなければならない。

「いつ頃戻られますか？」

「そうだな……まだ数日はかかる。詳細な……状況を……言うんだ」

「朝八時過ぎに漁師から、県東南部の海岸で死体を発見したという通報がありました。刑事捜査隊が向かってみたところ、それが邵局長だったんです。陳さんが現場でもう一時間以上調べています。初見では、邵局長は海岸の前方にある崖から飛び降り自殺を図ったとのことです。現場の証拠は現在採取中です。さきほど、現場から一キロ先の小道で邵局長の車が発見されましたが、車内には金品が残されていました」

「じゃあ……邵小兵の妻は？」

「まだ見つかっていません」

高棟は気持ちを落ち着けて指示を出した。「分かった、よし、着実に捜査し、陳さんに念入りに調べさせるんだ。それと、邵小兵は昨晩帰宅していたから、陳さんには邵小兵の自宅もしっかり調べさせ、どんな細かい点も見過ごさないよう伝えろ。進展があればすぐに電話しろ」

電話を切った高棟の両手は酸素が行き渡らず麻痺していた。大きく深呼吸し、トイレで顔を洗い、身なりを整えてから会議室に戻った。義父のそばを通りがかったとき、小さな声で「邵小兵が死にました」と耳打ちした。

瞬間、その政法委員会書記の顔色も一変した。

22

月曜朝、顧遠《グー・ユエン》が福田花園《フーティエンホワユエン》に駆け付けると、もう数人の教師が待機していた。全員顔に喜色を浮かべ、自分の家がどう仕上がっているのか見たくて辛抱たまらないようだ。

　昨晩全く眠れなかった顧遠は、気持ちを奮い立たせて同僚にあいさつした。彼は警察が邵小兵《シャオ・シアオビン》の死体を発見し、自分のトリックに騙されるかがずっと気掛かりだった。

　だがどうあっても、葉援朝《イエ・ユエンチャオ》はもう安全だ。

　短期間で公検法のスリートップが死んだことで、警察はきっと同一犯の犯行として捜査する。胡海平《フー・ハイピン》事件が事故ではなく他殺だと気付けば、警察は防犯カメラを調査するだろうし、その際に葉援朝による犯行の可能性が自然と排除される。邵小兵事件に至っては、自殺と判断されずとも、数日間警察に尾行されていた葉援朝には十分なアリバイがある。胡海平事件と邵小兵事件が葉援朝と無関係である以上、警察は彼を王宝国《ワン・バオグオ》殺害の被疑者から完全に外すはずだ。

　教師たちが集合すると、ほどなくして開発業者のスタッフが全員を住宅の検査に連れて行く。検査は滞りなく進み、いくつかの壁に水漏れがあるのが見つかった以外、部屋全体の品質は合格だ。

　手のひらに収まる鍵を見つめながら、顧遠は今後の生活に思わず憧憬の念を抱いた。自分の家を持てたのだ。それに昨晩、邵小兵の自宅に行ってからリフォーム代までできた。

「顧先生、何かうれしいことでもあったんですか？」学年主任の劉が、口元を緩める顧遠に気付いた。

「ええ」顧遠は直ちに思考を現実に引き戻す。「ようやく新居に入れるんだなと思うと、うれしくて」

劉は笑った。「喜ぶのはまだ早いですよ。内装工事が大変なんですから。ちゃんと住めるようになるのは、来年末まで待たないといけないと思います」

「どうしてそんなにかかるんですか？」

「内装したことないんですか？」

「もちろんですよ。家を買うのも初めてなのに、内装なんかしたことあるわけないじゃないですか」

「内装工事には三、四カ月かかるんですよ。工事が終わっても、半年は家を空けて、中のホルムアルデヒドとかを除去しないと住めないんです。そう考えると来年の年末になるでしょう。内装中の数カ月間は本当にしんどいですよ。作業員がちゃんと働いているのか毎日のように見に来なければいけませんし、終わったら、換気のために毎週窓を開けに来なくちゃいけないんですから」

顧遠は分かったとうなずいた。「確かにそうですね。内装も奥が深いです。一日でも早く住みたいんですけど。そうだ、劉先生はいつ頃から内装工事を始めるんですか？」

「どのみち年を越してからですね」

「いまからじゃ駄目なんですか？」

劉が残念そうに首を振る。「内装に一番適しているのは春と秋の気温なんですよ。冬は寒過ぎ、夏は暑過ぎて、ペンキとかが塗りづらいし、曇りや雨の日が続くとすぐにカビが生えちゃいます。それにもう年末ですから、いまから業者を探したところで、年越しまで作業は終わりませんし、年が明けたのに帰省した作業員たちが故郷から帰ってこないということがあれば、また業者を探す手間がかかります」

「ああ、なるほど」顧遠は納得した。どうやらここのマンションは、年内には内装を始められないようだ。

　劉が笑いながら言う。「内装で分からないことがあれば連絡してください。私もまだ一回しか経験がないけど、色々勉強したから、はは」

「それはもう頼りにしています」

「そうだ、顧先生のクラスの今学期の奨学金申請名簿をまだもらってませんよね？」

　顧遠はここ数日ずっとそのことを考えていた。奨学金は貧困家庭の生徒向けではなく、成績が最も優秀な生徒に給付するものだ。彼のクラスの成績優秀な生徒の家庭はいずれも裕福だ。お金に困っている数人の生徒は成績でも上にいない。顧遠は貧困家庭の生徒数人をひいきしたかったが、奨学金とは金銭だけでなく、栄誉が絡んでいる。家庭環境が悪く成績上位に名を連ねていない生徒数人に割り振った場合、他の生徒や保護者たちから不満が出てくるだろう。顧遠は板挟みに遭い、どう対応しようか悩んでいた。

「うちのクラスの名簿はもう一度考えて、明日か明後日に必ず提出します。そう言えば今回、魏先生のクラスからは、陳　翔《チェン・シアン》が選ばれるんですか？」

　劉は眉をひそめた。「魏先生は陳翔を名簿に載せる気で、私にも意見をうかがいに来ました。

でも学校の上の方に聞いたら、今回は選べないと言われたんです。名簿に載せたところで、校長が撤回を命じるでしょう。この前のことで校長は高二に対してだいぶ不満を持っています。また校長の気分を害せば、みんなやりづらくなります」

顧遠はため息をつき、うなずいて理解を示した。「彼の家にはまだたくさんの借金があって、母親の屋台の収入も不安定です。毎年の雑費すら支払えないので、学校が免除してくれるのに頼っています。二千元は彼ら一家にとってそこそこの助けになるのに、はあ、この前あんなことがあって、心配事が増えるばかりですよ」

劉は諦めた口調で言った。「来年処分が撤回されるのを待って、次は彼を選出するようできるだけ努力しましょう」

「はい、そうするしかないですね」

23

市の会議が終わり、高棟《ガオ・ドン》の義父の李 茂 山《リー・マオシャン》は政法関係のいくつかの機関に仕事を簡単に手配した。それから急いで高棟を小会議室に呼び、鍵を閉めると押し殺した声で尋ねた。「邵 小 兵《シャオ・シアオビン》が死んだのはいつ頃だ?」

高棟は唇をなめた。「はっきりとは分かりません。おそらく昨夜でしょうが、現在調査中です」

「死因は?」

「現在の判断は自殺です」

李茂山は両手を組み、辺りをゆっくり歩き回った。そして顔を上げて言った。「あり得るか？　王宝国《ワン・バオグオ》の死から一カ月後に胡海平《フー・ハイピン》が頭に石が落ちて死に、今度は邵小兵が自殺だと？」

高棟が力なく答える。「事件には必ず裏があります」彼は今日未明に邵小兵からショートメールを受け取ったことと、家を捜索したときのことを説明した。

「お義父さん、どうすればいいでしょうか？」

李茂山は椅子に腰掛け、高棟にタバコを一本渡し、自分も吸った。何分間も熟考してようやく口を開いた。「王宝国事件の捜査はどうなっている？　それに胡海平の件は、事故じゃなくて計画的な殺人だとこの前電話で言っていたな？」

高棟は眉間にしわを寄せた。「はい。二つとも捜査が行き詰まっていて、未解決事件になるかもしれません」

「胡海平の死は事故だと報告したんだろう？　内情を知っている者は多いのか？」

「それは問題ありません。内情を知る者は全員部下で、口が堅いです」

李茂山は「ふむ」とつぶやき、言った。「今度は邵小兵の事件が起きたわけだが、解決できるかどうかすら分からないな」

「はい。心配なのはそこです。わずか一カ月で公検法のトップが死に、胡海平事件は調べても手掛かりが出てこないため、事故として報告するしかありませんでした。もしまた邵小兵が自殺したと報告しても、おそらく……省庁も部内も信じず、我々が組織全体を騙そうとしていると思うでしょう」

李茂山は厳しい顔をした。「確かにこの件で上層部を信じ込ませるのは難しいし、影響が大き過ぎる。君の立場はかなりまずい」

「お義父さん、どうすれば？」官界で十年以上揉まれ、最近は義父に相談することも滅多になくなった高棟だが、今回は対策が全く思い付かなかった。

李茂山が言う。「残された唯一のカードは、明後日のデモだ」

「つまり……」

「数万人規模のデモの影響力は君の事件よりはるかに大きい。しばらくの間、市公安局も省庁の上層部も君に構う暇がなくなる。過去の経験から言って、デモが終わっても、すぐに片付くというわけじゃなく、公安内部も忙しくなるから、君は幾ばくかの息継ぎの時間が与えられるというわけだ。しかし事件の解決は一秒も無駄にしてはいけない。デモの業務が収束しても事件の見通しが立たないままなら、おそらく相当厄介なことになる。省の上層部には私の顔も多少立つから君をかばえるが、県の公検法のトップの死はきっと北京にまで衝撃が走る。北京から責任を追及されれば、省と市のトップ二人が揃ったところで君を守りきれないぞ」

高棟は歯を食いしばって黙り込み、こう言った。「絶対に事件を解決できるとは言えません。今回の犯人は捜査を攪乱する能力が高過ぎます」

「事件を解決できるかどうかではないんだ」李茂山は指でテーブルを二回、強く叩いた。「犯人を捕まえて解決しなければいけないし、犯人を捕まえられなくても事件を終わらせなければいけない」彼は意味ありげに高棟をにらんだ。

高棟は義父の言葉の意味を考え、尋ねた。「もし……万が一この三人の死で終わらず、さらに死人が出たら？」

「そんな『万が一』は絶対に起こしてはいけない。起きたら君のキャリアは完全に終わりだ」

高棟は長い息を吐いた。

李茂山が続ける。「前も言ったが、私は来年三月には書記の座を退いて、その翌年には正式に引退する。君はもう市公安局副局長だ。私のようなポストの人間はもうあまり力になれないから、出世し続けるなら自力で進むしかない。省庁の上層部は、君を特に高く買っていたからこそ、この厄介な事件を任せたんだ。事態がますます悪化して収拾がつかなくなれば、君の競争相手も噛み付いてくるし、省の上層部もかばえなくなる」

高棟は事態がそこまで差し迫っていることを深く理解した。今回の事件の影響の悪質さは前代未聞だ。もし期間内に解決できなければ、官界のライバルはこの機に乗じて食って掛かってくる。四十歳前の彼は、官職に就いて長いが、まだ十分な力を備えていないので、一度つまずけば周りから押し潰される。事務職に回される可能性も十分あり得るのだ。働き盛りの自分が経済文化警備所のような隠居部門に回されたらと考えただけで吐血しそうになる。

「明後日午後に寧県に戻ります」高棟は決断を下した。

「デモが終わったらすぐに行くのか？」

「はい」

「デモの事後処理は多いぞ。それじゃあ劉市長の心象が悪くなるな」

高棟は鼻で笑った。「構いませんよ。あの劉とかいうのは、公安組織にいる私レベルの人間に指図する力量すらまだありません。お義父さんも見たでしょう。今日の会議で彼がデモを鎮圧すると言ったとき、支持したのは局長一人だけで、他は誰も直接賛同しなかった。デモが大きくなって収拾がつかなくなれば、劉だって肩身が狭くなります。私はいま、専門捜査グループのリーダーという肩書きを持っているんです。事件がここまで進展すれば、そんなに多くのことに構っていられません。事件を解決できないということが一番の脅威です」

李茂山は考え込み、最終的にうなずいた。「その判断は正しい。デモの結果がどうなろうとも、君が責任をかぶることは絶対にない。だが寧県の件がうまくいかなければ、君らの局長は身代わりとして出ることもなく、責任追及の場に君を放り出すだろう。やはり何よりも重要なのは、寧県の事件だ」

「邵小兵が死んだことは、今日中に局長に伝えた方がいいでしょうか?」

「ああ、そうするべきだ。こうしよう、このあと私も一緒に行く。そうすれば彼だって君に何も言えない。火曜日のデモが終わり次第、君は直ちに寧県の捜査に戻るんだ。あとのことは気にしなくていい。私が省の上層部にうまく言っておいて、その三つの事件の情報が内部に広がらないようにさせる。そうすれば君に解決までの時間を与えられる。限界が来ても解決の目処が立たない場合は、またじっくり相談しよう」

24

またあのファーストフード店だ。今日顧遠《グー・ユエン》が着いたとき、葉援朝《イエ・ユエンチャオ》はもう店内の一角で食事をしていた。ただ、顔色は悪い。

顧遠はトレーを持って葉援朝のテーブルの斜め前に座り、うつむいてご飯を口に入れながら尋ねた。「調子が悪いの？」

「大丈夫だ」

「でも、顔色が」

「うん……大丈夫、普通だ」

「俺を心配してるのか？」

「今回のは……大胆過ぎるぞ」葉援朝は答えを避けた。

「何も問題なかっただろ？　もう過ぎたことさ」

「邵……あいつの妻はどこだ？」

「死んだ」

「死んだ？」

「ああ」顧遠は顔色一つ変えない。

「あいつは……どうして自殺したんだ？」

顧遠は笑いながらご飯を口に運んだ。「おおかた悪事のやり過ぎで、良心の呵責に耐えきれず自殺したんだろう。そうだ。王宝国《ワン・バオグオ》もあいつが殺したことになったよ」

「それは……どうやったんだ？」

「あいつが死ぬ前に、俺が奴の携帯電話で高棟《ガオ・ドン》に、王は私が殺したっていうショートメールを送ったんだ」

「しかし……ショートメール一通だけで高棟が信じるか？　王が死んだ日に邵にアリバイがあっ

たらどうする？」

「信じるかどうかは向こう次第さ。信じるかもしれないし、信じないかもしれない、半信半疑になるかもしれない。でも警察が捜査した結果、邵の自殺が判明する。そうなったら、罪悪感にさいなまれて自殺したという以外に説明できないだろ？」

葉援朝は顔をしかめた。「だがあいつの妻も死んでる。自殺前に自分の妻を殺す必要はあるか？　誰か別人がやったと警察が疑わないか？」

顧遠は笑い飛ばした。「あいつの妻が死んでることは誰も分からないよ」

葉援朝は顧遠の言っている意味が理解できなかった。「死んだって言わなかったか？」

「ああ、警察には分からないだけだよ。死体は見つからないんだから」

「バラバラにしたのか？」

「いや、埋めた」

葉援朝の顔に不安の色が浮かんだ。「埋めたのならすぐに見つかるぞ」

「ありえない、永久に見つかりっこない」

「どこに埋めたんだ？」

「邵の隣さ。海岸の」

葉援朝はますます心配になった。「それは……警察の能力を甘く見過ぎだ。邵が海岸で死んでいれば、警察はきっとそこを重点的に捜査する。それに警察犬もいる。死体はすぐに見つかるぞ」

「無理だって。この二日間見つかってないんだから、永遠に見つからないさ。あの日は旧暦の六日で、今日はもう九日だ」

「どうしてだ？」

「おじさんは気にしなくていいんだ。さっきも言ったけど、俺のことは心配しなくていい。ところで、まだ尾行されてるの？」

「この二日間はなさそうだ。だが断定はできない」

「どうやら六日にアリバイがあるから、おじさんの嫌疑は完全に晴れたみたいだな」顧遠は安堵した。

「俺はどうでもいいが、お前のことが……」

「俺のことは気にしなくていいんだ」顧遠は自信に満ちた優しいまなざしで葉援朝を見た。

葉援朝は少し黙り、うなずいた。「分かった。今後はもう何もするな。沈家にはくれぐれも行くな」

「いまのところ沈家に行く気はないよ。沈家に何かあれば、またおじさんが疑われる」

「よし、じゃあああれを返せ」

顧遠は一瞬ためらった。「おじさん、無茶なことはしないと約束してくれ」

「大丈夫だ。もうしない。いままた無茶をやれば、お前が危ない」

実はこの瞬間、彼ら二人の心では、一つの決定が下されていた。

顧遠はほとぼりが冷めるのを待ち、来年にまたタイミングを見計らって沈家に手を下そうというつもりだった。事情が一旦露見すれば逃げに出るという手はずも整えていた。年内に実行すれば犯行動機が丸分かりであり、葉援朝が再び警察に調査される可能性が極めて高い。

そして葉援朝は、来年事態が沈静化したら、自分で沈家にケリをつけに行くつもりだった。彼はもう二度と顧遠に危険な橋を渡ってほしくなかった。顧遠はもう自分のために十分犠牲を払ってくれたのだからだ。そのときに手元に銃があれば、殺したあとは自害するだけで事足りる。何はともあれ、彼はもう顧遠に迷惑を掛けるつもりはなかった。

顧遠はカバンから封筒を取り出し、辺りを見渡して誰も自分を見ていないことを確認してから、平然とそれを太ももの上に置き、テーブルの下から黙って葉援朝に渡した。

葉援朝が封筒をこすると、中には確かに拳銃が入っていた。銃弾をさすると、二発足りないことに気付いた。もう一度念入りに触ってみるが、間違いない。二発足りない。

「撃ったのか？」葉援朝の顔から血の気が引いていた。

「ああ」顧遠は否定しなかった。

「二発？」

「ああ」

「だが……邵は自殺だろ。撃たれたとは聞いてないぞ？」

「一発目は実験で、二発目は奴の妻に撃った」

葉援朝の口元がたまらず痙攣し出した。彼は自分に発破をかけて食事を続け、顧遠に自分の不安を悟られないようにした。

だが顧遠はやはり気付いた。「どうしたんだ？」

「いや、何でもない」

「銃を使った事件だと警察が分かるはずがない。弾は俺が回収して現場はきれいに掃除したし、警察は奴の妻の死体を見つけていない」

「ああ、ならいいんだ」

顧遠は葉援朝の表情から、何か問題があったと察して問い詰めた。「何かマズいことをしたか？」

「い、いや」

顧遠は葉援朝を凝視した。「嘘つかないでくれ」

葉援朝は口を真一文字に結んだかと思えば、こう説明した。「警察官に支給される銃弾の数は記録されている……だが大丈夫だ。二発分はこっちでなんとかする」

顧遠の動きが止まった。以前、彼は葉援朝から聞いたことがある。警察の装備品は半年に一度検査し記録することで、紛失がないかを確認する。だが銃弾の数は通常検査しない。

「本当になんとかする手があるのか？」

葉援朝は自信ありげにうなずいた。「弾はそれほど問題じゃない。事態が過ぎ去った後、荷物を整理したときに銃弾二発を紛失してしまったと報告する。装備品室も俺を疑うことはない。そんな状況なら以前も起きているからな。それか、退職するまで待って、装備品を返却する際に、弾を二発紛失したけどいつなくしたか分からないと言うさ」

顧遠は少しだけホッとした。要するに今年の熱気が収まり、邵小兵《シャオ・シアオビン》事件に銃が使用されていることを警察側に気付かれなければ、全て丸く収まるのだ。

25

火曜日の夜九時、六台のパトカーが寧県公安局前に停まった。先頭車両から降りた高棟《ガオ・ドン》は足早に中に入り、真っ直ぐ張一昂《ジャン・イーアン》の事務室に向かった。

「こんなにお早いお帰りとは」

「ああ、市のことはしばらく関与しないことになった。お前は江偉《ジアン・ウェイ》に三隊の人間の住居を手配させろ。終わったら一緒に俺の部屋まで来い」

「三隊も来ているんですか？」張一昂は少し驚いた。刑事捜査隊三隊の仕事は事件の捜査ではない。主に行うのは、疑わしい人物の尾行と逮捕だ。

当初、高棟は市公安局の刑事捜査隊からそれぞれ人員を割いて王宝国《ワン・バオグオ》事件に当たらせた。胡海平《フー・ハイピン》事件後、彼は再び何人かの経験豊富な警察官と専門家を防犯カメラの調査に当たらせたが、大部分の人員はまだ市公安局にいた。なにしろこんなに大きな都市では毎日刑事事件が発生しているので、多くの人員は普段と変わらず日常業務を行う必要があるのだ。

三隊には五十人ほどの人員がおり、いずれもベテランの警察官だ。一般的な捜査ではなく、重大な刑事事件の被疑者の尾行と逮捕を主に担当する。人質の救出、犯罪組織の検挙、高級幹部による本市の視察時の警備などだ。市内の公安部門が毎年開催する大会で、毎回選ばれるスナイパーのほとんどが三隊の人間だ。

今日、高棟は寧県に戻ってきた際、二十人の人員を引き連れてきた。

高棟が張一昂の質問に答える。「ああ、半分連れてきた。手配が終わったら、今後の仕事について説明する。あと、陳《チェン》さんを俺の部屋に呼んでくれ」

数分後、監察医の陳が高棟の事務室にやってきた。

「電話では、邵小兵《シャオ・シアオビン》は自殺だと結論づけていましたが、そうなんですか？」

「疑わしい点がまだあるものの、調査をした結果、邵局長は自殺だと考えられます」

「詳しく聞かせてください」

「日曜日、つまり十二月十九日の朝八時過ぎ、一一〇番がありました。九時過ぎに部下と共に駆けつけたとき、現場の保存状態は完璧でした。邵局長は岩だらけの海岸に転落して亡くなっていて、その海岸の前には二十メートル以上の小高い丘がありました。丘の周辺は砂の含有量が極めて高い泥土です。海辺で湿度が高く、泥地もひどくぬかるんでいたため、足跡も完璧に残っていました。つぶさに調べてみましたが、泥土には邵局長一人分の足跡しかありませんでした」

「死因は転落死ですか？」

「そうです。落ちた場所の海岸は石だらけだったので、全身の骨が砕かれていました。骨格の破損状態も、二十メートル以上の場所から転落したときの状況と完全に一致しています」

高棟は少し考え、また尋ねた。「体には転落以外の傷は見つからなかったんですか？」

「当日午後に解剖を行いましたが、外傷はいずれも高所からの転落によってできたものでした」

「毒物は検出されなかったんですか？」

「血液に薬毒物検査を行いましたが、中毒症状は何も見つかりませんでした。これが全検査結果を記入した検死報告書です、ご覧ください」

高棟は報告書を受け取り、一字一句目を通した。陳には監察医として数十年の検死経験があり、そのレベルの高さは市公安局でも間違いなくトップだ。高棟の下で働く十数年間、ミスをしたことはほとんどない。高棟は彼の能力を固く信じて疑わなかった。

再三報告書を見返し、検死の手順に何の問題もないことを確認した。思いつく限りの必須検査の過程にも漏れはない。

邵小兵の死亡推定時刻は日曜日の深夜零時から二時。そして邵小兵のショートメールを受け取ったのが深夜一時。つまり、ショートメールを発信した時刻と死亡時刻は近いということだ。

邵小兵は高所から転落し、皮膚と骨についた傷は、死体があった場所の岩の形状と一致する。付近には死体を運んだ痕跡は見つからなかった。要するに海岸こそ事件が発生した現場で、他の場所で亡くなってから何者かに海岸にまで運ばれて、自殺に偽装された可能性はないということだ。

血液から薬毒物は検出されず、高所からの転落でついた外傷以外、傷は見つからない。

海岸前の丘には邵小兵一人分の足跡しかなく、海岸の周囲は岩だらけで足跡が残ることはない。現場に残された手掛かりをまとめると、一つの結論しか導き出せない。邵小兵は自分で飛び降りたのだ。

本当に彼が王宝国を殺した犯人なのか？　捕まるのを恐れて自殺したとでもいうのか？

邵小兵が王宝国を殺す動機は？　それに、王宝国事件の捜査に何の進展もなかったのに、自殺する必要がどうしてあった？　ここには確実に不審点がある。

しばらく首をひねっていた高棟は別の可能性に思い至った。

丘についた足跡は邵小兵の靴のものだったが、何者かがその靴を履いて邵小兵を背負い、丘の縁まで運んでから彼を投げ捨てたという可能性は？

その線は濃くない。邵小兵は肥満体で、体重は見たところ八十キロはある。そんな人間を背負って丘の縁まで行っても、必死に抵抗されれば一緒に落ちかねない。

邵小兵が当時抵抗する力を失っていたと考えた場合、それは毒を盛られていたり、縄で縛られていたりしたということだ。血液から異常が検出されなかったことから、毒を盛られたという線は消える。縄で拘束されていたのなら、抵抗されないよう手足を完全に縛り上げる必要がある。だがそれでは彼を背負えず、抱えるしかない。八十キロの重さを腕で抱えられる人間など、世界に何人いるだろうか。

それでは、二人組の犯人が邵小兵を運んでいったのか？

しかし丘には一人分の足跡しかない。それに周囲は泥土で、足跡を消すことは不可能、消された痕跡も見つかっていない。

もしくは、二人組のうち一人が邵小兵の靴を履き、もう一人が同サイズの新品の靴を買って履いたのではないか。

高棟は陳に丘の上の写真を見せるよう頼むと、X線写真のような大きさの高解像度の写真を数枚渡された。その足跡をじっくり見てみるものの、靴底の模様は完全に一緒だった。

サイズが同じ同型の靴が二足あったとしても、新品と使い古しの差があるので、靴底まで完全に一致させることは不可能だ。だから二人組の犯人という線も排除された。

非常に難解だ。椅子にもたれ、目を閉じた高棟は既知の情報を分析した。

王宝国事件と胡海平事件がなければ、邵小兵は崖から飛び降りて自殺したと百パーセント断定できる。

だが殺人事件が立て続けに発生してからの今回の自殺は、あまりにも唐突だ。

高棟は顔を上げ、こめかみを強く揉み、視線を再び現場写真に向けた。

現場の足跡は多過ぎだし、あまりにも乱れている。それに何度も往復している。

「おかしい」高棟が口を尖らせた。

「どうしました?」

「この足跡を見れば、邵小兵が何度も往復しているのが分かります。自殺を考えている人間が何度も行ったり来たりする必要がありますか?」

陳はその問いに異論を唱える。「自殺する人間は恐怖心を抱くものです。飛び降りるかどうか何度も頭の中で考えていたから、こうやって往復したんですよ」

「最初、邵小兵は飛び降りるよう拳銃などで脅されたんじゃないかとも思いました。しかし往復する足跡を見れば、誰かに強要されたという説は成立しません。ただ、もう一つ疑問があります。自殺するために、どうしてこの場所を選んだのかということです。気になりましたか?」

「と言うと……」

「マンションのベランダだって地上から二十メートルぐらいの高さがあって、飛び降りたら間違いなく死ねるのに、どうしてわざわざここを選んだのかということです」

「ああ、言われてみれば確かに」

「陳さんは監察医として、鑑定結果から、邵小兵の死を自殺と判断しています。しかしすでに二件の殺人事件が起きているいま、自殺はあり得ないという意見が理にかなっています。ここは殺人事件と仮定してみましょう。犯人が邵小兵を自宅ではなくここで自殺させた理由は何だと思いますか？」

陳は少し考えた。「飛び降りたときの音が大き過ぎるからでしょうか。邵小兵を自宅から飛び降りさせれば、付近の住民や警備員にすぐに気付かれます。犯人は自分が捕まることを恐れたんです」

高棟が苦笑いして手を振る。「いや、例えが悪かったです。邵小兵を自宅で自殺させたら、犯人が簡単に捕まってしまうのは確かです。でも、無人の工事現場とかを選ばなかった理由は？　わざわざ郊外の海岸にまで行かなければいけなかったのは？」

「それは……人けのない工事現場が見つからなかったんでしょうか」

高棟が苦笑する。「陳さん、問題の本質を履き違えていますよ。私が言いたいのは、他の場所から飛び降りるのと、崖から飛び降りるのとで、警察の捜査から見て一番大きな違いはどこにあるかってことです」

陳はしばらく考えたが、結局首を振った。「どこにあるんですか？」

高棟が机の上の写真を指で叩く。「足跡です。邵小兵が自殺だと信じる理由はなんですか？　死亡場所は第一現場、死因は転落死、他の外傷はなく、薬毒物も検出されていない。それは正しいですが、この情報だけで自殺だと言えますか？　何者かに無理やり落とされた可能性もあるでしょう？　しかし陳さんが判断を下した一番重要な根拠は、丘に邵小兵一人分の足跡しかなかったことです。他の場所を選んだ場合、コンクリートの上なら足跡は残りませんし、たいていの場所には多くの人間の足跡が残っています。それでは警察が自殺か他殺か判断するのは不可能です。

「注目するのは事件現場です。丘の上はぬかるんだ泥土で、足跡がはっきり残ります。何者かが手掛かりをわざと残し、邵小兵は自殺したと信じ込ませようとしているようです」

「おっしゃる通りですが、その仮説を証明する証拠はいまのところありません」

高棟は息を吐き、机に写真を順番に並べた。斜面の足跡全てを再現するつもりだ。

写真を凝視していると、邵小兵が「自殺した」か「自殺させられた」か分かる方法を新たに思いついた。

「させられた」のだとしたら、往復するこれらの足跡はもちろん犯人のものだ。犯人がどう行き来しようが、最後は崖から離れて斜面を下りなければいけない。崖に向かう足跡が一列目なら、崖から離れるのが二列目だ。何度繰り返そうが、犯人が崖から離れなければならない以上、足跡の列の数は必ず偶数だ。

逆に本当に自殺だとすれば、邵小兵がどう行き来しようが最後の足跡は崖に向かうものであるはずだ。つまり、足跡の列の数は奇数だ。

高棟は写真を食い入るように見つめ、足跡の列の数を数えた。だが、回り道している足跡が多く、それが何列目の足跡が判断つかないことに気付き、肩を落とした。

警察が足跡の列の数から自殺か他殺かを判断するに違いないと、犯人も予想していたのか？

高棟に悪寒が走った。そんなことまで計算済みだとすれば、犯人が証拠を残すだろうか。

「崖以外に斜面の足跡の写真は？」

「あります。足跡は邵局長、または犯人がつけたもので間違いありません。何度も往復をしています」

「何回往復したのかは特定できますか？」

「できません」陳が力なく答える。

陳は斜面の足跡が写っている一枚の写真を高棟に見せた。足跡は距離が遠過ぎたり近過ぎたりして、どれが上りでどれが下りのときのものか判別つかない。犯人が何度往復したかなど分かるわけがなかった。

警察に見せつけるためにわざと歩いたようだ。それが高棟のしゃくに触った。

「そういえば、さっき言っていた疑わしい点ってなんですか？」

「邵局長の家を調べた際、当日、床がモップで拭かれていた跡がありました」

高棟は両目をかすかに細めた。「つまり、犯人が邵小兵の家で何かをして、その証拠を拭き取ったかもしれないと？」

「その可能性はあります。ただ、彼の妻がたまたま掃除をしただけかもしれません。そのモップはトイレに置かれ、床からは邵局長夫婦以外の足跡は見つかりませんでした」

高棟は相づちを打ち、述べた。「犯人が掃除したあとにモップを元の位置に戻し、邵小兵の家にあったスリッパを履いて出て行ったから、第三者の足跡が見つからないのかもしれません」

「あともう一つ、高棟さんのおかげで重要そうな手掛かりが見つかりました。邵局長宅のソファのクッションが一つ足りず、他のクッションの裏にいくつもの穴が空いていた件ですが、ナイフのようなもので刺されたらしく、室内で争いが起きたと推測できましたが、いくら調べてもその形跡は見つかりませんでした。掃除されてしまったのかもしれませんが。しかし家具などは基本的に壊されておらず、隣人も昨晩はトレーが引っくり返ったような音が聞こえただけだと言っています。つまり、争いは激しくなく、すぐに終わったのでしょう」

高棟は考え込んだ。邵小兵は昨晩帰宅し、室内では物音が響き、ソファには穴が空けられていたばかりかクッションもなくなっていた。これらの手掛かりをどうつなぎ合わせればいいのか。

一つだけ言える。怪し過ぎる。

高棟は口をとがらせて話を始めた。「この事件は非常に複雑です。鑑定で自殺と結論が出てますが、私は殺人だと信じています。とはいえ、現時点で証拠は何もなく、結論を引っくり返すのは不可能です。崖付近にある足跡をいくつかランダムでピックアップして、省庁の足跡鑑定の専門家にその人物の身長と体重を算出させて、それが邵小兵かどうか判断しましょう」

「しかし邵局長の死が本当に他殺で、崖の足跡も犯人のものだと明らかになったところで、どうやって落ちたのかまでは分からないですよ？」

「まずはいま言ったことを調べてください。足跡が邵小兵のものじゃなかったとき、また話し合いましょう」

「分かりました。直ちに専門家に連絡を取ります」

陳が退室してからしばらくして、張一昂が弁当を持って来た。「三隊はもうホテルに案内して、先に食事させています。食事がまだと聞いたので、弁当を持ってきました」

弁当を受け取った高棟はふたを開け、頭を振って閉じた。食欲が全くわかなかった。

「食べ終わったら三隊を全員ここに呼べ。会議を開く」高棟が命じる。

「何をさせるために三隊を呼んだんですか？」

「尾行と警護だ」

「警護？」

「四件目が起きないとは言えないからな」高棟は苦笑した。「四件目が起きたら、もう俺の下で働かなくてもよくなるぞ」

「そ……そんなことが？」張一昂の動きが止まる。

「事件はもう部内に報告済みだ。事態があまりに深刻だから、やむを得ず今日寧県に飛んで帰ってきたんだ。今後数週間以内に、つまり上層部の視線がデモに向けられているうちに、一刻も早く事件を解決するんだ。じゃなきゃ、ははは……」彼は空笑いをし、口を閉じた。

張一昂も事の重大性に気付いた。わずか一カ月で寧県の公検法のトップが死んだのだ。このような事件、新中国が成立してからかつて起こったことはないだろう。上層部の怒りは推して知るべしだ。事件を解決できるかどうかが、高棟の今後数十年のキャリアを左右する。ボスの地位が揺るげば、高棟の下で長年働いてきた張一昂らの昇進が危うい。

「しかし県には幹部が何人いるか分かりませんよ。人手は限られていますし、いったい誰を警護すればいいんですか？」

「一人一人にボディガードをつけるのは不可能だから、まずは被害者と同じ部門の幹部だ。他の連中には、県内の昼夜のパトロールを増やすことで対処するしかない。それから、今回は県の部門の全政府職員にも安全を呼び掛けないわけにはいかなくなった。大きな動揺が起きるだろうが、もはや避けられない。最も大事なことは、犯人との競争の中で、一刻も早く捕まえないと、警察は引けないということだ。もちろん、マスコミには話を通しておけ。取材や報道をしようとするところがあれば、即捕まえろ。どう対応しようが俺に報告する必要はない」

張一昂は重たい気分でうなずいた。いままでデリケートな事件の捜査中にマスコミから取材要請があっても、その間は報道しないよう命じるだけで、マスコミを捕まえることはなかった。今回の事件で高棟がどれほど追い詰められているのかが分かる。

「ところで、邵小兵の死からこの数日の間に、県内の機関や世間で噂は流れたか？」

「指示に従って、全員固く口を閉ざしています。県内の公安機関の人間には、少しでも外部に漏らしたら紀律違反として処理すると江偉が伝えています。一般人はつかんでいる情報が多くありません。公検法の内部にいたっては、自殺という検死結果が出て、死ぬ前に高棟さんにショートメールを送っていたこともあって、邵局長が王宝国を殺して自殺した犯人だと思われています」

「疑う声は？」

「あるにはありますが、公安内部の人間は、現場に邵局長の足跡しかなかったことを知っているので、自殺以外あり得ないと思ってます。それに、捕まるのを恐れて自殺したというのも納得できる理由ですからね」

高棟はちょっと考え、安心したように言った。「ならいい。自殺だと思われているのなら、いよいよどうにもならなくなったときは、邵小兵が王宝国を殺して自殺したということにして事件を終わらせるしかないな。胡海平は事故ということで」

張一昂は思わず笑った。「それがベストだと思います」

二つの事件を終わらせられるのだから、いいに決まっている。一カ月でトップが三人死んだとはいえ、うち二人が事件、もう一人が事故による死亡として扱われている。省庁、ひいては部に報告するときも、「偶然」という言葉で説明できる。高棟だって、本当に邵小兵が王宝国を殺して自殺したという結論を待ち望んでいる。胡海平事件に犯人がいることは明らかなものの、その人物が犯行を繰り返さなければ、事故として処理することが可能だ。

しかし最大のリスクは、犯人が手を引かない可能性があることだ。

高棟は張一昂を注意した。「いまはそんな考えを捨てて、一刻も早い全貌の解明が先決だ。また事件が起きたら、どうやっても収まりがつかなくなる」

「でも邵小兵事件は調べようがありませんよ。手掛かり全てが自殺だと示しているのに、何を調べればいいんですか」張一昂が困り顔をする。

高棟は立ち上がると、タバコを一本差し出して張一昂を労わった。「焦らないことだ。どんな事件であれ、犯人の計画に瑕疵一つなくても、どこかに突破口があるものだからな。ここ数日ずっと市内にいたせいで、詳しい状況をあまり把握していないから、日曜日に通報があってからの経緯をもう一度漏れなく説明してくれ」

丁寧に説明した張一昂は最後に付け加えた。「死体の発見が間に合ったのが救いです。午後三時や四時になったら、邵局長の死体は海に沈んでいたでしょうし」

「満潮でか？」

「発見者の漁師がそう言っていました」

高棟の頭に何かがよぎった。「あの海岸は普段、海面から出ているのか？」

「陳さんが行ったときはまだ出ていましたよ。満潮にならないと水没しないそうです」

椅子に座り直した高棟はパソコンで何かを検索すると、張一昂の方を向いた。「ああ、日曜はちょうど旧暦の七日で、潮流も小さかったんだな」

「潮流と日にちに関係があるんですか？」

高棟はうなずく。「お前は地元の人間じゃないから知らないだろうが、海には毎日潮の満ち引きがあって、普通は午後三、四時にピークを迎え、早朝三、四時に一番引き、それからまた満ちていくんだ。それと、小潮と大潮が月二回来る。一般的に旧暦の六日と二十一日前後が、海面が一番低い小潮だ。十四と月末が、海面が一番高い大潮だ。銭塘江の逆流は知っているな？　毎年旧暦の八月十五、十六日に潮の流れが一番強くなる。だから銭塘江で海に面している場所が、十四日に潮の流れが最大になって、翌日翌々日に海水が海寧や杭州一帯に逆流する」

張一昂が感心したように何度もうなずく。「邵局長が小潮のときに亡くなって助かりましたね。大潮のときだったら、波にさらわれて死体がいつ上がるか分からなかったでしょうから」

「それで、発見者も調べたのか？」

「事情聴取して、経歴も調べました。発見者は早朝、小舟をこいで付近の島まで行き、しばらく貝を採っていたところ、死体を発見したそうです。どこにでもいる普通の漁師で、これまでおかみともめたこともなく、怪しい点はありません」

高棟は黙って考えた。邵小兵の死体発見現場のおおまかな状況が分かり、あとは陳の調査の最終結果を待つだけだ。

「じゃあ邵小兵の車の発見場所は？」

「県城とは反対側にある、海岸から約一キロ離れた農村の道路です。村には住人も点在しています。聞いて回りましたが、その車がいつからあったのか分かる者はいませんでした」

「村の近くに防犯カメラは？」

「ありません。でも一つ変な点がありました。タイヤの溝に砂が入っていたため、車が浜辺を走っていたことが分かったんです」

「浜辺を通過していたのか」高棟は握り拳をあごにあて、心中の疑問がますますふくらんだ。

「邵小兵が本当に自殺していたなら、車で浜辺を通ってから一キロ離れた村まで運転し、そこから海岸まで歩いて戻ってきて自殺した理由は？」

張一昂も不審げな表情を浮かべる。

「自殺する人間がそんなまわりくどいことをするはずがない」

「というと……」

「他殺に違いない。運転していた人物が犯人だ。犯人は邵小兵を浜辺で『自殺させる』と、一キロ先の村まで車を運転した。村の周辺に防犯カメラがないから、警察も足取りはたどれない」

「しかし陳さんの話では、ハンドルには邵局長の指紋しか検出されなかったと」

「手袋をすれば済むことだ」高棟はにべもなく答える。

「もしそうなら、犯人はあの村の住人の可能性も」

「その線もないわけじゃないが、薄いな。車を自分の家の前に停めて、警察が捜査しに来るのを待っていたというのか？」

張一昂は言い返せなかった。直接的な証拠は邵小兵の自殺を物語っているが、高棟の言葉にも説得力がある。

「邵小兵の車が何時に住宅区を出て、浜辺に着くまでどこに寄っていたのかといったわずかな点も、道路に設置されている防犯カメラが終始撮影していただろうな？」高棟が確認する。

「手はずどおり進めました。それらの防犯カメラを所有する機関全てに出向いて映像を入手しました。ガソリンスタンドやホテルの玄関のも含めて、現在は十数人が映像を確認しているところです。一両日中に結果を出せます」

「映像に映っている邵小兵の車の運転者は、邵自身だったか？」

「まだ断定できません。夜で光線が足りず、しかも強烈なフォグランプをつけっ放しで運転していて、車内にも日差しよけが下ろされていて顔が見えないんです。ですが、服装は邵局長が亡くなったときのものと一緒です」

高棟が目を鋭くさせる。「日差しよけが下ろされていた？」

「ええ……そうです」

「夜更けに何を避けるんだ？」

「昼に下ろしたままで、夜になってもしまい忘れていたのかもしれません」張一昂がこの点を疑問視していないのは明らかだ。実際よくあることで、日差しよけがあっても運転の邪魔にはならない。

高棟は肩を落とした。張一昂さえも邵小兵他殺説を信じていないのだと分かった。陳もそうだし、おそらくほとんどの人間も自殺だと思っている。疑問点はいくつかあるにせよ、高棟は自殺説を完全に覆すことはできていない。捜査を進展させるには、他殺の証拠を見付けるのが第一だ。

やりきれない気持ちを抑えながら、高棟は質問を続けた。「じゃあ邵小兵の妻は？」

「いまだ何の手掛かりも見つかっていません。土曜午後に住宅区に帰って来たことぐらいしか分かっておらず、防犯カメラには住宅区から出た姿は映っていません。行方不明です」

「邵小兵の家に他に不審な点は？」

「何もありません。クローゼットの隠し部屋に金庫がありましたが、閉まっていて我々が開けるのは都合が悪いです。邵局長の息子が帰ってきたら、家におかしなところがないか見てもらうしかありません」

「息子はいつ戻って来るんだ？」

「後処理のために、今週中に帰国するそうです」

高棟はうなずいた。「息子も警護の対象だ。それと、浜辺から村まで一キロあると言ったが、その道路の周辺を調べたか？」

「はい。奥さんを探そうと半径数キロを隈なく探し回って警察犬も使いましたが、何も見つかりませんでした」

「その道路で他の手がかりはなかったか？　捨てられていた物とか」

「道路の両側は荒れ地と干潟で、他には何もなかったです」

高棟はうなだれた。張一昂を退室させると、ソファに座り、微動だにしなかった。事件は複雑さを増しているようだ。いまのところ、要所が霧に包まれ、突破口を全く見いだせない。

このままだといけない。方針の定まらない捜査に結果は伴わない。

現状、邵小兵の死が自殺ではなく他殺と信じて疑わないのは高棟ただ一人だ。

しかし、納得のいかない問題が目の前にいくつも転がっているのは明らかだ。

あの日、邵小兵の家で何が起きたのかが一つ目。

崖には一人分の足跡しかなかったのに、犯人は邵小兵をどうやって「自殺させた」のかが二つ目。

三つ目が邵小兵の妻の消息だ。死んだのだとしても、あんなにきれいだった邵小兵宅で犯人が死体処理をしたなどあり得ない。しかし、車が通過した道路を警察官のみならず、警察犬さえ探し回ったのだ。本当に死体があるのなら、どうして見つからない？

翌朝すぐに自分で海岸を見に行くしかない。

26

ここ数日の顧遠《グー・ユエン》は安眠できず、悪夢ばかり見ている。昼に職員室で宿題のチェックをしているときには、意識が飛びそうになる。

土曜日の夜は精も根も尽き果て、極度の緊張状態が七、八時間ずっと続いた。邵小兵《シャオ・シアオビン》夫婦を始末し、一睡もせずに翌日の部屋の内覧に参加した。

限界を超えるまで伸ばしたばねが二度と縮まらないのと一緒だ。

彼の脳内に、邵小兵夫婦の死ぬ間際の姿がまだときどき浮かんでくる。

邵小兵の妻を殺した瞬間、発砲音がマンションの住人に気付かれたか心配した彼は、ドアを閉めてからの数分間、精神を集中させて外の動向をうかがった。誰も廊下にまで様子を見に来ないと分かり、徐々に気持ちを落ち着けた。

両目を見開いたまままだ温かい死体を動かそうとしたとき、彼はいままで感じたことのない吐き気を覚えた。胡海平《フー・ハイピン》を殺したときとまるで違うのは、胡海平の体には接触しなかったからだ。邵小兵を殺してからもしばらく冷静でいられなかった。邵小兵が本能的に発した悲鳴のあと、ドンというくぐもった音が耳に入った。さっきまで生きていた人間があっけなく死んだ様子に、少年時代の悪夢がよみがえった。

俺は善人なのだろうか？

俺がやっているのは正しいことか？

心に疑念が生じた。

ここ数日はずっと、心を慰める理由を探していた。奴らはみな、直接手を汚したことはないにせよ、死んで当然の行いをしていた人間だ。葉一家だけでなく、陳翔《チェン・シアン》の家族までひどい目に遭わせた。あのノートに記された各行のメモの裏側には、理不尽な目に遭った人間が一人もしくは複数人いて、一家破滅の惨劇に陥った者たちさえいる。これらの不公平と悲劇はクズどもの金や権力、地位、そして他人を侮蔑する驕りを生み出した。

一人の善人が、これらろくでなしの官僚どもにどう対処すればいい？

かつての葉援朝《イエ・ユエンチャオ》のように、自分から身を引いて本来の生活を維持するよう努めるのか？

しかし奴らは弱みを見せればそこにつけこむ。

それとも陳翔の父親のように、現実主義のヒーローになって、どれほどの圧力を受けても訴えをやめず、公平性を取り戻そうとするか？　しかし彼は訴える中、無残に殺された。

心の中で神に祈りを捧げ、遅れてやってくる正義をあてにするか？　だが、正義がいつか必ず果たされると誰が保証してくれる？

彼らより長生きでもするか？　確かに、彼らより若ければ、理論上、先に死ぬのは奴らだ。だが自分が老いてから、奴らの子孫が奴らのコピーにならないとは言えないのでは？

そういったクズどもは、自分の手を汚さないから心の平穏を得られ、よく食べよく眠り、他人の人生を気にかけない。ある意味、直接人を殺した犯罪者よりも邪悪だ。

彼らでさえ心安らかに生きて、思い悩むことがないのだから、自分が不安で夜も眠れなくなる必要があるだろうか。正義という名の不確かな天秤は、左右に揺れてあてにならない。分かった。今日から心を落ち着け、死んで当然の者たちの命に、二度とわずらわされないようにしよう。

正午、学年主任の劉から、今回提出したクラスの奨学金申請名簿が却下されたと告げられた。

「どうしてです？　普通クラスは二人、特進クラスは三人だから規定の定員数を書いたのに、どうして却下なんです？　こんなこと初めてだ」顧遠にはわけが分からなかった。

劉が申し訳なさそうに言う。「教職会議で、名簿を見た校長先生が書き直すよう言ったんです。顧先生が挙げた三人のうち、成績がクラスのトップではない生徒が二人いるという理由で」

「訂正されたのは私一人だけですか」

「それは違います。高校一年生の二クラスも訂正するよう言われました。別に校長先生は顧先生一人に言いがかりをつけているわけではないので、考え過ぎないで」劉が慌てて否定する。

「劉先生もご存じの通り、うちのクラスには裕福な家庭環境ではない生徒が何人もいて、毎学期の学費も学校の免除に頼っているんです。二千元はそこまで大きな額ではありませんが、貧しい生徒に分配することで意味が生まれると思います」

理解しているというように劉がうなずく。「顧先生のお考えは分かりますが、その二人のうち成績があまり良くない方を外して、曾慧慧《ゾン・フィフィ》に替えるべきです」

「なぜです？　曾慧慧は成績が悪くはないですが、毎回上位三位に入っているわけでもありませんよ」

劉は少しためらい、内情を打ち明けた。「公安局はここ数年、この学校周辺の防犯対策に貢献してくれていて、交流活動も多く行っていますよね。そして曾慧慧の父親は公安局の副局長。曾慧慧の成績が悪くないのなら、彼女の名前を載せようというのが校長先生の意図なんです」

生徒のことなのに、毎回保護者を引っ張り出してくる。顧遠はこれについてずっと抵抗感を覚えていたが、社会とはこんなものだと思い知った。彼は残念そうに答えるしかなかった。「では名簿を書き直して、午後に提出します」

顧遠が曾慧慧の名前を書かなかったのには自分なりの理由がある。曾慧慧は今学期から数学の成績が目に見えて下がったばかりか、その他の科目でも他の生徒に巻き返された。もともとクラスの上位三位にいられたのに、今学期ではずっと上位十位前後だった。彼女を選べば、他の生徒もいい気はしないだろう。それに顧遠が挙げた三人の生徒のうち、二人はいつも上位三位にいる。もう一人も常に五位以内をキープし、しかも貧困学生だ。彼が毎日、食堂で野菜のおかずしか手に取らないことはクラスメートの誰もが知っている。だから奨学金が彼の手にわたったところで、悪く言う者はいない。だが五位圏外の曾慧慧に奨学金が支給され、父親が公安局の幹部だと知れば、彼らはどう思うだろうか？　若者の世界観に何らかの影響が出ないか？

それに、顧遠は曾慧慧の言動から、生徒が持つべきではない感情を自身に向けていることを知っていた。だから、彼女に目を掛けられていると思われ、これ以上余計な勘違いをされたくない。

一枚の簡単な奨学金名簿により、彼はジレンマに陥った。

27

「ここか」高棟《ガオ・ドン》はサッカー場程度の海岸から四方を見渡した。

沿海の寧県は半島型の地形をしている。県内には数多くの海岸があり、中でも有名なのは県で二番目の面積を誇る鎮にある皇家海岸《ホアンジア》だ。そこは一億元もの投資がされた観光地で、毎日大勢の人々が訪れる。それ以外の海岸は大なり小なりみな中心部から離れた場所にあり、地元の人間にもあまり知られていないため、平日は閑散としている。

この海岸も例に漏れず、周囲を低い山に囲まれ、見渡す限り、数名の警察官のほか、誰もいない。

「普段は誰も来ないのか？」高棟は県公安局の地元警察官に尋ねた。

「滅多に来ません。山の裏側にある干潟で貝の養殖をしている漁師が、ときどき来る程度です」

高棟はうなずくと、張一昂《ジャン・イーアン》に確認した。「どこから死体を発見したんだ？」

張一昂は百メートル余り先の小さな丘を指差す。「あそこからです」

高棟は丘の下へ向かった。丘の高さはおよそ二十メートル程度だ。海に面している側は長い年月をかけて海水に侵食され、すでに崩れ落ち、小高い崖になっている。崖の下の岩だらけの海岸は、満潮時に波に呑まれる。

張一昂は邵小兵《シャオ・シアオビン》の死体があった正確な場所へ高棟を案内した。岩だらけのそこに落ちれば、死体には特徴的な傷口ができる。だから陳《チェン》の検死結果に間違いなど起こり得ないはずだ。

高棟は丘の裏側に回り、辺りをくまなく観察した。雑草はすでに枯れ、整備された道はないが、急な坂道ではないので登っても体力をほとんど消耗しない。羊の糞があるのは、付近の飼育業者が羊を放牧しに来るためだろう。

しばらく考えにふけった高棟は再び丘を登り、高さ二十メートル余りの頂上に着いた。眼前に二十平方メートルほどの平坦な土地が広がる。地面は砂を豊富に含んだ泥で構成されている。丘の頂上は足跡だらけだ。これは監察医が証拠を採取したのち、捜査員たちが現場を往復したときについたものだ。

ここまで来ても、高棟にはひらめきが降りてくるものを見つけられてない。

彼はため息をつくと、頂上の端に寄って眼下を見下ろした。真下が邵小兵の落下地点だ。

現場の状況から、邵小兵が自殺だという結論は引っくり返せそうにない。

そのとき、爪先にある何かが高棟の注意を引いた。

それは斜面の端から伸びた、二十センチ程度の鉄製のフックだった。フックの先には鉄片が結ばれてあり、鉄片は何本もの長い釘でしっかり打ち付けられて丘の壁面に固定されている。

「これは何だ？」高棟が疑問を口にした。

地元警察官は、確認しますと言って下を見た。「何かを掛けるために漁師が設置したものではないでしょうか」

「何を掛けるんだ？」

「海上を照らすライトや旗、観音像もあり得ます。海辺の人間は信心深いので」

高棟は張一昂を呼びつけた。「陳さんは気付かなかったのか？」

張一昂は思い出しながら答える。「気付いていましたが、おそらく漁師が取り付けたもので事件と無関係だと言っていました」

「このフックの写真を撮るんだ」

「これが事件と関係があるとお考えですか？」

「まずは撮ってからだ」彼自身、事件との関係について断言できないため、張一昂に説明する気はなかった。農村の住民がものを掛けるために、山肌に鉤を打ち付けることはよくある。高棟がこのフックに注目したのは、表面に錆がほとんどなく、新しく設置されたことが明らかだったからにすぎない。

高棟は地元警察官に、このフックを誰が取り付けたのか、時間を縫って付近の漁師に聞き込みに行くよう命じた。そして現場をぐるりと探索し、他の手掛かりが見つからないと落胆しながら丘を下りた。

車に乗る前に高棟は足を止め、浜辺を見渡しながら言った。「邵小兵の妻が消えて何日も経つ。君らもきっと分かっているはずだ……うん……恐らく死んでいるだろうということが。浜辺全体をしっかり捜索したんだろうな？」

そばにいた警察官が答える。「派出所の人員と共に数十人で付近をくまなく捜索しました。この海岸全体を、後ろにあるいくつかの丘まで何度も調べましたが、人の手が入った痕跡は何も見つけられませんでした。邵局長の奥様が座った座席を警察犬にかがせましたが、その日に座ったのか、普段の残り香なのか判断つきませんでした」

「人の手が入った」というのは、死体を埋めたという意味だ。海に遺棄するケースも当然あり得る。だが何日も経つのに、水死体を発見したという通報は寄せられてない。それに、浅瀬に捨てられた死体はだいたい浜に打ち上げられる。海中に沈めたというケースも警察は想定した。だが、死体を沈めるとなると水深が深い場所に限られ、砂浜から直接海に投棄するだけでは不可能だ。海に面した付近の断崖の下は深いが、捜査しても何も出てこなかった。船を使ってさらに深いところに沈められていた場合、捜査はますます困難になる。警察には寧県周囲の海域を捜索する術がない。

高棟はこの件の捜査が完全に袋小路に陥ったと悟った。死亡事件が三件も立て続けに起こったのに、実質的な手掛かりは一つとしてつかめてない。いまは陳の足跡の鑑定結果と防犯カメラの映像の調査結果を待つしかなさそうだ。

正午、高棟のもとに張一昂がやってきた。「邵局長宅のマンションの聞き込みに進展がありました。日曜日に出張に行っていた下の階の住人が昨日戻って来たんです。昨晩、県公安局の警察官がその住人から話を聞いたところ、土曜日は一日中家にいて、午後に『パン』という音が建物内部から聞こえたそうです。かなり大きく、こもった音で、上から聞こえたのは確かですが、何階なのかは分からないと。そのときは、どこかの部屋で工事でもやっていると思ったそうです。それから、その日の夜にトレーを引っくり返す音も聞いたと」

高棟は目を鋭くさせた。「それは重要な手掛かりだな。他の住人は？」

「あの住宅区はできてまだ数年で、不動産価格も高く、ほとんどが投機目的の購入者なので、実際に住んでいる人間はいくらもいません。他の住人はいずれも離れた階に住んでいて、何も気付かなかったと言っています」

高棟が指で机を叩きながら質問する。「午後に聞こえた音というのは、具体的にはどういう音だった？」

「住人の話では、爆竹か何かが爆発したようだったと」

高棟の瞳に冷たい光が走った。「銃じゃないのか」

「しかし邵局長の家を細かく調べましたが、異常どころか銃を使った形跡さえ見つかりませんでしたよ？」

高棟は少し考えてから見解を述べた。「室内に銃を使った形跡が見つからなかったとはいえ、銃弾が人体に残ったのだとすれば、そういったものが見つからないのも当然だ」

「邵局長の体には銃創がありません」

「妻がまだ見つかっていないだろ」

「邵、邵局長の妻が射殺されたとおっしゃっているんですか？」張一昂は口ごもる。

「その可能性はある」

「本当に発砲事件なら、銃の出所を調べる必要があります。うちの市は以前から治安が良く、これまでそんな事件などなかったので、捜査するとなると困難が予想されます」

高棟はうなずいた。寧県内全域で銃の所持者を捜索するのは、はっきり言って空を飛ぶより難しい。銃の不法所持は刑事事件として逮捕だ。銃を隠し持っている者が、親しい者以外にそれを言うはずがない。高棟は葉援朝《イエ・ユエンチャオ》も銃を携帯していることを思い出したが、二十四時間彼を監視している警察官の話では、これまでおかしなことはしておらず、事件当日も帰宅してから一度も出掛けなかったと報告を受けている。葉援朝の線は完全になくなり、尾行も撤収させた。

それでは事件の午後にあった爆発音の正体は？　事件と関係があるのか？　高棟には判断つかなかった。


午後、高棟は江偉《ジアン・ウェイ》から頭を殴りつけられたかのような知らせを受けた。「装備品保管所の職員から、邵局長の装備を回収した際、銃一丁と銃弾五発がなかったと報告がありました」

「なんだと？」

「邵局長はもともと支給されていた銃をずっと職場の金庫に保管していました。そして二週間前に装備品保管所にワルサーPPKを申請しています。しかしその銃がどこにもありません」

高棟はその場をせかせかと右往左往した。「ワルサーPPKは護身用の拳銃だ。二週間前といえば、そうだ、胡海平《フー・ハイピン》事件があったばかりだ。邵小兵は内部の人間だから胡海平が他殺だと知っていた。きっと自衛力を高めようと、もう一丁申請したのか。もともと持っていた銃が職場にあるということは……そのワルサーは身に付けていたか、家に保管していたかだ……家の金庫は開けたのか？」

「邵局長の息子が明日帰ってきますので、それまでは金庫を開けられません」

高棟が両手の拳をきつく握る。「絶対に急ぐんだ。明日、息子が帰ってきたらすぐに金庫を調べさせろ。拳銃が見つからなかったら、とんでもないことだぞ」

江偉を出て行かせた途端、高棟は不安に駆られた。本当に発砲事件で、しかも邵小兵のワルサーPPKが紛失していたのであれば、その日の午後に聞こえた爆発音は、その銃からとも考えられる。

邵小兵は土曜日の午後、まだ職場で仕事をしていた。ワルサーPPKは家に置いていたと見てよさそうだ。家に侵入した犯人がその銃で彼の妻を射殺し、夜に帰宅した邵小兵を制圧した。だが、家に銃を置くのなら、見つかりにくい場所に隠すはずだ。テーブルの上などに置いておけば、来客にひと目で気付かれる。犯人は何かの口実を使って邵小兵宅に侵入し、先に彼の妻の自由を奪ってから、ゆっくりと銃を探した。しかし、すでに体を拘束している人間に、銃を使う必要があるか？

犯人はもともと銃を持っていた？

爆発音は事件と無関係？

爆発音が事件と関係しているのなら、邵小兵宅が無傷にしか見えないのはいったいどういうわけだ？　自分の考えのどこかが間違っているのだろうか？

夜、監察医の陳が足跡の最終的な鑑定結果を持ってきた。「足跡の模型、地質、湿度を総合的に分析した結果、この足跡の持ち主の体重は七十キロから八十キロであると判断できます。また、靴のサイズと足跡の間隔から、その人物の身長は百七十一から百七十五センチです。この二つのデータは邵局長のものと基本的に一致します」

椅子に座る高棟は前を凝視したまま身じろぎ一つしない。触れるとかすかに痛みを覚える程度にまでヒゲが生えたあごをさすりながら、ようやく尋ねた。「邵小兵の体重は八十キロ以上では？　その結果だと、多くて八十キロとなっていませんか？」

「誤差はあるものです。これは正常な範囲内です」

高棟は黙り込んだ。こうなると、邵小兵自殺説がますます説得力を帯びる。

しばらく熟考した高棟は別の仮説を出した。「邵小兵の靴を履いた犯人が、まず拘束した邵小兵を海岸に放置したのち、頂上からロープを垂らしてから海岸に戻って邵小兵を縛り上げ、再び頂上に登って邵小兵を引っ張り上げ、ロープをほどいて突き落としたというのは？」

陳が首を振る。「不可能です。八十キロ余りの人間を二十メートル以上の高さにまで引っ張り上げるなら、少なくとも二人がかりじゃないといけません。しかし頂上には一人分の足跡しか見つかっていません。それに、そうした場合、犯人に邵局長の体重を追加すれば百五十キロぐらいになり、足跡も相当深くなるはずですが、そのような足跡は見つかっていません」

ため息をついた高棟は無言で椅子にもたれかかった。

陳が慰めの言葉をかける。「私の見立てでは、邵局長は自殺で間違いありません」

高棟は彼を一瞥し、皮肉げに言う。「彼の妻が消えたのはどういうわけです？」

「彼の妻は、夫が王宝国《ワン・バオグオ》を殺したことを知って、告発しようとしたところを夫に殺されたんでしょう」

「それらは全部根拠のない憶測だ」高棟が声を上げる。

陳は申し訳なさそうにうつむいた。「しかし……全員そう見ています」

高棟は受話器を取り、張一昂を呼び出すと厳しい声で告げた。「十一月二十五日の邵小兵の行動を直ちに調べろ。王宝国殺しの嫌疑さえ消えれば、捜査を一つの方向に進められる」

ドアを開けてすぐ不機嫌な高棟の顔が飛び込んできたので、張一昂はますます慌てた。彼は探るように言った。「もう一カ月以上過ぎています。どうやって調べればいいのでしょうか」

「脳みそを落としたのか？　勤怠表は何のためにある？　公安局正門の防犯カメラに、邵小兵が何時に退勤したのかが映っていないか？　奴の住宅区の防犯カメラに、何時に帰宅したかが映っていないか？」高棟は気持ちを落ち着け、語気を和らげた。「すまない。ちょっと頭に血が上ってしまった。大変だろうが、いま言った通りに調べてみてくれ。もうすぐ元旦だが、全員おそらく残業だな」

張一昂は上司の胸中を察知して退室した。彼も陳も、一番プレッシャーを感じているのが他でもない高棟だと分かっている。高棟が癇癪を起こすことはめったにない。これまで捜査でどれだけ圧力がかけられても、自信満々余裕綽々の態度でいた。今回の事件はあまりにも厄介だ。事件解決の糸口が全く見えない。高棟だって人間なのだから、爆発するときもある。

張一昂が出ていくと、高棟は緊張した面持ちの陳の肩を叩き、苦笑混じりに語りかけた。「年でしょうね。最近よく眠れなくて、機嫌が少し悪いんです。あまり気にしないでください。ところで、崖に張り付けてあった二十センチ程度の鉄製のフックに気付きましたか？」

「フック？」当時を思い返した陳は慎重に口を開いた。「はい、思い出しました。あの……そのフックがどうかしましたか？」

高棟は今日撮影された写真を渡した。「フックの表面が全然さびていないんです。ステンレスでもないですし、海辺で雨風に吹き付けられる場所だというのに、さびていない理由は？　最近取り付けられたものと見て間違いないです」

「おそらくは」陳がうなずく。

「現時点でこのフックと事件との関連は不明ですが、関係あるとすれば何に使われたと思います？」

陳は散々首をひねり、「分かりません」と首を振った。

「胡海平事件で、六階にあった鉄片を覚えていますか？」

「はい」

「あの鉄片とこのフック、二つの事件現場で一見事件と無関係なものが見つかったのは偶然でしょうか？」

「言われてみれば」陳がまた同意する。

「胡海平事件では、五階が捏造された事件現場だと気付かなければ、六階を調べに行くことも、何者かが敷石を日曜日に持ち込んでいたことにも気付きませんでした。その場合、やむなく事故として処理していたでしょう。そして邵小兵事件も似ている点があります。一見自殺に見えますが、きっと自殺を引っくり返す手がかりがあるはずです。我々がまだ見つけ出していないか、あるいは見つけていても気付いていないだけで」

陳が考え込む。「だとすると、胡海平事件と邵小兵事件は同一犯によるものと見てよさそうですね」

「ええ、そういう気がします」高棟はひたいをかいた。「証拠がないだけで、二つの事件はどちらも他殺に見えないよう偽装され、だいぶ似通った手口が使われています。同一犯で間違いないと思います」

「王宝国事件は？」

「あれの手口はまるっきり別物です。一人の人間の犯行手口にここまで差が出るはずないので、別人の可能性が濃厚です。何者かが王宝国を殺し、別の誰かがそれに乗じて胡海平と邵小兵を殺したんです。両者に関連があるのかは、まだ判断できませんが」

「もしそうなら、この事件は本当に手に負えませんよ。一人目の犯人も捕まえられていない上に二人目なんて」陳の顔にしわが集まる。

だが高棟は首を振った。「王宝国事件の犯人は二の次です。最も重要なのがその後の二件の犯人です」

「なぜです？」

「目下の急務は事件の解決だけでなく、次の事件を未然に防ぐことも必要です。どっちの犯人が手強いと思いますか？　もう通達が行き届いた各部署のトップは、最近の出退勤時に警戒しているでしょうし、警察も県全体に二十四時間のパトロール体制を敷いています。王宝国事件の犯人が、再びターゲットを背後から襲ってのどを掻っ切るのはほぼ不可能でしょう。対処しようがないのが、その後二つの事件の犯人です。帰宅しているとき、突然上から敷石が落ちてきて死ぬんじゃないかと考えたことありますか？　邵小兵がどうやって殺されたのかは手掛かりすらつかめていません。こっちの犯人は本当に一筋縄ではいかないんです」

陳が納得する。「それでは今後、どう捜査するべきですか？」

「主に二つ、一つは犯行の経過を調べ上げること、もう一つは犯行の動機を特定することです。急がば回れというやつで、特に邵小兵事件では着実に捜査を進める必要があります。まずは家の中で何が起きたのかを明らかにしましょう。次に、公検法のトップの死で、動機はこれ以上ないほどはっきりしています。犯人は司法の不平等に苦しめられたはずだから、ここ数年の冤罪・捏造・誤審事件を全部引っ張り出して確認し直す必要があります。今回は寧県の弱みやタブーに配慮している暇はありません。事件がどのレベルの人物に波及しようとも、絶対に調べなければ」

「それは……県が協力してくれないでしょう」

「分かっています。でもいまは江偉が局長代理だから、あいつにはその権限があります。私だって事件を確認するだけで、再捜査するつもりはありません。これについて意見する人物がいて、江偉では手に負えないのなら、直接私のところに来させればいい。ただ、古い事件を調べるのは途方もない労力が必要になり、しらみ潰しに調べようとすればかなりの時間を要しますから、動機の特定はあくまでも補佐的な方法です。メインはやはり陳さんのところにあります。犯行の経過を明らかにしさえすれば、犯人像も見えてきます。そのときに動機と両面で捜査すれば、あとはもう一息です」

28

顧《グー・》遠《ユエン》は約束通り、三日空けてファストフード店を訪れた。何事もなければ葉《イエ・》援《ユエン》朝《チャオ》は来ないことになっているが、店内に彼の姿を見かけ、顧遠は少し不安に駆られた。

「どうした？　まだ目をつけられているのか？」葉援朝が斜め向かいに座った瞬間、顧遠は口を開いた。

葉援朝が首を横に振る。「違う」

心配そうな葉援朝の顔を見た顧遠は、何か言いたいことがあるのだろうと思い、うつむきながら小さな声で尋ねた。「何かあった？」

葉援朝は少しためらうと質問し返した。「邵の銃を持っていったな？」

「ああ」

「どうして？」

「今後使うかもしれないから」顧遠は平然と笑う。

「まさかまだ……」

「年が明けてからだよ。いまやると、動機があからさまだから」

「もう三件の殺人事件が起きて、まだ動機がバレていないとでも？」

「公検法のトップが死んだんだから、通常の理屈で考えたら、犯人は司法の不平等に泣かされたか、社会に恨みを持っているのだと推測できる。でも沈の奴が息災なら、警察がおじさんを疑うには理由が足りないよ。それに王宝国《ワン・バオグオ》事件で直接的な証拠は残っていないし、胡海平《フー・ハイピン》事件で防犯カメラに映っているかもしれないのは俺だし、おじさんの年齢や歩く姿と一致しない。邵小兵《シャオ・シアオビン》事件では完璧なアリバイがあるんだから、おじさんが疑われる道理はないよ」

「お前はどうなんだ？」葉援朝が複雑なまなざしで顧遠を見つめる。

「おじさんが疑われなければ、俺に疑いなんかかかるわけがない。だから安心して暮らしてよ」

葉援朝の心が揺れ動く。「お前は……妻と晴のために復讐したんじゃなく、全部……俺のためだったのか？」

顧援は黙々と食事を口に運びながら話す。「起きてしまった悲劇は誰にも変えられない。俺にとって、これからもおじさんに元気に生きていてもらうことが何よりも大事なんだ。復讐のためだったら、胡と邵を狙う意味がないだろ。直接沈家に行けば済むことじゃないか。でもそうしたら動機が一発でバレて、きっとおじさんが事情聴取される。もちろん胡も邵も王と同様、間接的な罪人で、死ぬべき奴らだ。俺がこんなことをしたのは、おばさんと葉晴《イエ・チン》の魂を慰めるためでもあるんだ」

葉援朝は大きく息を吸った。王宝国殺害後、自分に会いに飛んできた顧遠と靴を交換し、ノートパソコンを渡され、その後の対応策を教わった。そのときは自分の家の悲劇に顧遠を巻き込みたくないため躊躇したが、いままで見たことない顧遠の頑なな態度に断れなかった。

あのとき葉援朝は、顧遠が証拠偽装を手伝うことを不承不承認めただけで、顧遠が殺人を犯すなんて想像もしていなかった。

顧遠が人殺しを計画していると知った際、彼がますます深い沼に陥らないよう葉援朝は止めようとした。

そう、かつて葉援朝は顧遠を救った。しかし借りを返してもらおうと思ったことはないし、顧遠がこのような方法で恩返しをするなどまさに寝耳に水だった。自身の心に溜まった恨みとエゴが原因で、この若者を巻き込み、希望に向かって歩いていた人生を台無しにしてしまうかもしれない。

顧遠が引き続き自分のために手を貸し、人を殺し続けることに葉援朝は猛烈に反対した。しかし顧遠は葉援朝さえ予期せぬスピードで胡海平を殺害した。

顧遠が初めて人を殺した際、彼のような罪のない人間を悲劇に引きずり込んでしまったと葉援朝は後悔した。どれだけ努力したとしても、顧遠が人を殺めたという事実は変えられない。

ではどうすれば？

葉援朝は考えた。唯一の方法は、自ら沈家に手を下し、自殺することだ。警察が捜査したところで何も出てこず、事件はそのまま終結する。そうすれば顧遠が胡海平を殺したという秘密を守れる。

しかし、いま顧遠は、胡海平と邵小兵を殺したのは復讐という単純な行為ではなく、葉援朝の嫌疑を晴らすのがさらに重要だったと言った。そうなると、自分自身が沈家を殺したあとに自殺しても、警察は捜査を続ける。なぜなら彼らは、胡海平事件と邵小兵事件の犯人が別にいることを知っているからだ。

事態がここまで進んだいま、どうやって顧遠から疑いの目をそらせるというんだ？

何もない。自分を犠牲にしたところで無駄だ。葉援朝は途方もない絶望に襲われた。

唯一できることは、馬脚を現さないことだけだ。そうでもしないと、警察は疑いの目を顧遠に向ける。

葉援朝は深呼吸し、顧遠を諭した。「銃は埋めるんだ。永遠に誰にも見つからないところに埋めろ」

「いや、今後のためにとっておく」

「沈家のためにとっておく気だな？」

「いまじゃない。騒ぎが落ち着いてからだ」顧遠は否定しなかった。

「来年や再来年、そもそも数年後でも、沈家の人間を一人でも殺したら、やはり動機でバレるんじゃないか？　警察が捜査すれば、きっと今年の事件と結びつけるぞ」

顧遠は平然と笑った。「大丈夫だから安心してくれ」

葉援朝の背筋に寒気が走った。顧遠は沈家の人間を殺したあとに、王宝国事件の罪をかぶるつもりではないか？

「いや……もう復讐しようとは思っていない。二度と馬鹿な真似はしないし、沈家相手に面倒を起こすつもりもない。今後一生、そんなことはしない。だからお前も、ここまでにすると言ってくれ」

顧遠は葉援朝の顔をじっと見つめ、しばらく無言になり、言った。「おじさん、それは本心？」

「そうだ。俺の本心だ」葉援朝は力強くうなずく。

顧遠は頰をなで、満面の笑みを浮かべた。「分かった、ここまでにするよ。おじさんが元気に暮らすことが何よりも大事だ。葉晴もおばさんもきっとそう思っている、そうだろう？」

「ああ」葉援朝は胸をなでおろし、うなずいた。

「じゃあ、元通りの生活に戻ろう」

これで顧遠はようやく安堵した。葉援朝が愚行に走ることはもうない。王宝国事件後、顧遠は証拠の偽造を手伝い、復讐をやめるよう彼に言い聞かせた。口では理解を示した葉援朝だったが、はぐらかしているのだと顧遠は気付いていた。人生の拠り所と希望を失った葉援朝は、死んでも沈家を道連れにしようと考えていた。だから遅かれ早かれ、彼は沈一家を殺しに行くつもりだった。

いま顧遠は、葉援朝は復讐するつもりがなくなったと信じている。なぜなら、葉援朝は自分を巻き込むことを恐れているからだ。

顧遠にとって、復讐は最優先事項ではない。そもそも生前の葉晴もおばも顧遠に辛く当たり、十数年間、葉家の敷居を一歩もまたがせなかったのだ。顧遠が気にかけているのは葉援朝ただ一人。葉援朝が健康に暮らしていれば、彼は安心できるのだ。

胡海平を殺しても警察が葉援朝を疑っていたため、顧遠は仕方なく邵小兵も殺すしかなかった。それだけのことだ。

でも、これにて全てが終わり。葉援朝はこれから穏やかな日々を過ごし、顧遠も自分の身の丈にあった未来に憧れを持てる。

顧遠にとって、今日は最近で一番喜ばしい一日になった。

29

「親父が自殺なんかするか！　おふくろはどこに行ったんだ？」高棟《ガオ・ドン》の前に座る金髪の若者の名前は邵聡《シャオ・ツォン》。いま、彼は激しい剣幕で高棟を睨みつけ、詰問口調で迫っている。

対する高棟は大きな事務机の後ろにあるソファに腰掛け、指を交互に組んで落ち着いた様子で彼を見つめている。「申し訳ない。いまは捜査中だから詳しい事情は明かせないんだ」

「俺は邵小兵《シャオ・シアオビン》の息子だぞ？　親父がどう死んだかすら明かせないっていうのか？　どういう

捜査してやがる」

高棟の瞳孔がかすかに収縮し、そこには怒気が含まれていた。だが彼は行動に出ることなく、ただ鼻で笑った。「家の金庫を開けたことは？　中には何が？」

邵聡は高棟を一瞥し、言い放った。「うちに何があるかお前には関係ないだろ。俺が言いたいのは俺の親父が――」

言い終わらないうちに高棟は机を叩いて立ち上がり、彼の前に立ち見下ろした。「質問が聞こえなかったのか？」

気勢を削がれた邵聡が口ごもる。「なっ……なんだよ？　専門捜査グループのリーダーがそんなに偉いのか？　犯人を探しに行かず、俺に凄んでどうしようっていうんだ？」

高棟はそばの受話器を掲げ、「江偉《ジアン・ウェイ》、いますぐコイツを連れて行け」と命じた。

数分後、邵聡を退室させた江偉が高棟の部屋に戻ってきた。「一体どうしたんです？」

高棟が怒りを露わにする。「邵小兵は息子にどういう教育をしていたんだ。俺の部屋でわめき散らしてたぞ」

江偉が気まずそうに言い訳する。「若いから、まだ物を知らないんですよ」

「物を知らない？　二十何歳になる男がまだ何を知らないんだ？　大方、父親が公安局局長だということを笠に着て、外でも威張り散らしていたんだろう。それに奴のおじは上場企業の董事長だったか？　ふん、ああいううぬぼれが酷い奴はこんな場所でもいきがるもんだ。あいつを取調室に連れて行け」

「取調室に？　それは……ちょっとまずいのでは？」

取調室は被疑者を聴取する場所だ。被害者家族から事情を聞く際は、専用の部屋に通して、タバコやお茶でもてなす。

「そうだ、取調室だ。張一昂《ジャン・イーアン》に聴取させろ」

三十分後、張一昂が高棟の部屋まで報告に来た。「だいたい聞き終わりました。邵聡によると、金庫の中は何も減っていなかったとのことです」

「銃は保管していたのか？」

「していない、と」

「父親がいつも家のどこに銃を置いていたのか聞いたか？」

「父親は家に銃を保管することはなかったと言っていました。仕事場か、またはカバンに入れて携帯していたかのどちらかです」

高棟がため息をつく。「どうやら銃は本当に持っていかれたようだな」

張一昂がつぶやく。「犯人は銃だけを持ち去って、家の他の物には一切手をつけていません。邵局長のカバンにあったお金もそのままです。本当に殺人ならちょっと道理に合わないような」

「銃だけ奪って金目のものをそのままにしておけば、邵小兵の自殺の線をますます濃厚にさせられるし、そもそも犯人にとって金銭は必要なかったのかもしれない。こういったタイプはさらに危険だ。ああ、金庫には何が入っていたんだ？」

「それが、邵聡の奴は頑として言おうとしません」

「ほお？」高棟の目がギョロリと動いた。「どうせ公にできない物しか入っていないんだろう。自分の父親が死んで、万一金庫の中身がバレたら財産を没収されるとでも思っているんだ。いや、待てよ。邵聡のガキはオーストラリアに留学していて、帰ってくるのは年に一、二回程度だったな？　邵小兵が金庫の中に何を入れていたのか、息子にいちいち細かく話すか？　あのガキはどうして、金庫から物が減っていないと断言できたんだ？」

「こうなることが分かっていれば、あのガキが帰国する前に金庫を開けて確認するべきでしたね」

高棟は鼻で笑った。「そんな簡単にいくと思うか？　邵小兵が死んでいるとはいえ、邵家のコネは各方面でまだ健在で、県公安局にも奴の腹心は何人もいる。そんなことをして、金庫の中身が足りないなんて言われでもしたら、俺たちだって反論に困るだろ」

「ああ、それもそうですね。そうだ、王宝国《ワン・バオグオ》の親戚や検察院の関係者が事件の進展について聞いてきました。特に王宝国を殺したのが邵小兵なのか知りたがっていて、胡海平《フー・ハイピン》の関係者も邵小兵が黒幕じゃないかと疑っています。ここ数日、そういう連中が押し寄せてきて、息つく暇もありませんよ」

高棟は苦笑いしながら首を振った。「頼んでいた王宝国殺害当日の邵小兵のアリバイ捜査はどうなっている？」

「邵小兵が当日夕方五時過ぎに退勤し、住宅区に帰ってきた様子が防犯カメラに写っていましたが、それから住宅区を出て王宝国のところに行った可能性は否定できません。住宅区の緑化率が高くてカメラの死角が多いせいで、撮影範囲を避けて外に出ることが可能だからです」

高棟はいっそうやるせなさを覚えた。張一昂に邵小兵のアリバイを調べさせたのは、邵小兵が犯罪の発覚を恐れて自殺したと信じる人間を説得したかったからだ。しかし調査の結果、確かなアリバイは出てこなかった。

高棟はため息をついた。「今後事件について聞いてくる人間がいたら、捜査の段階だからみだりに推測しないよう忠告して、終わってから説明すると言っておけ」

「分かりました」

張一昂が立ち去ろうとしたところで、高棟が呼び止めた。「しばらくしたらお前一人で邵聡を呼び出してこう言え。検察院も人民法院もお前の父親が人を殺し、お前の母親を殺してから自殺したと疑っている。現在の警察の捜査では父親の潔白を証明するのが難しいから、協力してくれ、と。それから、金庫に何が入っていて、どうして何も減っていないと分かったのか聞くんだ。あと、家の中で以前と変わったところがないかしっかり確認させろ」


午後、張一昂は高棟に、邵聡と個人的に長時間しゃべった末、相手がついに口を割ったと報告した。金庫にはもともと一本一キロの金の延べ棒が五本入っていたが、開けてみると二本しかなく、しかし首飾りや宝石類は全くの無事だった。他に現金も保管されていたが、もともといくらあったのか邵聡には分からなかった。要するに、現在、金庫には七十万元入っている。邵聡によると、両親のここ数年の収入を投資に回して蓄えた結果だということだ。他に金庫に何が入っていたかという質問に、何もないと答えた。

その話に高棟が一笑する。「収入を投資に回した結果、一本一キロの金の延べ棒を五本買っただと？　ふん、まあそんなことは俺たちと関係ないな」

そのとき彼は何かを思い出したように聞き返した。「三本足りないだと？　金の延べ棒三本の市場価格は百万元を優に超えるぞ」

「その足りなくなった三本については、両親がどこかに移したのか、それとも誰かに持っていかれたのか、邵聡には判断不能でした。しかし、犯人が持ち去ったとしたら、どうして他の宝石類は持っていかなかったんでしょうか？　それに現金もそのままです。邵小兵が売ったのではないでしょうか？」

高棟があざ笑う。「売った？　邵小兵は金に困っていたのか？　邵小兵が昔住んでいた山荘は、土地だけで一ムーもの広さがあったと聞いたぞ。告発されてから、奴は目立たないように分譲住宅に引っ越したんだ。そしてあいつの妹の夫は寧県第二の富豪だ。邵家には金なんか有り余っている」

張一昂が続けて推測する。「他の上役に贈った可能性は？」

「それもある。だが犯人に持ち去られた可能性もある」

「でも三本だけってことはないでしょう。それに他の首飾りや宝石は手つかずなんですよ」

「胡海平と邵小兵の事件が同一犯によるものだとすると、そいつの動機は復讐であって金銭目的ではない。その犯人が金品を全部持ち去っていたら、邵小兵事件は、俺たちがいまも殺人事件かどうか断定できなくなっている状況から一変して、明らかな強盗殺人事件に認定される。普通の犯罪者に置き換えれば、そんな大金を目の前にすればきっと全部持ち去ろうとするだろう。しかしこの犯人は肝心なときにも欲を出さず、とても理性的だ。もちろん、金の延べ棒以外に一部の現金をくすねなかったとも限らないが」

「しかし陳《チェン》さんたちが金庫を調べても、鍵はしっかりかけられていたし、第三者の指紋も見つかりませんでしたよ。それにあんなに目立たない金庫を犯人が見つけられるでしょうか？　見つけたところで、開けるには邵小兵からパスワードを聞き出さないといけないんですよ」

「手袋をすれば済むことだ。部屋には第三者の指紋が見つからなかったんだから、そいつは手袋をしていたに決まっている」

高棟にそう言われ、張一昂は口を尖らせながら黙ってうつむいた。

その様子を見た高棟が尋ねる。「どうした？　何か言いたいことがあるのか？」

張一昂は悩んだ末に口を開いた。「その、不愉快なことを申し上げるかもしれません」

「言ってくれ」

「私は……今回の事件に関する見解はどれも高棟さんの憶測であって、確固とした証拠がないと思います。このままだと捜査方針を誤らないか心配です」

高棟は衝撃を受けたが、黙ってうなずいた。

確かに、邵小兵の死が殺人だと主張しているのは高棟だけだ。高棟はこれまでの捜査で軽々しく結論を出すことはなく、出した結論はいずれも捜査で得た確固たる証拠に基づいていた。

しかし今回はどうだ？　証拠は？　自分は何を根拠に邵小兵夫婦が殺されたと言い張っているんだ？

高棟は少し考えを整理してから口を開いた。「お前の言う通り、いまの捜査方針は確かに俺の憶測に基づいていて、根拠のある推理はない。だが邵小兵事件前後の手掛かりを全て列挙してみると、これが自殺なら不審な点が多過ぎると気付くはずだ。まず、王宝国事件と胡海平事件の捜査に実質的な進展がない状況で、邵小兵が捕まるのを恐れて自殺する必要は？　なるほど、妻に通報されそうになったから、妻を殺し、その後事態が明らかになるのを恐れて自殺したという考えが大勢を占めている。しかし考えてみろ、妻が本当に通報するか？　通報すれば邵家全体が破滅するんだ。二つ目に、当日夜に邵小兵の家からトレーを引っくり返した音が聞こえたという点だが、邵小兵が妻と喧嘩をしていたのなら、その痕跡はどうした？　邵小兵が現場を掃除したという可能性もあるが、そうならどうして自殺する必要がある？　三つ目に、邵小兵自身が車を運転して住宅区を出て、海岸に向かったのだとすれば、車の日差しよけをそのままにしていた意味は？　まあ、昼に下ろしたまま上げ忘れていたという可能性もある。だが道路に設置された防犯カメラに彼の顔が写っていなかったということは、彼はずっと座席にもたれながら運転していたということか？　それも出来過ぎだろう。四つ目に、邵小兵は海岸に来た後、一キロ先の村に車を置き、そこから歩いて海岸に戻って自殺している。これも理解に苦しむ」

張一昂がうなずく。

高棟は続ける。「邵小兵が自殺したと判断する理由は、丘の斜面に一人分の足跡しかなく、それが邵小兵の革靴のもので、その足跡にかかった体重が邵小兵のものと一致しているからだ。だが犯人が俺たちの想像もつかない手段で邵小兵を殺し、自殺以外考えられない手掛かりを現場に残したという可能性は？　俺はいま思いつかないが、そんな手段がないとも言えない」

張一昂はうなずきながら高棟の考えに賛同し、尋ねた。「いまのところ、邵小兵事件の捜査からは、有効な糸口がほぼ見つからなそうですから、捜査のポイントを王宝国と胡海平の事件に置くのはどうでしょうか？」

高棟は唇を嚙み締め、熟考した末に首を横に振った。「犯行の複雑さから見て、王宝国事件が一番シンプルで、邵小兵事件が一番複雑だ。一番シンプルな事件の証拠が一番少なく、これだけ捜査しても有力な証拠が何も見つかっていない。だから、このまま続けても望みは薄い。それに比べて、邵小兵事件は一番複雑で、犯人の偽装工作も一番多い。一人の犯罪者が一部始終に細心の注意を払って犯行を進められたなど信じられん、きっとどこかに漏れがあるはずだ。現在まで説明がつかない疑問が多々あるが、そのうちの一つでも解決すれば、あるいは犯人のミスを見つけ出せれば、それが解決の糸口になる。そうだ、前回頼んだ胡海平事件当日にマンションに出入りした人間の調査はどうだ？」

「だいたい終わりました。事件当日は合計百十一人がマンションに入り、その大部分がマンションの住人で、他に住人の友人や販売員もいました。全員の身元や動機を直接調査しましたが、いまのところ不審な人物はいません。敷石を設置したあの作業服姿の人間と似ている者も何人かいましたが、同一人物である可能性は排除されました」

机を凝視していた高棟がようやく口を開いた。「その調査に漏れがないとしたら、あの敷石は人間が落としたものではないな」

「人間の仕業じゃない？　ならどうやって落ちたんですか？」

「リモコンだ」

「リモコンですか？　あんなに重い敷石なら、十分なパワーがある機械じゃないと押すことは不可能じゃないですか？」

高棟は手を振った。「また考えるから、お前はもう行け」

高棟は自室で一人考えに没頭した。

犯人がマンション内にいて、敷石を自分の手で押したのなら、当時きっとひさしの上に立っていたはずだ。そうしたら余計目立つ。敷石の落下の瞬間に、向かいのマンションの住人がその人物に気付かなかったというのはあり得ない。だからこの可能性は低い。しかも敷石を手で押す場合、タイミングや力がコントロールしづらく、胡海平に当てられる保証もない。

犯人が窓辺に立ち、棒か何かで敷石をつつき落とすのも不可能だ。胡海平がマンションに近づいた瞬間、窓辺に立つ犯人から彼の姿は見えず、敷石を落とすタイミングがつかめないからだ。

犯人がマンション内におらず、リモコンを使って敷石を落下させたのなら、全て簡単に説明がつく。だが立っている敷石を下に落とす際、回転運動をさせてからじゃないと自由落下しない。あの大学教授の言葉を借りれば、犯人が回転運動にかかる時間を計算しなかった場合、敷石が地面に落下する瞬間、胡海平はあの五十センチの「死亡」エリアに足を踏み入れていなかった可能性が高い。

回転運動にかかる時間の計算には微積分を使わなければならない。以前、高棟は疑っただけだったが、いまになって犯人が邵小兵事件で見せた犯罪能力とを結び付け、ほぼ確信できた。犯人はきっと大学教育を受け、しかも微積分を学んだことのある人物だ。その肩書きは、新卒者、またはエンジニアや教師などの可能性がある。

犯人の身元を特定するにはまだ足りない。この三つに当てはまる人間は県内でも膨大な数に上り、警察が一人ずつ調べることは不可能だ。

リモコン本体は、敷石を落下させるのに一定のパワーが必要な以上、小さいはずがない。ではその装置はどこへ？　事件後に犯人に持ち去られたのか？

あり得ない。高棟はその考えを否定した。犯人が装置をやすやすと持っていけたなら、タイル用接着剤で警察をミスリードさせる必要がどこにある？　敷石が六階から落とされたと警察に知られたところでなんだというのだ？　まだ何の手掛かりもつかませていないじゃないか。鍵はきっと六階にある。だが六階からは窓の外に奇妙な鉄片が見つかっただけだ。あの鉄片でどうやってリモートコントロールできるというんだ？

胡海平事件の捜査によって、高棟が把握している手掛かりは、犯人が知識人で、車を所有しているということだけだ。車を持っていることは、犯人の電動バイクが両端に防犯カメラが設置されている道路で消える必須条件だ。

しかし、知識人で車を所有していると分かった程度では不十分だ。

高棟は思考を再び邵小兵事件に戻した。

胡海平事件で、犯人は二つのことしかしていない。敷石を設置し、敷石をリモコンで落下させたことだ。しかし邵小兵事件ではあれだけ多くのことをやっているのだから、手掛かりを残していないとも限らない。では何が突破口となり得るか？

高棟は椅子にもたれて考えにふけった。家の中、砂浜、村。邵小兵事件には多くの場所が関与していて、どの場所にも頭を抱える問題がセットになっている。しかし一番おかしいのは、あの保存状態が完璧な遺体発見現場だ。

糸口はやはり遺体発見現場にあるはずだ。

高棟は書類袋から、現場で撮影された高解像度の写真を全て取り出し、一枚ずつ徹底的に目を凝らした。それらの写真はすでに何度も確認し、新味はない。

しかし努力は実を結び、彼はようやく写真から不審な点を発見した。

高棟の注意力が斜面の足跡の写真に注がれる。写真の縁にある足跡の中央に、一本の長い跡が刻まれている。

ロープだ。当時、犯人は足でロープを踏んでいたのだ。

彼は急いで斜面で撮影された写真を並べ、細かくチェックしたが、いくら探してもロープのような物は見つからない。

彼はまた足跡を一つずつつぶさに眺め、ついに別の写真の目立たない端にも、犯人がロープを踏んだ証拠を発見した。

犯人はロープを使ったのだ。だが警察が現場でそれを見つけていないということから、犯人によって持ち去られたのは明らかだ。

高棟はすぐに受話器をつかんで監察医の陳を自室に呼び出すと、写真を指差して尋ねた。「これは何でしょうか？」

陳はひと目見てこう答えた。「ロープの跡ですね」

高棟がうなずく。「形から見て、直径一センチ未満のファイバーロープでしょう。現場でロープの切れ端は見つからなかったんですか？」

「見つかりませんでした」

高棟が別の写真を指差す。「これも見てください。犯人が当時ロープを持ち、歩いているときにそれを踏んだのは明らかです。しかし現場からはロープが見つからなかった。この意味は？犯人が現場から持ち去ったということです。なぜそんなことをしたのか？　ロープが犯行に使われた道具だということ以外考えられない。さっき立てた仮説を覚えていますか？　犯人は邵小兵を崖下に放置し、斜面に戻ってロープを垂らしてから彼をロープでくくりつけ、再度斜面を登って戻って頂上まで引っ張り上げ、そのあとに縄を解いた。斜面についた足跡から判断すると、犯人は丘を上がったり下りたりを繰り返している。犯人は何で何度も丘を上り下りしたのか？　それは、一回で邵小兵の自殺を偽装できず、何度も行き来する必要があったからです」

陳が疑問を口にする。「しかしさっきもお話ししましたが、そうだとしたら現場の足跡は特に深く残っているはずです」

高棟は眉をひそめた。「それが悩ましいところです。そうだ、足跡の重量を偽造する方法はないですか？　例えば、実際は百五十キロだけど、何らかの方法を使って足跡の持ち主の体重が七十キロから八十キロの間、つまり半分の鑑定結果を出させるようにするんです」

「その人物に足が四本ない限り、無理です」

高棟は口をつぐんだ。足が四本の人間などどこにもいない。自分の見立てに問題があるのだ。

陳が続ける。「足跡の偽造よりも、どうやって邵局長を引っ張り上げたのかが鍵だと思います。八十キロ近くの重さを、二十メートル以上の高さまで引っ張り上げることなどできませんよ」

高棟はため息をついた。「そうなんですよ。邵小兵が太っていなかったら、五十キロぐらいの体重なら引っ張り上げられたんですが……ちょっと待てよ」高棟は突如目を見開いた。「邵小兵が太っていなかったら、邵小兵が太っていなかったら。ロープ、フック……」

「何か考え付いたんですか？」

「いけそうな方法を思いつきました。そうだ、去年、物証鑑定科に入った構造力学の修士は何ていう名前でしたっけ？」

「郭傑《グオ・ジエ》です」

「そう、その郭傑を呼んできてください」

「彼をですか？　彼は公務員試験の総合成績がトップだったから採用されただけの一年ちょっとの新人で、実務面の能力も不足していますよ。足跡の鑑定は大学に連絡してやらせたもので、彼は無関係です」

高棟がしきりにうなずく。「分かってます、分かってます。でもうちにいる力学出身者は彼一人だけでしょう。聞きたいことがあるので、急いで呼んできてください」

陳は直ちに、黒縁メガネでいかにもガリ勉な若い警察官を連れてきた。

高棟が開口一番尋ねる。「郭君は力学を学んでいたんだって？」

物証鑑定科で一番経験が浅いこの若い警察官は、制服に袖を通してからほとんど高棟と会話をしたことがなく、いま直々に呼ばれて尋ねられ、恐縮していた。彼は丁寧に答えた。「私は大学生の頃、土木工学を学び、修士課程では構造力学を専攻しました」

「分かった。一つ問題を出したい。いま君は高さ二十メートルの崖の上に立っている。崖下には八十キロの物体があり、君の手元にはロープが一本ある。君ならその物体をどうやって引き上げる？」

郭傑はさんざん頭をひねり答えた。「ちょっ……直接引き上げるのは駄目ですか？」

高棟の顔に一瞬失望が浮かんだが、必死に気持ちを落ち着かせて説明した。「おいおい、君が八十キロの物なんか引っ張り上げられないだろ」

郭傑は顔を紅潮させた。「いっ……一本のロープだけなら、直接引っ張るしかないです」

「ロープの他にどんな道具を使ってもいい。ただし、動力源は使えない」

すると郭傑はすぐ答えた。「じゃあ簡単です。滑車装置が使えます」

「滑車装置？」陳の顔に驚きの色が浮かぶ。

高棟が予想通りと言いたげに満足そうに笑う。「続けてくれ」

「動滑車が一つあれば、必要な力が半分に、つまり四十キロに減らせます。もちろん、定滑車をもう一つ追加すれば、定滑車一つと動滑車一つの組み合わせで、必要な力は三分の一になり、二十五キロ程度の物を引っ張り上げるのと同等になります」

高棟は彼にチョークを渡した。「その動滑車と定滑車の組み合わせを黒板に描いてくれ」

郭傑はたちまち図を描き上げた。高棟はうなずき、「分かった。仕事に戻ってくれ」と言った。

郭傑を退室させた後、高棟と陳は黒板に描かれた滑車装置を観察した。

天辺のフックには定滑車が取り付けられ、その下に動滑車がある。動滑車の中央から出たロープは、上の定滑車から下の動滑車を通って最終的に上に引っ張られている。動滑車の下には物体がくくりつけられている。その物体は三本のロープから同時に引っ張られているおかげで、それぞれにかかる力は三分の一しかない。

高棟は陳に笑顔を向けた。「これならどうです？」

陳はうなずきながらしきりに称賛した。「どうやって思い付いたんですか？　すごいです」

高棟が語る。「陳さんがさっき言った、足跡の偽造よりもどうやって八十キロ近い邵小兵を二十メートル以上の高さまで引っ張り上げられたのかが鍵だ、という言葉がヒントになりました。

ロープの痕跡が見つかり、崖の淵にはフックがあったのだから、中学のときに習った滑車装置が自然と頭に浮かびました。しかし二十年も前のことで、そういった知識はほぼ忘れ掛けていたので、陳さんの部下のあの勉強オタクから細かく聞くしかなかったんです」

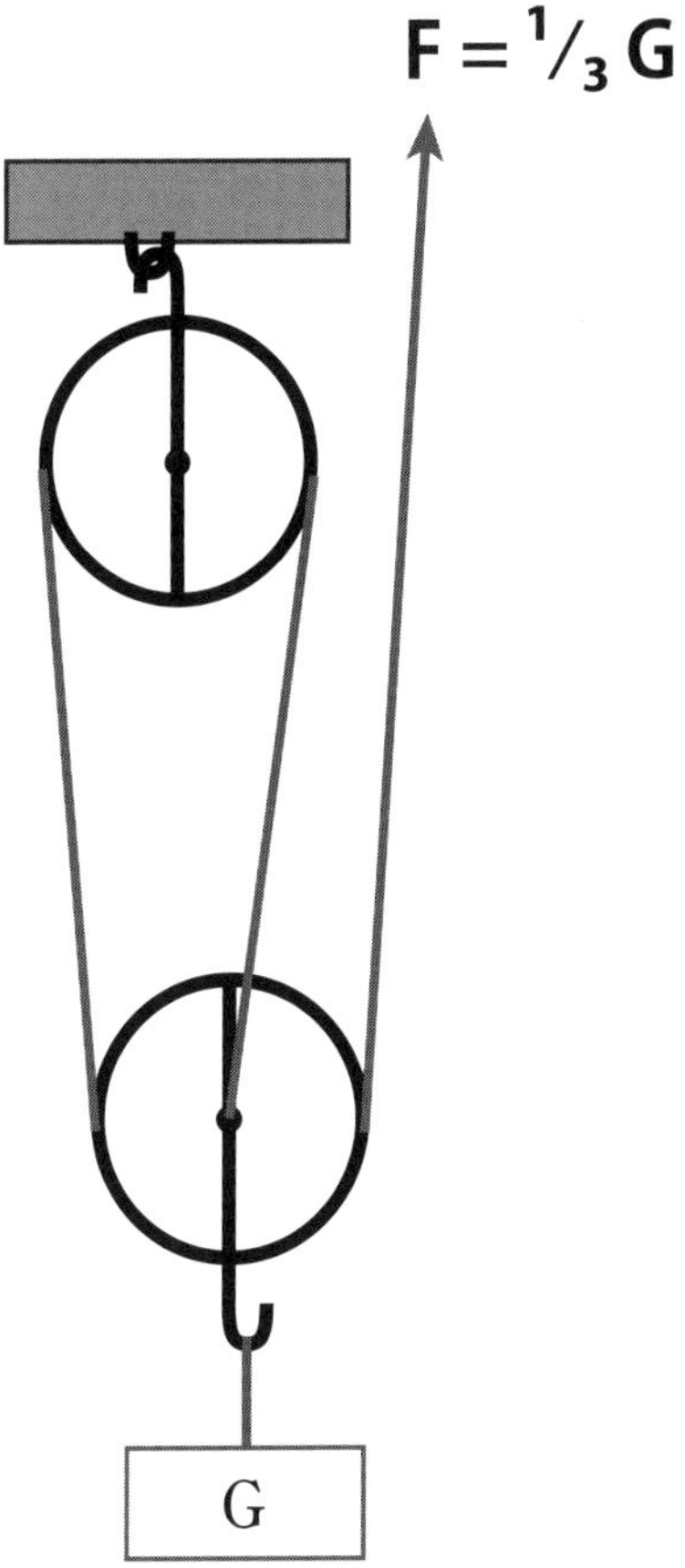

陳が言う。「この方法なら確かに実行可能です。この仕事をして数十年になりますが、こんな風に自殺と見せ掛けたケースは見たことありません」
「もう一回写真を見てみましょう。犯人が本当にこの方法を使ったなら、滑車を取り付けるとき

に、滑車を地面に置いた跡が残っているかもしれない」

二人はすぐに、崖の隅を撮った一枚の写真から、円弧形の小さなへこみを見つけた。

写真を見ながら陳が話す。「くぼみが浅過ぎて、滑車でできたかどうか分かりませんね」

「くぼみのカーブに結構丸みがあるので、石をどかした跡ではないはずです。本当に滑車の跡だとすれば、直径はだいたい二十センチですね。そして斜面の高さは二十メートル余りあり、定滑車と動滑車の組み合わせに必要なロープの長さがその三倍なので、ロープは少なくとも六十メートルあります」

陳がうなずく。

高棟は続ける。「犯人の本当の体重を計算してみましょう。犯人が斜面に立ってロープを引っ張れば、本来なら二十五キロ以上の力がいる。しかし引っ張る際、ロープはフックと密着しているから、作用力の方向は完全に垂直ではなく、斜め下になっている。つまり、二十五キロ余りの重さのうち、一部は水平の作用力に割り当てられ、垂直方向に割り当てられた作用力だけが足跡の持ち主の重量の一部を構成している。普通の人間が山頂に立ってロープを引っ張る角度から判断すると、二十五キロ以上の力のうち、垂直方向に割り当てられるのは十から十五キロだ。だから、犯人の体重は六十五キロぐらいでしょう」

陳が補足する。「他の足跡の重さが邵局長の体重と一致している理由は、犯人が斜面を登っているときに滑車と六十メートルのロープを持っていたからですね」

「でも、犯人がずっとそれらを持っていたわけはないと思いませんか？　どうして全ての足跡の体重の鑑定結果が同じなんでしょうか？」

陳が不可解という風に首を振る。「確かにおかしいですね」

「これは、犯人が滑車とロープを置いてから、そばにあった大きな石を抱え、自分の足跡のくぼみをほぼ全て一致させたことを意味しています」

陳が驚いて口を開ける。「そっ……そんなことまで考えつくんですか？　なんて犯人なんだ」

「犯人が他の場所ではなくここを犯行現場に選んだのは、ここだと足跡が完璧な状態で残り、警察に邵小兵は自殺したと思わせられるからです。あえて足跡を残したのは、警察がそれをさまざまな角度から鑑定すると知っていたからだ」

高棟は電話で江偉を呼び出し、分析結果を伝えた後、邵小兵事件発生前に県内の店舗で最低六十メートルのロープと滑車を買った人物がいないか直ちに調査するよう命じた。

寧県は沿海漁業主体の県だ。そういうロープと滑車は漁船で使われることが多いから、販売店も多い。調査するのはやや骨が折れるが、いまはこれが一番直接的な方法だと高棟には分かっていた。

二人を退室させ、高棟は椅子に座って再び熟考した。

邵小兵の死を自殺に見せ掛けた経緯はだいたいはっきりした。そして、邵小兵の車が最後に現れたのが一キロ先の村であったことにも説明がついた。

二つの滑車と六十メートルものロープを、いつも持ち運ぶことは不可能だ。以前の調査によって、犯人が一台の車を所有していることはすでに明らかになっている。犯人はきっとそれらの犯行道具を事前に車内に積んでいたのだ。犯行時、まず邵小兵の体の自由を奪ってから、海岸まで車を走らせ、途中で下車し、自分の車から犯行道具を持ち出した。

海岸で犯行を終わらせた犯人は、滑車とロープを持って現場を離れた。

犯人が自分の車を海岸付近に停めていれば、犯行道具を自分の車で持って帰ることができ、邵小兵の車を運転する必要はなくなる。だから、犯人は自分の車を海岸から離れた場所に停め、邵小兵の車で海岸に来たはずだ。滑車とロープという重い物を持ったまま歩いて戻ることは不可能だから、邵小兵の車に再び乗って、一キロ先の場所へ向かった。

しかし村の場所と来たときのルートは正反対であり、犯人の車はおそらく村の近くに停められていなかったはずだ。そして犯人もそんなに多くの物を持ったまま、村から自分の車まで歩いて戻ることはしなかっただろう。

これらの推理が正しければ、犯人は犯行に使った道具を村の付近に捨てているはずだ。

事件発生の翌日に警察が村を捜査したから、犯人には村に戻って道具を持ち帰ることはできなかっただろう。リスクが大き過ぎるからだ。

高棟は即座に、村に聞き込みに行かせ、付近をつぶさに捜索させることを決定した。犯行に使われた道具が見つかれば、この推理は完全なものになる。

この犯人の細部までの対処には文句のつけようがない。しかし、計画を実行するに当たって、長さ六十メートルのロープをうっかり踏んでしまうとは思ってもいなかっただろう。

たった一つのミスだ。しかし、これこそ突破口だ。

高棟は思考を胡海平事件に戻した。犯人が敷石の落下をコントロールした方法はまだ分からないが、敷石の落下時間が正確な計算によって導かれたのは間違いない。

自由落下と滑車装置。

高棟の瞳が光った。犯人の物理学の知識は本当に大したものだ。

30

その翌日の正午、県公安局の警察官から高棟《ガオ・ドン》のもとに、数日前に二つの滑車と一本の長いロープを拾った村人がいたという報告があった。二つの滑車はどちらも直径二十センチの同サイズで、漁船でよく使われるものだ。ロープは長さが八十メートルあり、同じく漁船で使われる、極めて頑丈な緑色のファイバーロープだ。その村人は、ゴミが積まれている村の入り口の干潟で拾ったと言った。

高棟はにわかに興奮し、江偉《ジアン・ウェイ》の前で県公安局刑事捜査隊の仕事ぶりを大いに褒め称えた。その捜査結果は高棟の推理と完全に一致し、彼の判断が間違っていなかったことを証明していた。推理の起点は、犯人がうっかりロープを踏んでつけた足跡にある。計画がどれだけ完璧で、細部の処理がどれほど行き届いていようが、一つのミス、たった一つのミスさえ犯していれば、警察が状況を引っくり返すには十分だ。

その日、専門捜査グループはやる気に満ちあふれていた。全員、その滑車とロープをひと目見て船舶用品だと判断し、用具店でしか買えないものだと気付いた。

高棟は大量の捜査員を動員し、県内の船舶用品店全店舗を調べ上げた。中心部は海に面していないので、用具店はほとんどない。一方で中心部から三十キロほど離れた石灘鎮《シータン》は全国的に有名な漁港であり、数千隻の漁船があり、漁協関係者も数万人いる。そこには数え切れないほどの船舶用品店が営業している。

しかし今回、風は警察に吹いており、早くもその夜に情報がもたらされた。二つの滑車とロープは、二十日前に石灘鎮の船舶用品店で販売されたものだった。

店の店長がそれを売ったときのことを覚えていたのは、普段その店に買いに来る客は漁師や漁船で働く作業員ばかりなのに、そのときは三十歳ぐらいの上品そうな若者だったからだ。彼は船舶用品の名称も言えず、ただ身振り手振りで滑車と網縄が欲しいと言った。どんな型の滑車が欲しいのか店長が尋ねても答えられなかったため、店長がいくつか選んでみたところ、その客は最終的に二十センチの滑車二つと八十メートルものロープを購入した。

その人物の外見について店長はもうはっきり思い出せず、礼儀正しく、県城の方言を使っていたぐらいしか覚えていなかった。寧県の県城は北側にあり、石灘鎮は南側だ。南北で方言は異なる。店長はその人物が車で来たのは見ていたが、具体的な車種は覚えていない。

唯一残念なことは、店内に防犯カメラが設置されておらず、店外の付近の路上にもなかったことだ。

その人物は容姿が不明で、どんな車を運転していたのかも分からないが、現時点で捜査範囲は大幅に縮小した。

男は県城出身で、年齢は三十歳前後、身長百七十一から百七十五センチ、体重約六十五キロ、車を所有し、理工科出身。力学知識が豊富で、微積分の計算もできる可能性が高い。

高棟は犯人像をおおまかに想像した。三十歳でまだ微積分を覚えている人間は、どういう職業だろうか？

教師の線は濃厚だ。しかし県城一帯の小中学校で、三十歳前後の男性教師は三、四百人はいる。理工科出身者も少なくとも二、三百人はいるので、一斉捜査は不可能だ。

エンジニアもあり得る。しかしどの企業にどれぐらいのエンジニアが所属しているのかも、調べ上げるのは難しい。

新卒かもしれない。大学を卒業したばかりなら、それらの知識をまだ覚えているだろう。

犯人がこの三つの中にいるとは限らない。在学中にたまたまそれらの知識をしっかり学び、何年経っても忘れていないだけかもしれない。

現時点では犯人の輪郭をはっきり描けないものの、すでにだいぶ近付き、あと一歩のところまで来たと高棟は悟った。

彼は、胡海平《フー・ハイピン》と邵小兵《シャオ・シアオビン》とに面識がある人物全員の中から、犯人の特徴と一致する人物を探し出し、一致度が高い者がいれば直ちに集中的に調べ上げるよう命じた。

いま、残っている主な謎は二つだ。

一つは、邵小兵の妻の行方だ。彼女は煙のように消えてしまった。邵小兵が「自殺させられた」過程はすでに分析して明らかになったが、それは彼の妻の消失とはまるで関係がなさそうだ。

もう一つの問題は、当日、邵小兵の家で何が起きたのかだ。一つ減ったソファのクッション、別のクッションが隠していたソファに空けられたいくつものナイフの穴。邵聡《シャオ・ツォン》の言う三本減った金の延べ棒の行方。隣人が当日午後に聞いた爆発音と、夜に聞いたトレーの引っくり返る音。

手掛かりはこれだけだ。この四つのどれが事件と関係があり、その関連程度はどれぐらいなのだろうか？

これらの問題も明らかになれば、犯人の身元が分かると高棟は信じていた。

よし、明日一番に邵小兵の家の中を捜査しよう。

明々後日は元日だ。元日が過ぎれば、市内のデモの対応もだいたい終わり、省庁と部が高棟へプレッシャーをかけてくる。タイムリミットまで残り数日しかないが、一刻も早く犯人を逮捕すれば間に合う。

高棟はため息をつくとともに歯を食いしばった。

31

翌朝、高棟《ガオ・ドン》は監察医グループを率いて再び邵小兵《シャオ・シアオビン》の家を訪れた。

現場となった邵小兵宅を引き続き保存するよう事前に高棟が指示していたため、邵聡《シャオ・ツォン》は家の中の金品を整理してから一時的に親戚の家に身を寄せていた。だが今日、高棟は邵聡に聞きたいことがあったので、帰宅してもらうことにした。

前回、邵聡が高棟に口答えして怒りを買ったため、県公安局の人間は邵家まで飛んで遠回しにこう告げた。高棟という人物は外見ほど優しくない。彼の義理の父親は市の政法委員会書記で、北京のあちこちにコネクションを持っており、そのバックグラウンドは邵家の比ではない。数年前、高棟がまだ市公安局の所長だった頃、現場で捜査中、高棟の背景を知らない現地の副県長が人前で彼のメンツを潰したことがある。その結果、その副県長はそれから半年も経たずに汚職関連で取り調べを受けた。高棟が裏から手を回したものと言われている。邵小兵ですら生前、しょっちゅう高棟の機嫌を取り、江偉《ジアン・ウェイ》などは彼の命令に絶対服従で、県公安局のいくつかの関連部署も、高棟から与えられた任務や指示を適当に扱うことは決してない。邵小兵が亡くなり、邵聡に責められた高棟は、現時点では事件解決に集中しているので、他のことに時間を割く余裕はない。しかし解決後に仕返しをするのは高棟にとって造作もないことだ。それに、邵家には弱みが多い。邵家も上にコネがあるとは言え、そのぐらい、高棟にとって怖くも何ともない。しかも高棟の業務態度は取り立てて優秀で、省や市から前途を有望視されている。ここ数年、高棟より地位が高い幹部が何人も積極的に彼に近付いている。数年後、高棟が省に、果ては北京で要職に就き、邵家への対応を決断すればきっとまずいことになる。

親戚一同から注意を受けた途端、邵聡は後悔し、あの日の失礼な行為を深く反省した。だから今日の朝一番に急いで家に帰り、マンションの下で見張りをしている警察官にタバコを渡し、うまいこと言ってくれるよう頼んだ。

部下を率いて車を降りた高棟に、見張りの警察官が報告する。「邵聡は言い付け通り、早朝に来ました」

高棟はうなずくだけで何も言わず、マンションへ真っ直ぐ向かった。

マンションの入り口前で待っていた邵聡は、高棟に駆け寄り、媚びた笑みを浮かべた。「高さん、大変申し訳ありませんでした。まだ若くて、父親が亡くなったばかりで、母親もいなくなり、ここ数日ずっと気分がふさぎ込んでいたため、大変失礼な口を利いてしまいました。どうか許していただけないでしょうか」

高棟はほほ笑むと、彼の肩にそっと手を伸ばした。「分かっている、大丈夫だ。一緒に上がろうか。家に着いたらいくつかの質問に答えてもらうよ」

邵聡は感激のあまり鼻水を垂らし、慌てて高棟についてマンション内に入ると、自分からエレベーターのボタンを押し、高棟を先に入らせた。

邵小兵の家は全てが元のままだった。

高棟が邵聡に尋ねる。「前回、室内を見たときにおかしなところはあったかい？」

邵聡がソファを指差す。「クッションが一つ減っていて、ソファにも穴が空いていました。刑事さんからは、ナイフで刺されたものだと聞いています」

高棟はうなずき、監察医の陳《チェン》に話し掛けた。「クッションが一つ足りないのは重大なポイントです。どうやら鍵はソファにあるようです」

「しかしナイフで空けた穴だと分かった他、何の手掛かりもありませんよ」

「中を開けて見たんですか？　変なところはなかったんですか？」

「見ました。中身に異常はありません。もう一つのソファにも穴が空いていましたが、鑑定の結果、事件とは無関係でした」

「このソファですか？」高棟が指差したのは、L字型ソファの四人掛けの方だ。それらは部屋のドアの真向かいに置かれている。

「そのクッションの裏にも爪ぐらいの大きさの穴があります。以前、引っかいて破れたものでしょう」

陳が左から二つ目のクッションをつかみ取ると、その下の真ん中あたりに親指大の黒い粘着テープが貼られていた。黒革のソファに小さな黒いテープを貼っても、瞬時には見分けがつかない。

しかし、その粘着テープは半分剝がれていたので、警察が剝がして調査をしたのだ。

高棟が近寄り、ゴム手袋をしてそっとテープを剝がし、そばによけると、中に指を入れ、綿をほじくり出した。ソファの台座の主な中身だ。

高棟が邵聡に聞く。「ソファのここには前から穴が空いていたのか？」

邵聡が見当もつかず首を振る。「分かりません。あったかもしれませんが、そういった些細なことは両親も言いませんし」

高棟は陳に尋ねる。「この黒い粘着テープは修理用のものですよね？」

「そうですね。配管などを修理するやつです」

「事件と関係がないと思いますか？」

絶句した陳が言葉を選んで答える。「まあ……事件との関連性は見当たりませんね」

「ソファの中身に異常は？」

「綿をいくつか採取して持ち帰りましたが、何も検出されませんでした」

高棟は考え込み、こう聞いた。「室内で黒い粘着テープを見つけましたか？」

「それは……見つからなかったです」

高棟は振り向き、邵聡に尋ねる。「この家の工具箱はどこに？」

邵聡はすぐにトイレのそばの物置から工具箱を持ってきて開けた。「工具は全部ここにあります」

高棟が箱の中をのぞくと、ハンマーやペンチなどの金物の他に、黒い粘着テープが一巻き入っている。

高棟がそのテープを手に取り、しげしげと観察すると、ソファに貼られた物と一緒だった。穴に貼られた爪の先程度のテープと、手にしている粘着テープを比べ、高棟は一瞬驚愕の表情を浮かべた。しかしすぐに表情を戻し、先に邵聡を部屋から出した。

邵聡が出て行ってから高棟が言う。「見てくれ陳さん。穴のテープとこの粘着テープ本体の切り口が完全に一致している」

見比べた陳がうなずく。「はい、一致しています」

高棟が彼の目を見据える。「つまり、このテープが最後に使われたのは、ソファの穴に貼るために小さくちぎられたということです」

「はい、しかし……これで何が分かるというのでしょうか？」

「出来過ぎていると思いませんか？」

「どこがですか？」

「この部屋は全てが整頓されていて、唯一ソファだけ、上にあったクッションが一つ減り、ナイフでいくつか穴が空けられている。だから我々も、捜査のポイントを減ったクッションとナイフの穴に絞った。しかしそれ以外に、ソファにはまだ爪ほどの穴があり、これまでずっと事件と無関係と思われ、無視されてきた。ソファの上にはずっと本皮のクッションが置かれているので、何かがあったにせよ、傷つくのはクッションのはずで、その下のソファが破れることは基本的にはないでしょう。それに、この穴は古いものでもないです。もし昔からあったのなら、邵小兵が見つけ、テープを貼るのも不思議ではありません。しかしこのテープは前回使用したときにちぎられたものです。つまり、穴ができたのも、最後にテープが使われたときだったはずです」

高棟がふっと笑って話を続ける。「王宝国《ワン・バオグオ》事件の犯人が誰なのかは、証拠がないため判断できませんが、胡海平《フー・ハイピン》事件と邵小兵事件は、数日の捜査の進展で判明した犯行方法と手口から言って、同一犯だと確信を持って言えます。優れた殺人事件をつくり出そうとするなら、証拠の処理をしっかり考えなければいけません。通常の証拠は簡単に対応できます。指紋を残さないよう手袋をしたり、足跡を残さないよう床を拭いたりとかです。しかし中には犯人が片付けられず、絶対に現場に残ってしまう証拠もあります。そういうときこそ犯人の知恵が試されるんです。一番良い証拠処理の方法は、別の証拠を偽造して警察の目をそれに向けさせ、事件と深く関わる証拠を見落とすようにさせることです。胡海平事件のときは、犯人は五階にタイル用接着剤を塗っていましたし、邵小兵事件では、斜面に足跡をくっきりと残していました。陳さんが気付いているかどうか分かりませんが、この相手には癖があって、警察が簡単に得た手掛かりというのは、どれも本当の証拠を隠すために犯人が見つけてほしくてわざと残したものなんです。

「ソファに話を戻しましょう。邵小兵の家で我々が最初に把握した手掛かりは、ソファの上の数が足りないクッションと、ナイフで空いたいくつかの穴です。犯人のこれまでの犯行の習慣をなぞれば、警察が簡単に見つけられる証拠は奴が偽造したものに決まっていて、奴にとって捜査してもらいたいものです。そうすることで犯人が得られるメリットは？　犯人が残した本当の証拠を、警察の目から逸らせられるということです。大胆な仮説を立ててみますと、この穴は犯人が残したもので、なおかつ奴が他の方法で存在を隠せなかったものです」

高棟はその指の爪ほどの穴を指差す。「この穴の縁はハサミで切り取られています。要するに、穴の破損面積は最初はもっと小さく、何者かが周囲をハサミでぐるりと切り取ってからテープを貼ったんです」

陳は何度もゆっくりうなずいていたが、やはり分からない点があり口を挟んだ。「しかし、この穴が犯人の残したものであったとしても、事件と何の関係が？」

「そうなんです、どんな関係があり得るのでしょうか？　犯人の立場になって考えてみる必要があります。犯人はうっかりソファを破ってしまい、我々に気付かれたくなかったからテープで補修した。しかしクッションを一つ持ち去って、別のところにあるクッションの下をナイフで刺している。これはますます異様じゃないでしょうか？　この穴がナイフやその他の尖った物で空けられたのなら、補修する必要なんかなく、別の場所も刺せばいい。唯一の答えは、この穴はそうしたどこにでもある凶器で空けられたものではないということです」

高棟を見つめていた陳は、我に返ってようやく口を開いた。「と言うことは……銃？」

高棟がうなずく。「当日午後に爆発音のような音を聞いた住人がいましたね？　この市では発砲事件自体が少なく、喧嘩のときにエアガンが使用されるぐらいで、殺人事件で銃が使われるのは稀です。だから、犯人が銃を所持しているのではないかと疑ってはいるものの、結論は出せないでいます。でも、犯人が本当に撃ったのだとしたら、このソファに関するあらゆる疑念が一気に解消されます。クッションの下の穴は、銃弾がクッションを貫通したものと見ていいでしょう。そのクッションをそのままにしておけば、ここで銃撃が行われたと警察に百パーセントバレるから、犯人はそれを持ち去り、三人掛けのソファのクッションと入れ替えたんです。それから奴は三人掛けのソファにナイフを何度も突き刺して穴を空け、警察がそこを重点的に調べるよう仕向けた。そして銃で空いた穴をテープで補修し、本当の問題が四人掛けのソファにあることを隠したんです。この穴の周囲がハサミで切り取られているのは何故か？　それは、銃弾が撃ち込まれたら、周囲の本革に焦げ跡ができるからです」

陳が目を見開く。「ということは、弾はまだソファの中に？」

「そうとも限りません。弾はクッションを貫通して、ソファにめり込んだときにはもうパワー不足で深くまで入り込めず、綿に埋もれた程度だったと思います。犯人は銃弾を綿と一緒にほじり出したんでしょう」

陳は高棟から指示を仰いだ後、ドアの外にいた邵聡に声を掛け、ソファを切ってもいいかと聞いた。邵聡は当然承諾した。

陳がソファを切って中を細かく調べたものの、銃弾は見つからなかった。

高棟は意外に思わなかった。「まあ当然でしょう。ソファの台座の綿がどのくらい減っているかは、見ても分からないです。銃弾がないとすれば、犯人が持ち去ったに決まっています」

陳が眉をひそめる。「その説明で、この部屋のあらゆる不審な点を消せますが、まだ疑問があります。マンションの住人が聞いた爆発音が一回だけということは、犯人は一発しか撃っていないということです。しかし、犯人が一発で邵局長夫婦二人を制圧するのは難しいんじゃないでしょうか？」

「邵小兵が帰宅した夜、隣人はトレーが引っくり返った音しか聞いていません。爆発音は聞こえなかったわけですが、犯人がタオルにくるんで銃を撃ったから音が響かなかったという可能性もあります。もしくは、犯人が邵小兵と格闘になって、最終的に銃で脅して言うことを聞かせたのかもしれません。邵小兵の妻は当日午後、家に一人でいました。そりゃあ犯人があえて銃を撃って、一発目が命中しなかった場合、計画を成功させるためにきっと二発目を撃ったでしょう。しかし現場から聞こえた銃声が一発だけということは、その一発目が命中したということです」

「しかし命中したのなら、銃弾がクッションを貫通してソファにまでめり込むことはあり得ますかね？」

「そんなに威力はないと？」

「はい」

「モデルガンならそこまでの威力はありませんが、本物の銃だったら？」

陳は口を大きく開いた。「世間に本物の銃なんて……いくらも出回っていませんよ。それにここまでの威力なんて」

高棟が力強く語る。「そう、それこそ我々の突破口です。ここまでの威力を持つ銃の中で、中国で一番多いのが五四式拳銃です。胡海平も邵小兵も人民法院と公安局のトップです。なら犯人も我々と同じ組織の人間かもしれませんよ？」

陳は一瞬言葉を失った。

高棟が続ける。「ソファの穴は犯人の計画外だったに違いない。もしこれすら予期していたら、邵小兵宅のテープは使わず、最初から自分で黒いテープを持ち込んだはず。テープで補修したものの、もう一度テープをちぎらなかったことでこの穴に疑念を抱かせ、あまりにも出来過ぎているると思わせてしまったのが犯人のミスだ。綿密な計画の中のたった一つの手抜かりだが、奴の尻尾をつかむのには十分だ。これから全速力で、県内全ての警察官の装備品の保管状況を調べる。特に弾薬数は一人ずつ確認し、一人も例外なく全員に検査を受けさせるんだ」

明後日は元旦だ。元旦が分水嶺になると高棟は理解していた。休暇が終わり、市公安局がデモの件を完全に片付けたとき、上層部が彼に圧力をかけ、政敵もこの機を逃さず彼に難癖をつけてくる。自身の将来はすでに事件の解決と密接に絡み合っていて、その重苦しいプレッシャーに息をするのもやっとだ。

高棟クラスの官僚にとって、出世の目的はもはや金銭ではない。

高棟を取り上げるまでもなく、邵小兵という県公安局の局長を例に出すと、彼の妹の夫は県第二位の資産家で、上場企業の董事長であるが、邵一族にとって、リーダーは常に邵小兵だった。商売人がどれほど金を稼ごうとも、上層部から見れば、社会的な財産権を一時的にそこに預けているというだけだ。こっちのメンツを潰すようなことがあったら、どんな手を使ってでも、いつでもそこから回収することができる。

一般人からすれば、高棟はもうかなり上にいる官僚だが、それでもまだ昇進するつもりだ。その金儲けではなく、全て権力とメンツのためだ。

だがその道には政敵がたむろしている。高棟が好調なときはみな彼に追随するが、それは彼が実権を握っているという理由以上に、省や市に公認されている最もポテンシャルを持つ若い官僚だと全員が一目置いているからだ。風俗嬢が若さを武器にして稼ぐように、官僚への道はなおさらそうなのである。まだ四十歳に満たない彼はまさに脂が乗っている時期にあり、政治上の業績にいくらか添え書きするだけでさらなる発展が見込める。

しかしいま、寧県の公検法のトップが殺人事件で立て続けに亡くなり、彼はまたとない苦境に追い込まれていた。

手掛かりは明らかで、犯人像もほぼはっきりしている。事件は遅かれ早かれ解決できると彼は考えた。三カ月もあれば、必ず解決できる。しかし彼は待っていられない。

三カ月は長過ぎる。省と市の上層部に報告できないし、政敵がそんなに時間をくれるわけがない。

運が自分に向き、犯人が直ちに見つかることを祈るしかなかった。

32

幸運は本当に訪れた。元旦前の最後の早朝、江偉《ジアン・ウェイ》が慌ただしく報告にやってきた。「装備品を調査したところ、葉援朝《イエ・ユエンチャオ》の銃弾が二発足りないことが分かりました」

高棟《ガオ・ドン》は目を細め、押し殺した声で聞く。「貸与されている銃は？」

「五四式です」

高棟はひそかに拳を握り、また尋ねた。「葉援朝はどこにいる？」

「まだ派出所です。今朝、県公安局の調査担当者の警察官二人が派出所を訪れ、全員にその場で装備品を取り出させて確認したところ、葉援朝の銃弾が二発足りなかったそうです。葉は、家にあるはずだと言っていて、帰宅の準備をしています。部下はまず私に電話で状況を説明してくれ、これから葉援朝と一緒に家に行くそうです」

高棟は勝ち誇った笑みを浮かべた。「分かった。家になかったら、そのまま局に連れてきてくれ。じっくり話をしないとな」

「しかし……葉がやるわけないと思います。それにアリバイもありますし」

「本当に犯罪をする決心を固めれば、そんなもの偽造できる。もちろん、彼に仲間がいる可能性もある。結論はひとまず置いておいて、調査結果を待とう」

五分後、江偉が青白い顔をして高棟の部屋に入ってきて、震える声で報告した。「葉、葉援朝が……往来で拳銃自殺しました」

「なっ……どうしてそうなる？」高棟はショックのあまりめまいを覚えた。数歩後ずさり、机に手を置き体を支える。「拳銃自殺？　往来で……？」

江偉がしどろもどろに言う。「まずは……行ってみるべきだと思います」

高棟は必死に歯を噛み締めながらうなずいた。「行ってみるしかないだろう」

最大の被疑者が浮上した矢先、そんな出来事をしでかしたのだ。しかも警察官が往来で拳銃自殺したとなれば、世間を騒がす大ニュースになる。専門捜査グループのリーダーとして、上層部にどのように報告すればいいのか。高棟はふと、感じたことのないプレッシャーに襲われた。


派出所前の道路は黒山の人だかりができていた。高棟の車はそれ以上進めず、離れた場所に停めるしかなかった。彼は警察官に囲まれながら野次馬たちを突っ切り、規制テープの中に入った。規制テープは道路の両側数十メートルに張られ、警察官が肩を並べながら人の壁をつくり、野次馬たちがそれ以上近づくことを防いでいる。

現場の中央に葉援朝が横たわっている。こめかみに黒い穴が空き、もう一方の側頭部にも穴が空いている。銃弾が頭蓋骨を貫通したからだ。地面には小さな血溜まりができていた。

県城派出所の所長は高棟と江偉の姿を認めるなり慌てて駆け寄ってきた。「高……高副局長――」

「どうして死体をこのままにしている？」彼の言葉は高棟にさえぎられた。

「監察医の検案がまだですので……」

「何を調べる必要がある」高棟が冷たく言い放つ。「直ちに現場を片付けるんだ、早く」

その一声で警察官たちは一斉に行動を開始し、プラスチックフィルムで葉援朝の死体をくるんで運び去ったり、派出所から水を持ってきて地面に撒いたりした。

高棟はますます顔色を険しくさせながら、装備品の調査を担当していた二人の警察官を呼びつけ、大声で叱責した。「どうなっているんだ。どうして葉援朝を死なせた」

二人は顔を真っ青にしたまま一言も喋ろうとしない。

「どうなんだ」高棟はいまにも二人を生きたまま呑み込んでしまいそうなほど憤激している。

隣の江偉が自分の部下に慌てて声を掛ける。「ぼさっとしていないで、さっさと説明するんだ」

片方がつばを飲み込みながら恐る恐る報告する。「そ、そのですね。我々は派出所に来てから、指示通り、装備品が支給されている人員を集めて、装備品を出させたところ、葉援朝が記録上では五発の銃弾が記載されていたのに、三発しか出さず、残り二発は家にあるだろうと言ったんです。それで、私は先に局に電話で報告し、彼と一緒に家まで行って確認する許可をもらいました。それから葉援朝はトイレに行くと言ったので、会議室で待っていたんです。そうしたところ……

いきなり走り出したかと思ったら、外から銃声が聞こえて……」

高棟が怒鳴る。「銃弾が二発少ないことが分かっていながら、銃を持たせていたのか？　どうしてその場で没収しなかった？」

「そんな……前例はありません。我々には……銃を没収する権利はないんです」

江偉がおずおずと部下に助け舟を出す。「こんなことが起こるとは誰も思っていませんでした。この二人は刑事ではなく、事件の概要も知りません。葉援朝の銃弾が二発少なかったとは言え……その場で彼の銃を没収する理由にはなりません」

高棟はフンと鼻を鳴らした。事態が起きてしまった以上、この二人を責めても無駄だと心では分かっていた。葉援朝に往来で拳銃自殺された以上のまずいことはない。この場にいる野次馬たちによって、いろいろな噂や憶測が一瞬で世間に広まるであろうことは、考えなくても分かる。今日の騒ぎはあまりにも大き過ぎる。野次馬の中には写真を撮影した者もいるだろうし、今回ばかりは情報封鎖したところで防ぎきれない。直ちに上層部にありのままを伝え、ニュースを取り仕切る部門と連絡を取り、メディアの報道を控えさせるよう頼むしかない。

上層部からの問責は免れない。高棟は深呼吸して自身を落ち着かせ、猛烈な速さで現在の事態と今後起こりうる展開に考えを巡らせた。彼はすぐに警察官に指示を出し、現場での事務作業をやらせると、車に乗って大急ぎで県公安局に戻った。現在の彼は、おびただしい数の電話をかけて、多くのコネを動員し、善後策を講じる必要があった。

昼間、食堂で食事を済ませた顧遠《グー・ユエン》が職員室で教育関係の雑誌を読んでいたところ、二人の教師が世間話をしながら中に入ってきた。

「県城の派出所の葉援朝《イエ・ユエンチャオ》っていう副所長が今朝、町なかで拳銃自殺したそうですよ。知ってますか？」

「え？　どういうことですか？」もう一人の教師が声を上げる。

「詳しいことは分からないんですけど、派出所の前で拳銃を抜いてズドンって。そのとき銃声を聞いた大勢の通行人は、何が起きたんだと数秒固まって、それからその副所長が地面に倒れるのを見たそうです」

「へえ……うちの県も物騒になりましたね。この前も官僚が何人も死んで、今回は警察官が事件を起こすなんて……恐ろしいな」

その二人は、そばで雑誌を持つ両手がわなないているのに気付かなかった。

どうしてこんなことに。なんでいきなりこうなってしまったんだ。全く予期していなかった結果だ。

事態が徐々に沈静化していくと思っていた顧遠にとって、葉援朝がそのような手段で自分の人生に幕を引くとは、予想すらしなかった。

町なかで拳銃自殺？

混乱しきった顧遠の脳内に稲光が走り、彼は全身を震わせた。いまこの瞬間、彼は葉援朝の意図が分かった。よし、おじさんが自分を犠牲にした以上、その行為を無にすることなどできない。こうなっては、最後の計画を実行に移さねば。この計画は最後の手段でもあり、万が一のやむを得ない状況でしか実行できず、一時はその必要がないとすら思っていた。

分かった。これで積年の恨みに、そして新しく生まれた憎しみ全てにケリをつけてやる。

残された時間はわずかだ。警察は数日で葉援朝の自殺を処理し、きっとすぐに自分に疑いの目を向ける。遅くとも明日には全てを終わらせなくては。

雑誌を持つ両手の力を徐々に緩め、顧遠は深呼吸をして気分を回復させ、思考がはっきりするよう活を入れた。彼は力強く目を見開いて立ち上がり、職員室を出ると学年主任の劉に電話をかけた。「劉先生ですか、午後に有給を取って病院へ行くことになっていまして、今日は授業が一つしかないので方《ファン》先生に替わってもらうよう言っていただけませんか?」

「ええ、大丈夫です、行ってきてください。どこか悪いんですか?」

「最近毎日肩こりで、専門家に診てもらおうかと」

「分かりました」

電話を切ると顧遠は職員室に戻り、引き出しを開けた。中には五、六台の携帯電話があった。そのいくつかは、勉強嫌いな生徒が自習中に遊んでいたのを没収したもので、学期末に返すつもりだった。しかし彼らには返せそうにない。顧遠は「ごめんな」とつぶやくと、それらの携帯電話をカバンに入れた。

彼は全速力で学校の向かいの農業銀行に行き、五万元を下ろしてくると、新聞紙にくるんでシヨルダーバックに詰めてから学校に戻り、教室で勉強中の陳翔《チェン・シアン》を呼び出した。グラウンドまで来ると、顧遠は陳翔にこう告げた。

「今学期の奨学金は、この前のことが原因で学校側から適切ではないという判断が下された。そのことを受け入れてくれ」

陳翔がうなずく。「分かりました。全然受け入れられます、自分が悪いんです」

顧遠は笑いながら彼の肩を叩く。「いや、お前は素晴らしい、とても優秀で、俺が教えた中で一番の生徒だ。ところで俺の級友で、企業家として成功した奴がいるんだが、成績優秀な生徒の進学を奨励するためにお金を出して、学校に私的な奨学金制度をつくろうとしているんだ。お前の境遇を話したところ、親孝行で物分かりが良い子どもだと思ったそうで、えらく気に掛けてくれた。そして、個人的に奨学金を渡したいと言っている。今後勉学に励んで、一日でも早く立派になって、社会に貢献してくれたらそれでいいと」

顧遠はバッグから新聞紙に包まれた五万元を取り出し、陳翔に渡した。

陳翔は驚きのあまり開いた口がふさがらなかった。「こんなにたくさん」

顧遠がほほ笑む。「たくさんというほどでもない。受け取るんだ。魔が差すということもあるから、クラスのみんなには知られないようにしろよ」

陳翔が首を振る。「いや、こんなにたくさんの奨学金、受け取れませんよ」

顧遠はビニール袋にそれを詰める。「これから大学に通って、海外の大学の奨学金を手にしたときこそ、たくさん受け取ったって言えるんだ。もらっておけ。そうだ、お母さんの携帯電話の番号を教えてくれないか？　どこから持ってきたんだと驚かれないように、あとで俺の方からお母さんに説明する」

陳翔は感動の涙を流しながら、母親の携帯電話番号を顧遠に伝えた。「顧先生、その級友って方はいったい誰なんですか。直接お礼を言いたいです」

「名前を知られたくないから匿名で寄付したんだ。普段は海外にいるから、今度帰国してきたときに都合がつけばお前に連絡する。いいか、お金を受け取ったんだから、これからもっとしっかり勉強に励むんだぞ」

陳翔は黙ってうなずいた。

陳翔を教室に帰らせてから、顧遠はまた自分のクラスに行き、曾慧慧《ゾン・フイフイ》をグラウンドに呼んだ。

「俺のことを良い教師だと思うか？」

「当たり前じゃないですか。いままで会った中で一番の先生です」竹を割ったような答えだった。

顧遠が首を横に振る。「俺みたいな担任を君らが気に入ってくれているのは分かる。だけども し担任が変わっても、同じように迎えてほしい」

曾慧慧がいぶかしむ。「他のクラスの担任になるんですか？」

「そうなるかもしれない。俺だってずっと君たちの担任でいたいから、学校側とはできる限り話し合うつもりだ。明日は元旦、新しい年の始まりだ。君らの高校生活が半分を過ぎたことを、心の底から喜んでいる」

「顧先生、ちょっと今日変ですよ」

「そうか？」顧遠は笑い飛ばした。「ともかく、俺の心の中で、君らはずっと最愛の生徒だよ」

「それって……本当に替わっちゃうんですか？」曾慧慧は一気に顔を険しくさせ、目に涙を浮かべた。

「まだ決まったわけじゃない」顧遠は無意識に手を伸ばして、曾慧慧の柔らかな頬に伝わる涙をぬぐい、笑った。「勉強に戻るんだ。君らは俺の心の中で、一番大切な生徒たちだ」

曾慧慧は感極まったようにうなずいた。彼女も陳翔も、顧遠の言葉の裏に隠された凄まじいうら寂しさに気付かなかった。

曾慧慧を見送った瞬間、顧遠の優しいまなざしが切り替わった。

最後の殺戮の始まりだ。

顧遠は物理実験室で必要な物をいくつか携え、学校を後にした。車で校門から出る刹那、彼は校門に掲げられた「寧県第一中学」の文字を見上げた。彼は鼻をすすり、首を振ってアクセルを踏み込んだ。

顧遠はまず文房具店で風船をいくつか購入し、学校近くの教職員宿舎に戻って必要な物をスーツケースに詰め込み、車に放り込んだ。そしてデータケーブルを取り出すと、学生から没収した携帯電話を充電し、車に乗り込み、その携帯電話で電話をかけた。「もしもし、江《ジアン》・華《ホワ》隊長ですか？」

「ああ、どちら様？」城管隊大隊長の江華が電話を取った。彼にとって見覚えのない番号だった。

「市公安局刑事捜査隊に友人がいて」

詐欺だ、江華の頭に真っ先に浮かんだ。詐欺電話はもう日常茶飯事だ。人民法院から令状が届いたから保証金をいくら納めろというたぐいだ。江華は乱暴な言葉づかいで尋ねた。「公安局に知り合いなんかいねえよ、何の用だ？」

電話の向こうで、相手が突然鼻で笑った。「おたくら県の公安局局長の邵小兵《シャオ・シアオビン》が死んだあと、私の友人が彼の自宅でいろんなものを見つけましてね。二〇〇七年六月十二日、江という人間から金の延べ棒三本と現金二十万元をもらったとありますが、結構な額ですね。合ってるでしょう？」

江華は一気に血の気が引いた。

相手が続ける。「陳水根《チェン・シュイゲン》の検死報告書には機械的窒息と書いてあり、そこには監察医の赤いはんこが押されていたのに、最終的に飲酒後の溺死ということで事件は終わっています。しかし陳水根は肝臓が悪く、酒が飲めなかった。おかしいと思いませんか？」

「何を言っているのか分からないな」

「分からなくて結構です。邵小兵が死んだいま、誰かが寧県をきれいにしようとすれば、はっきりしないことがたくさん出てきますよね。邵小兵が検死鑑定結果の原本を保管していたとは思わなかったでしょう？」

邵小兵の金庫には、将来の保険のために残していたコピーしか入っていなかった。原本はとうの昔に破棄されたのだろう。顧遠がこう言ったのは、江華に揺さぶりをかけるためだった。

「それを俺に伝えてどうするつもりだ？」

「江隊長は多分誤解しています。私がこれを使ってあなたを脅したり、電話で話を引き出そうとしたりしていると思われているかもしれませんが、もしそうならあなたから話を聞く必要なんかないでしょう？　検死鑑定結果の原本を省の公安庁に提出すれば、きっと再捜査になりますよ。邵小兵が持っていた書類二通はどちらも私の友人がひそかに隠していて、市公安局には渡していいません。私の要求はとても簡単なものです。現金で十万元いただければ、書類は二つともお渡しします。今日私はそちらの県にいるんですが、どうですか？」

江華は少しためらい、慎重に尋ねた。「誰なんだ？」

「私が誰で、私の友人が何者かとは聞かないでください。おたくの家がそちらの県の紀委の沈書記と仲が良く、上層部にもコネがあるのは知っています。私の友人は普通の警察官で、あなた方と比べようもありません。この件を誰かに相談して処理しない方が身のためですよ。我々の身元を探らせようとすれば、事態が大きくなって、全員に不利益が生じます。十万元ぽっち、そちらにとっては微々たる金額でしょうが、我々にとっては大金なんです。こういった取り引きは一度きりです。私が直接原本を手渡したあとは、あなたは私と会わなかった、私もあなたのことを知らない、お互い永遠に赤の他人です。どうでしょうか。午後三時に西の安順路《アンシュン》の福田花園でお待ちしています」

数秒間の沈黙の後、顧遠の電話の向こうから「分かった」という声が聞こえた。

西側の安順路はここ最近新たに開発されているエリアで、幅広い道路のそばには住宅区がまばらにあるが、大部分はまだ着工されていない。顧遠の学校の教師の多くが団体購入した福田花園第一期建設現場もここにある。住宅診断を終わらせたものの、改善しなければならない問題がいくつかあり、管理会社がまだ置かれておらず、その他の設備もまだ不完全だ。住宅区内に数人いる作業員は緑化作業をしていて、入り口の警備員室には老人が一人詰めしている。住宅区にはまだ誰も住んでおらず、盗める物がないため、住民の安全など考える必要がない。

顧遠は自分が買った部屋の窓辺に立ち、外を眺めた。この部屋は道路沿いに面し、常に騒音が耳に入るため価格も安い。しかしそれがいまではかえって好都合だった。窓辺に立てば安順路の状況が見渡せるからだ。

顧遠は江華が自分の言葉を信じないはずがないと考えていた。自分が言ったことは、どれも邵小兵の口から語られた確かな情報だからだ。それに江家が人づてに市公安局の上司に連絡し、電話をかけた人物を探すこともしないと思っていた。そんなことをすれば、彼ら自身が危険にさらされるからだ。江家にとって怖いのは、相手側が自暴自棄になることで、省に告げ口でもされれば、処理が困難になる。十万元程度、江家にとってははした金だ。彼らは陳水根の死に百万元は費やしたのだから。しかも密会の場所が道路で、時刻が午後ということもあり、江華はこれから会う未知の人物が白昼堂々殺しに来るとは夢にも思っていない。

間もなく三時になる頃、顧遠は向かいの道路に「城管執法」の字をプリントした車が停まったのが見えた。そしてすぐに電話がかかってきた。

「どこにいる？」

「見えました。一分待ってください」

車中の江華は不安でたまらなかった。もともと、江華は陳水根を手ひどく痛めつけてやろうと思っていただけだったのに、うっかり殺してしまったのだ。彼は手下数人と陳水根を水に沈めてその場を去った。それから警察の取り調べを受け、三日三晩の不眠不休の末、やむなく罪を自白した。幸い、彼の父親である江《ジアン・》盛《ション》が持てるコネを総動員し、大量の資金を使ってくれた。そのおかげで多くの機関が口裏を合わせ、上級公安部門が警察による自白強要の状況を認め、自供は無効になり、当事者の警察官はよその職場に飛ばされ、陳水根の件は最終的に飲酒後の溺死と認められた。事情を知る人物はみな本件と関わりがあるため、口は極めて固い。その際、鑑定結果や報告書のたぐいは全て破棄された。平穏な日々が数年間続き、江華もすでに過去のことにしていたところ、邵小兵のバカが余計な手間をかけさせてくれるとは思いもよらなかった。

江華は顔をしかめながらそばの十万元をまさぐった。金のことならどうでもいい。今日を乗り切れば、いくらでも引っくり返せる。

来る前に、彼は父親と相談し、共に相手が金目当てのいち警察官にすぎないと断定した。相手が今日原本を持ってくるのであれば、金を渡してお互い何事もなかったようにすればいい。もし相手がコピーを持ってきて、今後もゆすろうとした場合は、沈書記に対応をお願いするほかない。

そのとき、江華の目に教養のありそうな若者の姿が飛び込んできた。書類袋を手にし、自分の方へ歩いてくる。

その人物は助手席側に立ち、ドアをノックした。

江華がロックを解除すると、その人物は自らドアを開けて助手席に座った。

「お金は持ってきましたか?」

江華がカバンを開いて彼に見せる。

顧遠はうなずいた。「結構です。これはお渡しします。今後、我々は他人です」

顧遠は書類袋を開けながらバックミラーを確認する。後ろのそう遠くない地点から一台の車が走ってくる。前に目を向けたところ、対向車が来る気配はない。

彼は落ち着いた仕草で書類袋を江華に手渡した。そのとき、後ろの車はもう彼らを追い越し、遠くへ走り去っていった。

「なんでコピーなんだ、原本はどうした？」目を丸くした江華が顔を上げようとした瞬間、突如目の前に黒い物体が現れた。「パン」という音と共に、銃弾が彼の額を貫いた。

血が飛び散らないように、顧遠は横からこめかみを撃つことをせず、手を曲げて江華の眼前に銃を突き出し、額から運転席のシートに向かって発射したのだ。

江華は死んだ。陳翔、これでお母さんが塩水鶏を売る際、邪魔はだいぶ減ることになるだろう。

顧遠はほほ笑むと、周囲に車がないことを確認してから、江華の死体をすぐに助手席と運転席の間から後部座席に押し込み、運転席に着いた。

34

夜六時半、顧遠《グー・ユエン》はショルダーバッグを背負って皇朝花園の入り口前にやって来た。

ここは寧県でも、防犯セキュリティーが最も厳格な最高級の住宅区だ。皇朝花園の所有者は寧県人民政府で、中にある五十棟の一軒家にはいずれも県内各機関のトップが住んでいる。沈孝賢《シェン・シアオシエン》の住所もここだ。どこに住んでいるかは葉援朝《イエ・ユエンチャオ》からすでに聞いている。

入り口の門は閉ざされている。顧遠が中に入ろうとしたとき、そばの警備員に呼び止められた。

「住民の方にご用ですか？」

「教師です。公安局の曾博副局長のご自宅に家庭訪問をしに来ました。娘さんの担任をしています」

警備員はその上品な顔立ちを見て、特に違和感を持たず、優しい口調で言った。「身分証を提出してから、登録してください」

顧遠は言われた通り身分証と教員免許証を出し、それから訪問客リストに丁寧に記入した。

普通の来客の場合、警備員が電子チャイムで住人に確認し、同意を取ってから通らせる。顧遠は教師であり、教員免許証も持っており、警備員も曾博に高校生の娘がいると知っていたため、曾家に確認することなく、そのまま彼を通過させた。しかし確認されたところで問題なく、それも顧遠の計画のうちだ。曾慧慧《ゾン・フイフイ》の家で二十分費やしてから行動を起こしたところで計画に支障はない。

顧遠は無事に皇朝花園に入り、沈孝賢宅のドアの前まで真っ直ぐ向かい、チャイムを押した。しばらくして、中から肥えた体の中年女性が現れ、鉄扉の前に来ると値踏みするような視線を彼に送った。「どなた?」

「こんばんは、沈様の奥様ですね？　私は緑湾郷政府の者です。本日、県に仕事で参りました。江書記から沈書記へお渡しする物を預かっております」

沈孝賢の妻は、江盛《ジアン・ション》の使いだと聞いてこれっぽっちも疑わずに笑みをつくり、ドアを開けて彼を中に入れた。江盛が夫の戦友で、ずっと仲が良いことは知っている。江盛は新年や祭日のたびに贈り物を寄越し、ときには彼自身が、ときには彼の息子の江華《ジアン・ホワ》が、毎回とても丁重に持ってくるのである。

「沈は中にいるから、入ってください。江さんったら毎回こんな気を使ってくださって。そうだ、お体の調子はどうなんです?」

「とても健康ですよ」

「でもこの前はちょっと肝硬変気味で、上海に行って診てもらうって言っていなかったかしら？　もう大丈夫なの？」

顧遠は一瞬たじろいだ。彼には江盛の情報など皆無で、顔すら見たことないのだから、健康状態がどうかなど知るわけがない。彼はただ曖昧に答えるしかなかった。「大したことはなかったとおっしゃっていました。これからは食生活に気をつければ大丈夫だと」

沈孝賢の妻は変に思わず、彼を中に招いて鍵を閉め、リビングでテレビを見ている沈孝賢に声を掛けた。「江さんの部下があいさつに来てくれたわ、本当にご親切ね」

「おおそうか」沈孝賢は身を起こし、品がありそうなその若者を品定めするとほほ笑んで声を掛けた。「名前は？」

顧遠がわざとはにかんで答えた。「顧遠と申します」

「ほお、江盛からは聞いてないな。どういう関係なんだい？」

「郷政府で雑務をしながら、江書記に良くしていただいております」顧遠が実直そうな笑みを浮かべる。

沈孝賢は声を上げて笑った。「江盛に頼まれて来たってことは、奴の娘婿候補か？　見たところ、奴の娘と同じぐらいの年齢のようだが」

顧遠は恥ずかしがる素振りで何度も首を横に振る。「そんなに運が良くありませんよ」

二人は互いに見つめ合って笑った後、席についた。何もかも打ち解けあった様子だ。

沈孝賢の妻が飲み物を持ってきたので、顧遠は恐縮した様子で両手で大事そうに受け取ってから、何気ない風を装い尋ねた。「沈書記、息子さんはどうされました？　明日は元旦だというのに、新年を一緒に迎えないんですか？」

沈孝賢が答える。「あいつか、もう一時間もすれば帰ってくるだろう。いい年だというのに、一日中遊んでばかりだ」

「そうだったんですか。時間があるのであれば、ご両親と一緒に過ごされるのがいいですね。ところで江書記からプレゼントを預かっておりまして」顧遠は二人の位置を確認した。沈孝賢は二メートル離れた場所に座り、その妻は自分のために台所でお菓子を用意しており、若干遠い。彼はバッグに手を伸ばしながらこう告げた。「奥様、江書記から奥様宛のプレゼントも預かっております。ご覧になりますか？」

沈孝賢の妻はそれを聞き、顧遠のそばに寄った。顧遠の左手が三本の金の延べ棒をつかみだした。

「金塊か、こんな高価な代物を？」夫婦の目は金の延べ棒に釘付けだ。

そして顧遠は邵小兵《シャオ・シアオビン》宅で入手した拳銃を直ちに右手でつかみ、できる限りの速さで抜くと、沈孝賢の眉間に一発撃ち、続けて振り向きながら彼の妻の髪をつかみ、その頭を同じように撃ち抜いた。

ここは個人の邸宅だ。家同士の距離は離れていて、住宅区内には部外者も歩いていない。それにワルサーPPKは五四式みたいに銃声が響かないので、誰かに発砲音を聞かれる心配もない。

二発撃ち終えた顧遠は息を乱しながらその場に立ち尽くし、まだ痙攣している二つの死体を見下ろし、歯を食いしばった。「おじさん、あと一人だ」

三十分後、自身の高級車に乗って帰宅した沈浩《シェン・ハオ》が鉄扉の前に立ち、チャイムを鳴らした。しかし誰も出てこないので仕方なく自分で鍵を開けた。それから車を中庭に停め、玄関の鍵を開けた。室内は真っ暗だった。

「なんだよ、二人共いねえのかよ」彼は心中愚痴りながら、照明をつけて室内に足を踏み入れた。

玄関を上がり角を曲がった瞬間、「パン」という音とともに沈浩は腹部に刺すような痛みを覚えた。その理由が分からないうちに、小さな拳銃が自分の眉間を狙っていることに気付いた。

三時間後、顧遠は住宅を出た。運転しているのは沈浩の車だ。住宅区外で沈孝賢の警護を担当している刑事は、警護対象がすでに被害に遭っているとは想像もしていなかった。

35

今日は元旦だが、高棟《ガオ・ドン》は祝日を迎える気分になれなかった。

昨日、葉援朝《イエ・ユエンチャオ》が起こした往来での拳銃自殺の影響は最悪で、前代未聞の苦境を乗り切るために高棟は一日中電話をかけ、夜も眠らず、白髪が何本も増えた。

年明けの初出勤日、高棟は省庁と部の人間に状況を報告するため、省都まで行かなければならなかった。今回会議を仕切るのは上層部から送られてきた人間で、知り合いのコネの大半が通用しないため、とりわけ厄介だった。

今日もゆっくりしていられない。胡海平《フー・ハイピン》と邵小兵《シャオ・シアオビン》を殺した犯人は葉援朝ではないものの、葉援朝と犯人に関わり合いがあるのは間違いない。でなければ逮捕を恐れて自殺などしない。その真犯人を逮捕することが目下の急務だ。

早朝、県公安局に来た高棟は、専門捜査グループのメンバー全員を集めて会議を開いた。

彼はまず張一昂《ジャン・イーアン》に尋ねた。「葉援朝の自宅捜査はどうだった?」

「隅々まで探しましたが、銃弾も他に怪しい物も見つかりませんでした」

監察医の陳《チェン》が報告する。「監察医グループが葉援朝の死体を調べたところ、彼の足は二十五・五センチではなく二十五センチの靴を履いているはずとのことです」

高棟が自嘲気味に笑う。「ということは、王宝国《ワン・バオグオ》を殺したのは葉援朝だ。あいつは最初から偽の証拠を用意して俺たちを謀ったということだな」

張一昂が弁解する。「最初の捜査のとき、彼の靴はどれも古いものでした。二十五・五センチの古靴を山ほど用意して、我々をあざむくとは考えてもいませんでした」

高棟はそれについて答えず、事件の分析を始めた。「各種の手掛かりから、王宝国を殺したのは葉援朝で間違いない。しかし防犯カメラの映像によって、胡海平と邵小兵を殺したのは若い人間だと分かっている。この人物が葉援朝であるはずがないが、葉援朝と親交があるはずだ。邵小兵事件の捜査の一環で銃を検査したが、葉援朝がその段階で自殺を選んだのは、邵小兵事件で使われた銃を犯人に提供したのが彼だからだ。葉援朝宅にあった古靴は、共犯者が用意した物である可能性が高い。葉援朝が死んだいま、この共犯者の逮捕に全力を尽くすべきだ。こんな事件を起こせるのは、葉援朝と親密な間柄にある人物に間違いない。江偉《ジアン・ウェイ》、昨晩頼んだ葉援朝の親戚や友人関係の調査結果はどうなっている?」

江偉が答える。「我々は徹夜で彼の同僚と親戚に当たって詳細な調書を取り、親戚縁者の調査を終わらせました。これが名簿です。彼の友人関係や社会関係についてはまだ調査中で、数日を要するかもしれません。これが現在までに調査した友人関係の名簿です」

その二つの名簿を受け取った高棟は、まず親戚関係の名簿に目を通し、眉をひそめた。

名簿には親戚の年齢、性別、身長、体重、葉援朝との関係、職業、仕事場、学歴、性格が列挙されている。しかし高棟がまとめ上げた犯人の特徴と完全に一致する者は一人としていなかった。

それから彼は二つ目の名簿を手にし、いくつかに目を通した直後、顧遠《グー・ユエン》という人物に目が止まった。職業欄に「寧県一中の物理教師」と唐突に記載されていたからだ。全員の情報を一通り確認してから、この顧遠の職業が犯人の特徴に最も近いと感じた。

「この顧遠という人間と葉援朝との関係は？」

「それは……会議前に部下がまとめたもので、私はまだ詳しく読んでいません」江偉は申し訳なさそうな顔をした。

高棟は不満げに江偉をにらんだ。備考欄を見ると、情報源は派出所の指導員と書かれてあったので、その指導員を直ちに県公安局に呼ぶよう江偉に命じた。

十五分後、五十代の指導員が息を荒らげて高棟の部屋を訪れた。高棟は休む暇も与えず質問する。「この顧遠とはどういう人物なのか、詳しく説明してくれ」

部屋中の上級幹部を目の前にして指導員は若干緊張した口調で話を始めた。「彼は葉叔《イエさん》……いえ、葉援朝のおいですが、血縁関係はありません」

「それがどうしておいなんだ？」

「私はもう二十年葉援朝と仕事を共にしてきたので、彼について多少は知っております。二十年ほど前、葉援朝が刑事捜査隊の分隊長だったとき、ある村で刃物を持った人物が人質を取っているという通報を受けました。葉援朝が現場に駆けつけると、農村のごろつきが包丁で自分の妻を人質に取り、立てこもっている室内には十歳ぐらいの男の子もいました。あとから知ったことですが、そのごろつきはいつも村をふらついていて、他の女と肉体関係を持ち、家に帰れば妻に暴力を振るっていましたが、その様子がすさまじかったため、周囲の人間はみな怖がり、誰も諫められなかったとのことです。そのときは妻が恨みを爆発させて、子どもを連れて離婚すると言ったのでしょう。そいつが認めるはずもなく、家に閉じ込めてそれはもう手ひどく殴りましたが、とうとう見ていられなくなった近所の人間が集団で止めに入りました。しかしそいつは言うことを聞かず依然乱暴に振る舞い、止めに来た人々に包丁を向けて脅したので、村民たちは通報するしかありませんでした。葉援朝たちが駆けつけたとき、男はその状況を見て、捕まれば刑務所行きだと分かり、妻の首に包丁を当てて、立ち去らなければ妻を殺すと警察を脅しました。男がいつも横暴で、誰の言うことも聞かないと知った葉援朝は、刺激しないよう他の警察官を後ろに下がらせ、自分一人で交渉に行きました。三十分後、悲鳴を聞きつけた警察官が中に突入すると、のどを切り裂かれて亡くなったばかりの妻と、足を切られた葉援朝がいました。彼が足を引きずっていたのはそういうわけです。そして犯人は包丁で頭を叩き割られていました」

高棟は解せないという顔で聞く。「そいつは妻を殺してから、どうやって自分で自分の頭を叩き割れたんだ？」

「事件後の葉援朝の話によると、興奮状態だった男が妻の首を押さえつけたので、彼女を助けるために包丁を奪おうとした際、足を切られてしまい、包丁を奪ってから本能的にそれを振り下ろし、男を殺してしまったと言っています。その後、公安と現場にいた野次馬の誰もが、葉援朝の行為は人命救助と正当防衛であり、間違ったことはしていないと判断しました。これにより彼は褒章を授与されています」

高棟はあごをさすった。「その事件に出てきた子どもが顧遠なのか？」

「はい、当時その場にいた者たちが中に踏み込んだとき、その子は両親の死体のそばにうずくまり、顔中血だらけでまばたきを忘れ、声を掛けても無反応だったそうです。実はこれも人から聞いたのですが、当時の刑事たちも、男を殺したのは葉援朝ではなく、その息子だと分かっていたそうです。おそらく、目の前で母親が殺されたのを目の当たりにしたその子は、父親による連日の家庭内暴力のことを思い出し、その男に対する強い恨みが爆発して、包丁を奪って父親を切り殺したんです。通常ならその子は労働教育を受けさせなければいけませんが、哀れに思った葉援朝が殺人の罪を自分で引き受けました。刑事たちも真相を知っていましたが、子どもに罪はないし、全て家庭のせいだとして葉援朝の嘘を見逃したのです」

高棟がうなずく。「奴は葉援朝に大きな恩があるみたいだな。それから二人はどうなったんだ？」

「顧遠は父方の祖父母を早くに亡くし、母方の実家も彼を引き取ろうとせず、親戚も誰一人名乗りを上げませんでした。もともとは政府が市内の孤児院に収容するつもりでしたが、顧遠に同情した葉援朝が、自分で育てると言ったんです。しかし、家に引き取ってしばらくしないうちに、彼は妻と毎日喧嘩するようになり、娘がいるのに、縁もゆかりもない殺人犯の子どもなんか置いておくのは危ないから、連れて帰ってくれと厳しく言われたそうです。葉援朝は顧遠に本当の話をするのは忍びないと思っていたのですが、顧遠は事情をとっくに分かっていて、自分から葉家を去りました。しかし孤児院には行かず、学校で暮らしたのです。その後、葉援朝は彼にたびたび生活費を援助しました。顧遠は小学校から中学、高校そして大学までずっと学校に住み、年越しや祭日も校内で過ごすか、一人で実家に帰っていたそうです。要するに、彼はそのときから葉家の敷居をまたいでいません。彼は努力家で成績も良かったため、浙江大学に受かり、卒業後は一中で教師をしています。ここ数年は節目のたびに派出所まで来て葉援朝に贈り物をしていたので、多くの警察官と面識があります。私みたいな年配じゃない他の人間の目には、葉叔《イエさん》……いや、葉援朝のおいっ子として映っていたでしょうね」

顧遠と葉援朝に血縁関係はないが、その心のつながりは血のつながりより強いのではないかと高棟は考えた。顧遠が葉援朝の犯罪に手を貸すのは納得がいく。普通の親戚や友人なら、いくら度胸を分け与えられようが、葉援朝のために手を汚そうとはしない。一番重要なのは、彼が浙江大学の物理学部を卒業し、物理の教師であるということだ。胡海平事件と邵小兵事件を計画する能力を完全に備えている。

「顧遠の身長はだいたいどのぐらいだ？」高棟が聞く。

「百七十センチちょっとです」

高棟はうなずく。防犯カメラに映った犯人と一致する身長だ。

「体型は？」

「中肉中背で、整った体型です」

「体重はどのぐらいあると思う？」

「六十五キロぐらいでしょう」

「車は所有しているか？」

「昨年、コンパクトカーを買ったと葉援朝から聞きました」

高棟は決意を固め、張一昂に命じた。「葉援朝の携帯電話から顧遠の電話番号を……いや、そうだな、今日は元旦で学校も休みだから、すぐに学校に連絡して、理由をつけて学校に来させるよう、他の教師から奴に電話をかけさせろ。それからお前らがここまで連れてこい。奴が十中八九、犯人だ」

張一昂はすぐに仕事に取り掛かったが、数分もしないうちに高棟に報告しに会議室に戻ってきた。「顧遠の携帯電話の電源が切られています」

「なに？」嫌な予感がした高棟は立て続けに確認した。「奴の住所は？」

「はい、学校のそばにある教職員宿舎です」

「江偉、すぐに警察官を行かせろ。くれぐれも生かしたまま連れてくるんだ」

江偉もまた部屋を出て行ってからしばらくもしないうちに、百メートル走のようなスピードで部屋に戻ってきた。彼は真っ青な顔で声を上げた。「一一〇番に、こっ……顧遠から電話がかかってきました。その……沈浩《シェン・ハオ》を……つまり沈孝賢《シェン・シアオシエン》の息子の身柄を預かっていて、沈孝賢夫婦はすでに殺したと言っています」

高棟はにわかに椅子から立ち上がったが、足に力が入らずひっくり返りそうになった。

体を支えようと駆け寄る周囲の人間に手を振り、机にしがみつき踏ん張った。

高棟は瞬時に理解した。どうして葉援朝が昨日、町なかで拳銃自殺をしたのかを。警察は銃弾の有無を調べようとしただけで、まだ彼を捕まえる十分な証拠を持っていなかったにもかかわらず、どうして即座に罪の発覚を恐れて自殺を決意したのか。自殺するぐらいなら、なぜ刑事たちの前で演技を続け、逃げ延びるチャンスをうかがわなかったのか？

いま高棟は分かった。葉援朝の自殺は顧遠へのメッセージだったのだ。

家の中から二発の銃弾が見つからなかった場合、刑事捜査隊に連行されて取り調べを受け、遅かれ早かれ顧遠に捜査の手が伸びることを葉援朝は知っていたのだ。自殺の場所を派出所や自宅にすれば、警察は従来通りのやり方で直ちに情報を封鎖し、社会へ悪影響を出さないようにする。そうなれば顧遠には葉援朝が死んだことなど分からない。数日も経たないうちに警察は葉援朝の人間関係を調べ上げ、彼を見つけ出せる。葉援朝にとって、往来での拳銃自殺のみが、県全体を一瞬で騒ぎに陥れ、県城全域に半日もかけずに情報を届けられる手段だった。

葉援朝は自殺によって、警察の捜査の目が間もなくそちらに向くと顧遠に伝えた。それで顧遠は追い詰められて行動に出たのだ。

高棟は真っ青な顔をしながら、怒りで唇を噛み締めた。昨日、葉援朝の自殺の後始末にかかりきりになり、葉援朝が拳銃自殺した場所に大きな意味を感じ取れなかった自分を深く責めた。

「顧遠で間違いないか？」

「そ……そう言っています」江偉はそう答えるしかなかった。

高棟は眉をひそめた。「奴はなんと？」

「彼は……高副局長と通話したい、数分後にかけ直すと言って電話を切りました。こちらからかけ直してみましたが、電源が切られていました」

高棟は向きを変え、市公安局のベテラン刑事を厳しく叱責した。「三隊の間抜けどもは沈孝賢を保護しているんじゃなかったのか」

その刑事は生きた心地がしなかった。「そっ……そのはずです。すっ……すぐに確認します」

高棟が江偉に向き直る。「顧遠の居場所は？」

「分かりません。これから彼が電源を入れれば、すぐに正確な位置を特定できます」

「よし、全員直ちに支度を整えて逮捕に向かうんだ。江偉はいますぐ管轄区全域の派出所と詰め所へ連絡させて、いつでも逮捕に協力できるようにするんだ。それと直ちに学校へ連絡させて、顧遠に教職員宿舎以外の住所がないか聞くんだ。通信機器も用意しろ。俺は奴からの電話を待つ。奴が携帯電話の電源を入れたら、すぐに位置を特定するんだ」

本当に電話をかけてくれれば、すぐにでも捕まえてやるのにと高棟は歯噛みした。顧遠からの電話がなくとも、高棟にはまだ打つ手がある。すでに学校へ顧遠の写真の提供を求めるとともに、外部に通じる県全域の道路を封鎖するよう武装警察を配置している。自家用車、中・大型バスまで全て検査し、トラックに人が隠れていないかも調べる。この業務の手配には少なくとも半日かかるが、問題ないと高棟は考えている。顧遠に本当に逃げる気があれば昨日のうちに寧県を出ていたはずだ。いま電話をし、自分の身元を明かし、さらに人質まで取っているということはまだ寧県にいることを意味している。ただ、意図が分からない。

どのみち状況はすでに最悪だ。公検法のトップがみな死に、沈孝賢夫婦が殺され、王宝国殺しの犯人である葉援朝が往来で拳銃自殺をした。高棟がいまできることは、事態のこれ以上の悪化を防ぐこと、つまり人質まで死なせないようにすることだ。

いまは、人質を保護し、顧遠を捕まえることが何よりも肝心だ。

高棟から命令が下され、全員がそれぞれ指示を受け、慌ただしく会議室から出ていった。県城付近のあらゆる派出所と詰め所の警察官は命令を受け、厳戒態勢を敷いた。実弾を込め、パトカーに乗り込み、県公安局からの号令を待っている。狙撃手も銃を用意し、交渉専門の職員も制服を脱いで私服姿で待機している。病院の救急車はすでに所定の位置についた。一一〇番センターには三本の回線があるが、話し中でつながらないなどのアクシデントが起きないよう、通報があっても本件と無関係だと分かり次第、二言三言しゃべって電話を切るようにした。このときばかりは、ごろつきが集団で喧嘩しようが、売春婦が公衆の面前で淫行しようが、公安局の目の間で賭博場を開こうが、それを処理する余分な警察力はない。

高棟はパトカーに乗り、両手を握りしめながら不安でたまらずにいた。そのとき、張一昂から電話がかかってきた。

「顧遠は宿舎にいません」

「分かった」顧遠が教職員宿舎を出たことは想定の範囲内だ。どこかに身を隠しているのだろうと高棟は思った。

すると、会議室で高棟に叱責されたあの刑事が駆け寄ってきて、震え声で報告した。「さっ……三隊からの報告です。家の中で沈孝賢夫婦の射殺体が発見されました」

「あの間抜けども！　グズどもが！」高棟は怒りを抑えられなかった。

「沈孝賢が住んでいる場所はセキュリティーが厳重で、彼らは沈孝賢の毎日の出退勤を監視し、退勤後には住宅区外で見張っていました。にもかかわらず、どういうわけか顧遠の住宅区への侵入と殺人を許してしまったんです。沈孝賢の息子は保護対象ではないため、どうして顧遠にさらわれたのかはまだ調査が必要です」

「もういい。沈家の事件はあとだ」高棟はいま、その件を考えられる精神状態ではなかった。

まさにそのとき、高棟の無線に県公安局情報処理センターからの報告が届いた。「被疑者が携帯電話の電源を入れました」

「すぐに位置を特定しろ」

数秒後、情報処理センターから返答があった。「被疑者は現在、西の安順路の福田花園にいます」

高棟はすぐに無線の別のボタンを押し、命令を下した。「全員直ちに安順路の福田花園へ向かえ」通話を切ると、彼は前の助手席に座る江偉に問い掛けた。「どんな場所なんだ？」

「県城の新開発区で、建設中の住宅区だらけの場所です」

また無線から声が聞こえた。「顧遠から電話がありました」

高棟が即座に通話ボタンを押す。「俺につなげ。被疑者の位置から目を離さず、変化があれば江偉に連絡しろ」

情報処理センターが電話を転送すると、聞き覚えのない男の声が聞こえた。「高棟副局長ですか？」

「ああ、高棟だ。お前が顧遠か？」

「ええ、そうです」

「人質はどうしてる？」

相手は不敵に笑った。「沈浩ですか、あまりのんきにしていられない状況ですが、彼に電話を代わった方がいいですね」電話の向こうで数秒間音が消え、それから激しい喘ぎ声と力なく助けを求める声が聞こえた。「助けっ……助けて、助けてくれ。沈浩だっ、撃たれたんだ。頼むっ、解放するよう言ってくれ、頼む……」

電話から「ううう」という声が聞こえた。おそらく顧遠が沈浩の口に何かを詰めたのだろう。

「人質はまだ死んでいません、聞こえましたよね？」

「何が目的だ？」

「逃がしてほしいんです。今後、名前を隠して二度と犯罪をしないと誓います」

「それは……人質はけがをしていて、重傷だ。条件については、人質を医者に診せてからなら話してもいい」

「医者に？　医者に診せれば条件の交渉ができるんですか？」

「どこにいるんだ？　医者を派遣して人質を治療させる」

「どこにいるか知らないわけないでしょう？」

人質を殺して逃げられるのを恐れた高棟は、警察がすでに彼の居場所を特定していることを明かしたくなかった。このとき、彼らのパトカー隊は目的地まで半分のところに来ていた。

「県内全ての警察官がお前を捕まえようとしている。逃げられないと分かっているはずだ。もうやめるんだ。人質を無事に返せば、自首として処理し、裁判前に精神鑑定を行うことを約束する。死刑になることはないはずだ」

「ははは」顧遠は乾いた笑いを発した。「そちらの話を信じてしまったら、本当に精神鑑定が必要になりますよ」

「いったい何がしたいんだ？」

「逃がしてほしいんです。今後、名前を隠して二度と犯罪をしないと誓います」

「分かったと言ったところでお前は信じるか？」相手は警察にそそのかされて自首をするような、単純な頭の出来の犯罪者ではない。顧遠が今回犯した罪は十回銃殺刑に処される内容だ。死刑にならないと丸め込もうとしても、信じてくれるわけがない。

あろうことか、顧遠は予期せぬ言葉を口にした。「あなたが約束してくれたら信じますよ」

これには経験豊富な高棟も一瞬言葉に詰まった。

彼は心理戦を続けるしかなかった。「手を引くんだ。お前はあまりにも殺し過ぎた。その結果が葉援朝や他の多くの人間、果ては自分自身まで傷つけたんじゃないのか？」

「話題を変えて、私の心を攻めようとしてますね？」顧遠は狡猾に笑う。「私は自分を省みるのが得意ではないので、すでに起きてしまったことで心を揺り動かされることはありません。それに、おじが死んだのは自分のせいだと思っていません。死に追い込んだのは、あの死んで当然の連中です。私が殺してなかったら、おじが殺人を続けて、結局はあなた方に捕まって死刑になっていましたよ。ただ、散々手を尽くしたのに、この結末を変えられなかったのが予想外だっただけです。でも、もう一度選択肢をもらっても、そうしますよ。おじの力ではあの畜生どもを皆殺しにできませんからね。ちょっと待ってください、尿意を催してきました。電話は切らないでください」

この野郎、俺との電話中に小便だと？　高棟は毒づいた。

高棟はミュートボタンを押して江偉に聞いた。「被疑者はまだ同じ場所にいるのか？」

「動いていません。携帯電話の位置は福田花園二号楼一単元を示しています。先ほど学校から返事があって、そこは教師が団体購入した部屋で、顧遠が買ったのは四〇一です。彼はおそらく四〇一室にいるはずです」

無線から「バン」という音が軽く響いた。携帯電話が地面に落ちた音だろう。それから足音が聞こえた。三十秒も経たずに相手の声がまた聞こえた。

「さて高棟副局長、私の条件に応えてくれますか？」

高棟はいまいましく思った。逃げ道を与える？　そんなことが不可能なのは言うまでもない。しかし現状、相手を怒らせるわけにはいかない。人質が死ねば、自分の責任がさらに大きくなるため、高棟は顧遠にあまりプレッシャーを与えず、できる限り彼を落ち着かせ、時間を引き延ばそうと考えた。頭のキレる顧遠にはすぐに意図を見抜かれるだろうが、時間を引き延ばせればどれだけ頭の良い人間でも心を折ることができると、長年の刑事の経験が告げていた。

「聞くんだ、なんであれ葉援朝が死んだという事実は変えられない。多くの人間を殺したんだから、人質一人ぐらい大目に見てやれ。副庁級幹部として、裁判前に精神鑑定を受けさせ、死刑にさせないと約束する」

「信じられません」

高棟は険しい顔をした。「じゃあどうしたら人質を解放するんだ？」

「言ったじゃないですか。逃がしてくれたら、今後、名前を隠して二度と犯罪をしません」

高棟は声を荒らげた。「可能だと思うか？　分かった、具体的に俺たちに何をさせたいんだ？」

「まだしっかり考えていません」

顧遠が何をしでかすか分からない状態にあると予想した高棟は、諭す口調になった。「こうしよう、条件については後で話すとして、医者をそっちに寄越すから、沈浩に治療を受けさせるわけにはいかないか？　どうせ人質はお前の手の中だし、そっちには銃があるから、お前を捕まえようとしたところで不可能だ」

「それはお断りします。騙されませんよ、その医者はきっと警察官でしょう。ここに来られる怖いもの知らずの医者なんかどこにいるんですか？　それか、ドアを開けたら警察官が突入してあっという間に制圧するつもりでしょう。しかし高副局長、いまのところは安心していいですよ。銃弾は腹部に命中したので、しばらくは死にません。半日ぐらい長引いてもさほど問題ないです」

「そんなことをすれば、もう行き止まりしかないと思うが？」

向こうから忍び笑いが聞こえる。「高副局長、道はもう一つありますよ。人質を殺し、私が自殺するというね。どうせここまできたら、人質を解放したところで死ぬでしょうし、道連れを増やすのもありですね」

「何を考えている？」

「何も。生きたくないんです」

高棟はまずいと思った。顧遠が人質を殺して自殺する可能性は極めて高い。人質も犯人も死んでしまえば、この事件を上層部にどう報告すればいいのだ？

高棟はあわてて話題を変えた。「お前のことを大切に思っている人間のことを考えろ。お前が死ねばとても悲しむんじゃないか？」

「家族はいませんし、彼女もいません」

「教師なんだろう。先生が人を殺していたと知れば、生徒はどう思う？」

「他人がどう思おうが関係ないでしょう？　人質を解放してもしなくても、生徒は私が人を殺したことを知るんじゃないですか？　何か違いがありますか？」顧遠は少しも心を動かされない。

高棟は拳を握りしめながら気を静めて、別の話をし、相手の情緒が不安定にならないようにした。「お前は賢いし才能がある。お前が起こした事件は、俺が警察に入ってからこのかた見たこともないものだった。だが、どうして葉援朝のためにあんなに人を殺したんだ？」

「おじには恩があったから、やるのは当然だった」

高棟のパトカー隊はすでに福田住宅区の入り口に到着していた。警察官は全員車から降り、江偉が彼らに指示を出す。各自、自身の仕事に取り掛かり、準備は万端だ。それから江偉は高棟に、顧遠がいる部屋の場所をジェスチャーで教えた。

高棟はうなずくと、江偉に手を振って任務を続行するよう指示し、自分は無線を持ちながら、顧遠の家のマンションが見える住宅区の外に立ち、顧遠と会話を続けた。

「しかしあんなに殺せば、動機も露骨になって、葉援朝に疑いの目が向けられるとは思わなかったのか？　お前の行為は、結果的に彼を死に追いやった」

「いいえ、最初はそういうつもりじゃなかったんです。私だって人を殺したくなかったし、自分の人生を送りたかった。全てはおじのためです。おじが王宝国を殺した気持ちはとても理解できます。おじみたいな優しい人間が、人を殺すまで追い込まれるなんて、いったいどれほどの恨みだったか。おじはいままで法を犯したことなんか一度もなかった。その一歩を踏み出したのは、これ以上生きたくなかったということです。きっと沈家に復讐したかったはずだ。別に私は社会正義を世に広めるために人を殺したわけじゃありません。ただ、おじがこれ以上誤った道に進むのを見たくなかっただけです。だから胡海平の殺害を計画して、邵小兵夫婦を殺しました。こうしたのは、おじの恨みを晴らすとともに、警察に三つの事件を同一犯によるものと考え、捜査させることで、おじの嫌疑を晴らすためでした。また、私が連続で重大な罪を犯すことで、もしこのまま沈家の人間まで殺せば動機が誰の目にも明らかになるから、自分のみならず私まで巻き込むことになるとおじに分かってもらうためでした。そうすれば、私のことを考えて、復讐という考えをきっと捨ててくれると思いました。これまで沈家に全く手を出さなかったのは、それをした途端に動機が徹底的に暴かれ、捜査の手がおじにまで及ぶことになるからです。おじの罪をかぶろうとしても無駄でした。なぜなら、王宝国が殺された日、私はたまたま学校で当直をしていたからです。私のアリバイが立証されれば、王宝国を殺したのはやはりおじだと警察に調べ上げられます。こうするしかなかったんです。こうでもしないと、おじに復讐をやめさせられなかった。そしておじに復讐を止めさせたら、私も自分の人生を送れるはずだった。しかし不幸なことに、結果は私の計画を完全に裏切る形になりました。まさか邵小兵事件で銃を使用したことが見抜かれて、おじの銃弾が二発少ないことがバレるとは思いませんでした。おじが町のど真ん中で拳銃自殺をしたという話は、昨日の正午に知りました。おじは情報を一気に広めるために、わざと町なかで自殺したのだと分かりました。死と引き換えに、私に一刻も早く逃げるよう促したのです。しかしここまでやって逃げ切れますか？　だからいっそ、元凶である沈家を皆殺しにすることにしたんです。しかしついていなかった。邵小兵の妻の死体まで見つかるとは」

「邵小兵の妻の死体？　それならまだ捜査中だ」

「え？」顧遠は意外に思ったようだった。「てっきりあの死体から銃の使用に気付いて、装備品を点検したのかと思っていました。当時、発砲音を誰かに聞かれていたんでしょうか」

「いや、それも直接的な要因じゃない。我々は数多の手掛かりを統合し、お前が銃を、しかも威力が極めて高い銃を使ったと推測したんだ」

「じゃあ本当に大したものです。警察の捜査能力を見くびっていました」

「邵小兵の妻の死体をどこに捨てたか言えるか？」高棟はこのまま時間を引き延ばすことを目論んだ。

そこに江偉が、何か話があるという顔つきでやってきたので、高棟は通話をミュートにした。

「特殊警察が玄関のドアに盗聴器を仕掛けたので、中の声がはっきり聞き取れています。顧遠が四〇一室にいるのは間違いありません」

「防犯扉があるだろう？　鍵は？」

「管理会社が鍵を持っていないため、強行突入は難しいです。室内にまだ鍵がかけられている可能性もありますし、被疑者を動揺させないため、しばらく行動は控えるべきだと思います。それに、狙撃手も狙いがつけられていません」

高棟は周囲を観察した。マンションは通りに面し、顧遠の部屋が四階にあるため、近くに見晴らしの利く建物がない。加えて四〇一室の窓は閉ざされており、狙撃手もどこを狙えばいいか分からない。防犯扉を破壊して突入しようとすれば、被疑者にショックを与えて、人質と被疑者両方死亡という事態になりかねない。高棟は一瞬で思考を巡らせ、すぐに指示を出した。「上の窓一枚につき狙撃手を一人配置し、ドアの外にいる人員にはしばらく待機させ、全て俺の指示通りに動け。いまは奴の体力を消耗させる」

電話の向こうで話が続く。「邵小兵の妻なら海に捨てましたけど?」

高棟はミュートを解除し、聞いた。「海に? どこの海域にだ?」

「あの海岸ですよ」

「どうやってだ、見つからなかったぞ」

「それも無理ないですね、はは」顧遠が笑う。「死体を遺棄したのは旧暦の十一月七日の午前二時前後です。高副局長は潮の満ち引きの原理をご存じですか? 七日の午前一時から三時まで、海面が半月で一番低くなるんです。そのとき海岸に車を停め、邵小兵の妻の死体を入れた麻袋を遺棄しました。そこからだんだんと潮が満ちていき、警察が海岸に駆けつけたときには麻袋はとっくに海中に沈んでいたんです。それに中に石も入れましたからね。砂浜の表面は砂の密度が低く、流動状態ですから、波が打ち寄せる砂浜に一分間立つだけで足が埋まります。その麻袋も同じ原理でどんどん沈んでいき、半日もしないうちに完全に砂の中に埋まったんです。見つからないのも当然です」

そういうことか。高棟は悔しさのあまり歯を食いしばった。物理に精通している人間が潮の満ち引きの原理を知っていてもおかしくない。どうりでそんな死体遺棄方法を思いつけたはずだ。

電話の向こうからクラクションの音が聞こえた。顧遠が窓際に寄ったのだと高棟は一瞬警戒した。だがマンションを見上げてみても、窓辺に立つ人影は見えない。警戒心が強く、窓辺と一定の距離を取っているようだ。そのとき、高棟は言い知れぬ感覚に襲われた。どこかがおかしいのだが、いまの彼にはじっくり考える暇がなかった。

「邵小兵の死を自殺に見せかけたときは滑車を使ったな？」

「それもお見通しですか？」顧遠は本当に驚いているようだった。

「お前が捨てた滑車とロープを発見した」

「高副局長にこれまで解決できなかった殺人事件はないとおじから言われましたが、どうやら本当のようですね。私がやったことを、全部調べ上げたんでしょう？」

「そうでもない。胡海平事件では、リモコン装置を使って六階から敷石を落としたのは分かっている。大掛かりな装置のはずだと思っているが、現場から何も見つけられていない」

「いえいえ、そんな大きなものじゃありませんよ。ロープ二本と自動バレルボルト一つで事足ります。六階の窓の外に何かありませんでしたか？」

「あった。お前が残した物だろう」

「それにバレルボルトをはめて、二本のロープを通したんです。ロープの先端にはそれぞれL字型の鉄片がついています。その二つの鉄片を敷石の左右にひっかけたんです。バランスを保つために必ず左右両方にです。敷石はあの縁に置いてあったわけではなく、空中に固定してあって、重下の内側の表面がひさしの縁の外側と接触していました。だから敷石は押されたのではなく、重力によって落ちていったんです。リモコンを押した瞬間、バレルボルトに連結しているロープが一斉に飛び出し、ロープの張力を失った敷石は落下します。落下にかかる所要時間は精確に導き出していて、胡海平が帰宅するときの歩行速度も何度も測りました。演算を繰り返し、胡海平を殺せる成功率を九十パーセント以上にまで高めました。飛び出したロープはもちろん回収しましたよ」

高棟は言葉を失った。リモコンを使用したところまでは思いついたが、顧遠の手口は彼の想像をはるかに超えていた。

「こんなにしゃべったんですから、もう下に来ていますよね？」

高棟は見上げたものの、窓辺に人の気配はない。

「見えるか？」

「いえ、見ません。窓に近付いたら狙撃されかねませんから」

「もう到着していると知っているのなら、道は一つしかないぞ。人質を解放し、投降するんだ」

顧遠はその言葉に返事をせず、ただこう話した。「犯行について、まだ分からないところや質問したい点がありますか？」

「自分の計画を一切合財自慢したくて仕方ないのか？」

「そういうわけじゃありません。ただ、自分が死んだ後も、警察は犯行を明らかにできないままだと考えたくないんです。そうなったらもったいないじゃないですか。まあそろそろですね。沈浩と道を共にしますか、ははは」顧遠は返事も待たず電話を切った。

高棟は言葉を失った。その数秒後、そばにいた江偉が叫んだ。「中で銃声がありました」

「突入しろ！」高棟は怒鳴り、部下とともに住宅区の中を駆けていった。四〇一室の前に来たとき、特殊警察がドアを全力で蹴っていたが、まだ蹴破られる様子はない。

外では、屋上からロープで下りてきた特殊警察たちがすでに窓を割って室内に突入していた。

彼らによってドアが開けられ、ドアの前にいた警察官たちも一気になだれ込む。

寝室には真っ黒い煙が充満し、大きな火が上がっていた。ガソリンの臭いが鼻をつき、中の状況が確認できない。

高棟がせわしなく叫ぶ。「火を消せ、早く消すんだ！」沈浩はきっと助からないし、顧遠も死んだに違いないと彼は理解していた。これ以上最悪の結末もない。

火の勢いは手に負えないほど強く、衣服で叩き消そうとしても全然効果がない。オフィスとは異なる一般住宅に消火器の類は見当たらない。みなが急いで、まだ内装が終わっていない室内の蛇口をひねり、衣服に水を貯めて消火に当たる。

十分ほど燃え盛った後、火の勢いは自然と小さくなった。警察官たちの懸命な消火作業が続き、ようやく鎮火が終わった。

高棟は震える両足で、内装が済んでいない寝室を進んだ。セメントの床一面が灰と汚水にまみれ、隅には焼け焦げて変わり果てた二つの遺体が横たわっている。どちらが沈浩で顧遠なのか、ひと目では判別不可能だ。

現場にはガソリンの臭いが充満している。

床には首飾りが数点と金の延べ棒一本が置かれ、そばには一部が灰になった紙幣の山ができており、数万元が燃え尽きたと見られる。死体のそばには焼けて溶けたプラスチックケースが三つあり、よく見てみるといずれも携帯電話で、うち二台が死体の真横にある。もう一つの携帯電話のそばには数本のケーブルが伸び、それぞれタッチスイッチと電動バイクのバッテリー、そして点火プラグのような装置とつながっているが、どれも焼け焦げていた。二体の遺体のそばには大量の新聞紙やボール紙、書籍の燃えカスが積もっている。高棟はぐるりと見渡し、寝室のドア付近の火が及ばなかった場所に風船のようなゴム製品があるのを見つけた。しかし高温下であぶられたことで変形している。

高棟がため息をつき、みなも黙々と作業した。事件がこのような形で終息したことで、全員が胸に重しを載せられたような息苦しさを覚えた。

部下を連れて上がってきた監察医の陳と張一昂は、現場を見るなり息を呑んだ。

高棟は振り返り、陳に手を振った。「片付けてください」

陳は無言でうなずき、部下を率いて手順通りに検案と現場写真の撮影を行う。

しばらくして陳が高棟のそばに駆け寄り報告した。「左が顧遠だと思います。額に銃創があり、自殺しています。右が沈浩で、腹部に銃撃を受けていて、口に毛布の残留物が確認できます」

高棟は沈んだ表情のまま口を開かなかった。

「死体は焼けて原型が残っていませんから、DNA鑑定をして二人がどちらかを判別することになります。この段階でまだ必要ですか？」

高棟は息を吐き出した。「規則で決められているのならやりましょう。捜査報告書も書かないといけませんし」

そのとき一人の警察官がリビングのセメントの壁を指差し、「これはどういう意味だ？」と口にした。

全員、彼の視線の先に目を向けると、壁には一行の文字列が大きくチョークで書かれている。

その一行の意味は、この場にいる人間がいくら考えたとしても分かるはずがなかった。

「意味が分からんな。おおかた犯人が適当に落書きでもしたんだろう。構うことはない」江偉が命じる。

「携帯電話を見つけました」一人の鑑識の報告に全員の視線が惹きつけられた。手袋をした手で携帯電話を持ち、高棟に近づく。「これです」

全員が身をかがめてのぞき込んだ。携帯電話のホーム画面には、音声ファイルが表示されている。タイトルは、「犯罪の録音証拠」。

高棟が困惑気味に尋ねる。「どこにあった？」

「あの窓のところです」

さっきはみんな消火活動に必死で、窓際に放置されている携帯電話に誰も気付かなかった。

「再生してみろ」

ファイルを開くと、二人の会話が聞こえてきた。

聞き覚えのない男性の声から始まり、その声は明らかに年配のものだった。

「最近、検察院検察長の王宝国と人民法院裁判長の胡海平が亡くなったのは知っているね？」

「聞いてはいます」返事をしたのは顧遠の声だ。

「誰の仕業だと思う？」

「分かりません」

「ごまかすな」

「ごまかすとは？」

「君の仕業だろう。君が関わっているのは間違いない」

「どうやって？」

「顧先生、そう固くならずに、この件は秘密にしておきますよ。君の苦しい心のうちは理解してるし、本当の狙いも分かっています」

「本当の狙いって？」

「沈書記」

「校長先生もそうお考えですか……」

「君が首を縦に振ってくれれば、数年後に君が高級教師に選出されるよう推薦しよう」

「校長先生がそうしたい理由は？」

「私は彼のことが気に入らないんだ」

「少し考えさせてください」

録音はこれで終わりだ。その場にいる全員がまばたきするのも忘れ、絶句した。まだ仲間がいるというのか？

しばらくして江偉が我に返った。「いまの声は葉援朝のものではない」

「会話からして、犯人と話しているのは学校関係者のようです。高級教師に選ばれるよう推薦するとか言っていました」警察官の一人が指摘する。

「そんなことあるはずない。学校に沈孝賢に恨みを持つ人間がまだいるっていうのか？」別の警察官が反論する。

高棟は目を閉じたまま息を漏らした。「話は戻ってからだ。数人は残りの業務に当たれ」

36

　自室のデスクで高棟《ガオ・ドン》は両手で頭を抱えた。この二日間で事態は目まぐるしく変化し、すでに取り返しのつかない段階にきてしまった。高棟はまだ絶望から立ち直れていない。

　ノックが二回聞こえたので、高棟は疲弊しきった顔を上げ、「入れ」とつぶやいた。

　部屋に入ってきた江偉《ジアン・ウェイ》は、高棟の血走った目を見て言葉を発せられなかった。

「なんだ、言え」

「録音の鑑定が終わりました。声の主は顧遠《グー・ユエン》と、彼の学校の校長の蔣亮《ジアン・リアン》です」

「録音はフェイクだろ。どこの校長が殺人に関わる度胸を持っているんだ」高棟は気だるげに言い返す。

　江偉が言いにくそうに話を続ける。「監察医の陳《チェン》さんの話では、鑑定の結果、録音は本物だと」

　高棟が不審そうに顔を上げる。「なら……校長は連れてきたか？」

「すでに取調室に入れています。そんなことを話したどころか、顧遠が殺人を犯していたことすら知らないと言っていて、顧遠にはめられたと主張しています」

　高棟は少し黙り、「陳さんを呼んでくれ」と言いつけた。

　陳はすぐに高棟の部屋にやってきた。

「録音は本物？」

陳がうなずく。「音声を比較した結果、蔣亮本人のものだと判定できます。それに背景音からも、蔣亮が同じ場所で話していることが分かります」

高棟は目尻を押さえ、江偉の方を向いた。「どう思う？」

江偉が答える。「紀委から話を聞いたところ、蔣亮はかつて学校の資金を横領していると誰かに通報されたことがあります。当時、沈孝賢《シェン・シアオシエン》が蔣亮を紀委に数日間預からせ、それから放免したそうですが、二人の間でどんな取り引きがあったのか知る者はいません。そのとき沈孝賢にゆすられ、蔣亮はずっとそれを恨んでいたと見る者もいます。一方、学校から事情を聞くと、顧遠と蔣亮は仲が悪く、人前で口論になったこともあったそうなので、顧遠が彼を陥れたという可能性も否定できません。しかし録音は本物で、私には……どうすべきか分かりません。現在の規定に従えば、罪状を確定する際、録音データは二次的証拠にしかなりません。捜査令状を申請して、蔣亮の家を捜索してみてはどうかと思いますが、万が一顧遠の罠だったら格好がつきません」

高棟はこめかみを掻いた。「顧遠の罠だと思う。蔣亮が沈孝賢にゆすられたのが事実だとして、顧遠の悪事に加担する度胸はないだろう。顧遠が犯した罪は、十回銃殺刑に処されても足りないほどの死罪なんだ」

「では録音データは……」

高棟は陳に確認する。「こういうケースは考えられませんか？　蔣亮の発言は確かに同じ場所でしゃべったものであり、それを顧遠に録音されていた。顧遠は録音後、元の会話から音声をつぎはぎしてあのデータをでっち上げたというのは？」

陳が同意する。「考えられます。録音は音声波形を鑑定しました。偽造された録音はすぐに判別つきますが、元の会話から一部を切り抜いてつくった録音は、判断が困難です。それに顧遠は物理に精通していますから、音響学にも明るいはずです。パソコンソフトで元の会話をどうやってつぎはぎすれば警察に判別できなくさせられるか、彼は知っていたはずです」

江偉が不思議そうに話す。「あの録音がこの二、三日で用意できたものでないのは明らかです。まさか顧遠は最初からそんな腹づもりで、蔣亮をはめてやろうととっくに考えていたのでしょうか？」

「あの外道を甘く見るな。十歳で実の父を切り殺したことが、心に大きな影を落としたに違いない。あいつは恨みを忘れない人間だ。校長に憎悪の念を抱き、事が露見したときのことを考え、一人でも多く道連れにしようと考えていたのかもしれない。あいつは死ぬ前に沈孝賢夫婦を殺し、沈浩《シェン・ハオ》を誘拐して最後には焼き殺したんだぞ。ここまで悪辣な外道は初めてだ」

高棟の心は憎しみで満ちていた。自分を這い上がれない泥沼に突き落とした顧遠を恨んでいた。できることなら、死体に鞭打ってでも心に溜まった鬱憤を晴らしたかった。

江偉が尋ねる。「それで、蔣亮の処理はどうしましょうか？　録音は本物で、つぎはぎしたというのは単なる推測に過ぎません。捜査をしないとなると、捜査報告書は書きにくいです。大勢の人間がこの録音を聞いていますから、なかったことにするのは無理です」

高棟はしばし思考を巡らせ、拳を握ったかと思うと重たい息を吐き出した。「あの外道の願いを叶えることになるかもしれないが、録音が本物である以上、捜査をしないままでは揚げ足を取られかねない。蔣亮も、恨むのなら顧遠という鬼畜の怒りを買った自身の間抜けさを恨むんだな。

捜査令状を取って蒋亮の家に行け。おそらく金回りの問題しか出てこないだろうがな。顧遠とグルとして扱われるのは蔣亮にとって不幸だが、殺人に関与した証拠が見つからなかったところで、あの間抜けは今後どうやったって疑いを晴らせない。奴のキャリアもここまでだな」

その言葉に自身の暗い前途を思い出した高棟は思わず顔をしかめた。

夜八時、高棟がまだ公安局の自室で資料に目を通していると、張一昂《ジャン・イーアン》が持ってきた弁当を机の上にゆっくり置いた。「まだ食事されていないんですか？」

資料を置いた高棟は、疲れ切った笑みを浮かべた。「お前のところの結果を待っていたんだ」

張一昂がなだめる。「こっちの調査はもう終わっています。ですが、まずホテルに戻って休まれてはどうですか。昨日今日とこの二日間、一睡もしていないでしょう」

高棟が手を振る。「いいから話してくれ」

「沈孝賢が被害に遭った当時の詳しい状況はすでに明らかになっています。三隊の人間は責められませんね。あの住宅区に行きましたが、セキュリティーもしっかりしていて、部外者は勝手に入れず、身分証の登録をして警備員が住人に確認を取らないと入れません。沈孝賢の日常生活に影響が出ないよう、三隊の人間はあらかじめ彼に、毎日住宅区外で交代で見張りをし、出勤時は一緒に職場に行き、退勤時も安全に送り届けると伝えていました。家や職場から急に出掛けるということがあれば、電話で護衛を手配する手はずでした。昨晩、顧遠は彼の生徒の家庭訪問という名目で住宅区に入っていたんです」

「どの生徒だ？」

「曾博の娘の曾慧慧《ゾン・フィフィ》です。顧遠は彼女のクラスの担任でした。当夜、警備員は奴の身分証と教員資格証を見て、曾博の娘が高校生だということを思い出し、曾博に連絡せずそのまま奴を中に入れました。どういう手段を使ったのか分かりませんが、奴は沈孝賢の家に侵入、沈孝賢夫婦を射殺しました。防犯カメラには、顧遠が住宅区に入ってから約一時間後に帰宅する沈浩の姿が映っていました。そのときにはもう夫婦は殺されていて、家に入った沈浩は銃を持った顧遠に取り押さえられたんでしょう。その後、沈浩のBMWに彼を乗せた顧遠は、その車を運転して住宅区を出ていきました。寧県上層部の家族まで警護するには人手が足りなかったせいで、三隊の人間は沈浩の顔を知らず、沈孝賢の家ですでに異変が起きたことにも気付いていませんでした。その住宅区にある一軒家はどれも独立していて、家同士がやや離れていて、外を歩く人間も少なく、建造物もしっかりしていたため、沈孝賢宅での発砲音が誰かの耳に入ることはありませんでした。

「また、顧遠は沈孝賢の家から金目の物を全部持ち去っていました。現場にあった首飾りや金の延べ棒、燃え尽きた現金は沈孝賢のものです。現場を細かく調べたところ、ドアの隙間に発泡剤が注入され、その上がタオルでふさがれていました。だから室内に大量のガソリンがあったにもかかわらず、外にいた特殊警察は嗅ぎ取れなかったんです。もしガソリンがあると早目に知っていれば、火を放つ可能性にすぐに思い至り、緊急措置を速やかに取れたでしょう」

「そのことは悔やんでも無駄だ。ところで、顧遠が葉援朝《イエ・ユエンチャオ》のためにやった偽装工作もうはっきりしているのか？」

「だいたい終わっています。当初、顧遠は自分の古靴を全て葉援朝に渡したはずです。学校の生徒数名に会って、曾博の娘の曾慧慧からも話を聞きましたが、十一月末、つまり王宝国《ワン・バオグオ》が殺されて数日もしないうちに、彼女は顧遠の球技用シューズが破れていたのに気付いています。それから顧遠のクラスの生徒は、彼に二十六センチの靴をプレゼントしました。顧遠はちょっと大きめだといいましたが、曾慧慧に正確なサイズを聞かれても言わなかったようです。顧遠の宿舎の部屋から新しい靴をいくつも発見しましたが、サイズはどれも二十五・五センチでした。おそらくそのとき、彼は葉援朝と靴を交換したばかりで、新しい靴を買うのが間に合わず、二十五・五センチの足で二十五センチの靴を履いていたんです。だから球技中に内側から破れてしまったんでしょう。葉援朝のノートパソコンは、顧遠が以前使っていたものだと学校の教師から確認を取りました。顧遠は普段の夜間自習の際、時間があればインターネットをしていたんです。葉援朝のアリバイ作りのため、顧遠はパソコンを彼に貸したんでしょう」

そのとき、部屋の入り口に監察医の陳がやってきて、高棟がいると気付くとそばに近寄ってきた。どうやら話があるようだ。

高棟は少し待ってもらうよう陳に伝え、張一昂に確認した。「まだ終わっていない仕事はあるか？」

「これで終わりです。他はどれも細々としたもので、数日内に捜査を終わらせられます」

高棟はうなずいた。「ご苦労だった。先に帰って休め」

張一昂が去ったのを見届けてから、高棟が陳に尋ねた。「こんな遅くにどうしました？」

陳が声を落として答える。「ＤＮＡ鑑定のために顧遠の宿舎にサンプルを採取しに行ったのですが、不審な点がありまして」

「どんな？」

「宿舎の部屋のトイレに、血液の入った試験管があって、『病院の血液検査用』というタグまで貼ってあったんです。どう考えてもおかしいです。血液検査で使う試験管を家に持ち帰る意味は？　それに彼は重度の口内炎だったようで、歯ブラシに血痕が付着していました。それとベッドには毛包のついた新鮮な毛髪がたくさん」

高棟は一瞬言葉を出せなかった。「つまり、DNAサンプルの採取は順調に終わったと？」

「順調過ぎました。DNAサンプルを採取するときは毎回手こずるものです。毛髪を見つけても古過ぎれば鑑定が難しいので、新鮮な毛髪が見つかるだけで十分な収穫なんです。しかし今回は血液までありました」

高棟はしばし呆然とし、やっとのことで口を開けた。「全て準備されていた、ということですか？」

陳がゆっくりうなずいた。

椅子に腰を下ろした高棟は長い間考え込むと、顔を上げてこう尋ねた。「DNA鑑定の結果はいつ出ますか？」

「遅くとも明後日には」

「分かりました。では明日朝一番に、陳さんが、絶対に自分で学校に行って、顧遠のいままでの健康診断の記録を持ってきてください。それから、顧遠の情報が登録されているあらゆる記録の原本も病院から持ってきてください。いいですか、くれぐれも原本を持ってきて、学校や病院にコピーをさせないようにしてください。それと張一昂に言って、昨日葉援朝が死んでから顧遠が何をやったのか、ガソリンはいつどこで手に入れたかなどを調べさせてください。捜査の結果は他言無用でお願いします」
「はい、すぐに取り掛かります」
高棟の胸に不吉な予感がせり上がってきた。

37

一月三日の午前中、陳《チェン》が早足で高棟《ガオ・ドン》の部屋までやってきて、すぐに鍵をかけた。顔色が良くない。

高棟は彼を見るなり、声を潜めた。「DNA鑑定の結果が出ましたか？」

陳も小声で答える。「顧遠《グー・ユエン》の家から採取した血液と毛髪のDNAは、現場で頭部を撃ち抜かれた死体と一致しました。しかし顧遠の身体検査の記録では、彼はA型のはずなのに、死体はO型です」

高棟の手の震えが止まらなくなった。彼は立ち上がると、怒りに任せて唇を噛んだ。「やっぱりだ。あの外道は死んでいなかった」

陳がいぶかしむ。「しかし妙です。顧遠を逮捕する際、特殊警察が部屋の中からの話し声を聞いていましたし、発砲音がした直後に踏み込みました。そんな真似までして彼の代わりに死ぬ人間などいるでしょうか？」

「顧遠の十二月三十一日の足取りが、すでに張一昂《ジャン・イーアン》から上がっています。その日の昼、おそらく葉援朝《イエ・ユエンチャオ》の自殺の知らせを聞いたのでしょう、すぐに有給を申請し、それから学校の物理実験室に行っています。当直の教師によると、ケーブルを数本持って行ったそうですが、授業で使うのだろうと思い、何も尋ねなかったとのことです。学校を出た後、午後一時ぐらいにガソリンスタンドへ入ったのが防犯カメラに映っています。奴は大きめのポリバケツをいくつか持って、ガソリンを六百元分以上購入しています。奴が福田花園に到着したのはおそらく午後二時過ぎです。午後四時に一度宿舎に戻っています。それから沈孝賢《シェン・シアオシエン》一家を殺しに行きました」

高棟は一旦言葉を区切った。「沈孝賢の家にあった現金、首飾り、金の延べ棒は全部持ち去られていました。普通に考えれば、逃亡用だと考えられますが、では沈浩《シェン・ハオ》を誘拐し、その翌日に警察に電話をかけ、自殺した理由は？　金品を持ち去った行動と矛盾していませんか？　最初は逃亡するつもりだったが、逃げられないと悟って諦めたとも考えられます。しかし、奴は沈孝賢を殺しに行く前にガソリンを購入しています。奴がこのときすでに『自殺』をでっち上げる計画を立てていたのは明らかです。逃げ切れないと悟って、沈浩を道連れにしたんじゃなかった。あいつは時空を超えるトリックを使って、我々全員を欺いたんです。あの野郎め」

陳は不思議そうな顔をする。「そうなると、あの日顧遠は室内にいなかったということですか？　彼の声や発砲音はどう説明するんですか？」

「最初から我々が考えていたようなものではなかったんです。死体のそばにあった三つの携帯電話のうち、二つが死体のすぐ近くに置かれていました。奴はその二つの携帯電話で部屋に人がいるよう偽装していたんだと思います。奴はまず自分の携帯電話で我々と通話してから、スピーカー機能をオンにしました。それから二つの携帯電話を用意し、うち一つのスピーカー機能をオンにしてお互いを通話状態にしたんです。そしてスピーカー機能をオンにした二つの携帯電話を隣り合った状態で床に置き、もう一つを持って部屋を出て、話を続けた。こうすれば、奴の話し声は床にある二つ目の携帯電話に伝わり、それを通して自分が持っている携帯電話にも伝わるので、我々と会話を続けられます。要するに、スピーカー機能をオンにして床に並べて置いた二つの携帯電話は単なる仲介用で、奴自身は別の携帯電話を持ってとっくに部屋から消えていたんです。

「あの日の奴との会話の録音を聞き返してみたところ、録音を開始してすぐ、尿意を催したと言って席を立っています。そのとき、携帯電話を床に置く音が聞こえました。小便というのは単なる言い訳で、奴はしゃべりたくなかったんです。一旦話をしてしまえば、自分の声が二重に聞こえて、疑いを抱かせてしまうから。奴は部屋を出てから会話を再開しました。通話中、クラクションの音が聞こえたので、てっきり窓辺に立っているのではと思いましたが、見上げても人影は確認できませんでした。当時はどこかおかしいぐらいにしか思いませんでしたが、いまはっきり分かりました。あのとき、クラクションを鳴らしていた車なんかいなかった。じゃあ電話の向こうからどうしてクラクションの音が聞こえてきたかというと、そのとき奴はもう外を歩いていたからです。どうしてずっと通話状態のままにしたかというと、一度電話を切ってしまえばかけ直すことが不可能で、こっちからかけてきても出られないからです。だから奴は私とずっと会話をしていた。当時は時間を引き延ばして奴の注意力を分散させようと考えていたので、会話を続ける奴に対し、うまく引っかかってくれたと思っていましたが、まさかこっちが一杯食わされていたとは考えもしなかった」

「しかし彼がそんな仕掛けをするには、前提となる条件が必要です。我々が携帯電話の位置を特定して、彼の居場所を突き止めているということを知っていなければいけません」

「そう踏んだんでしょう。誘拐事件で居場所の分からない犯人に対し、普通は携帯電話から位置を特定します」顧遠が仕掛けたこの時空トリックの発想が、彼の生徒の曾慧慧《ソン・フィフィ》からもたらされたものであるということを、高棟は永遠に知るよしもない。いまの警察は携帯電話の電源をオンにして二分もしないうちに、その持ち主の居場所を精確に特定することができる、というのは彼女の言だ。

「では、銃は誰が撃ったんですか？」

「現場では最初から発砲なんか起きていなかったんです」

「まさか銃声も携帯電話から流れたんですか？　ドアの外にいた警察官が気付くはずですよ？」

高棟は首を横に振ると、一枚の現場写真を取り出し、隅に落ちている破れた風船を指差した。

「銃声は風船が爆発した音だったんです。現場には向かい合って置かれた二つのほかに、もう一つ携帯電話がありましたよね。そばには焦げたバッテリー、点火プラグ、ケーブル、タッチスイッチなどがありました。おそらく顧遠は、その携帯電話をバイブモードに設定し、それらと連結させたんです。奴がその携帯電話に電話をかけた瞬間、バイブによって仕掛けが起動し、点火プラグが火花を放ち、室内のガソリンに引火します。それで風船を爆発させ、銃声のような音を演出したんです。こんな仕掛け、奴のような物理教師には朝飯前でしょうよ」

「でも、起爆時間はどうやって把握できたんですか？　自身はすでに部屋を出ていて、現場付近で観察していたわけでないことは確かです。爆発が起こる前に警察が部屋に突入しないという保証があったんですか？」

「それは簡単ですよ。床にはスピーカー機能をオンにした携帯電話が二台置かれていました。こっちが部屋の物音を聞き取れたのと同様、奴も聞いていたんです。ドアも窓もしっかり閉じられていたので、警察が強行突破するとなると、大きな音が出ることになります。奴は異常を聞き付けたら、すぐに電話をかけて仕掛けを作動させればよかったんです。また、どうしてあんなに大量のガソリンを購入したのかというと、判別がつかなくなるまで死体を焼く必要があったためです。奴の寮で見つかった、試験管に入った血液、歯ブラシについた血、ベッドの毛髪はその死体のもので、奴はＤＮＡ鑑定に来る警察のために、これみよがしに用意していたんです。この他に、現場となった寝室でさまざまな物が散乱していた点についてですが、一つは火の手を十分に上げるため、もう一つは物を乱雑に置くほど、床にあるバッテリーやケーブルなどが仕掛けに使われた物だと気付かなくさせるためです。全てが焼け焦げ、床の携帯電話も溶けたプラスチックと化し、ケーブルも焼け切れていました。他人の目には、それらが仕掛けに必要なパーツだったとはどう見たって分からないでしょう。奴の家からＤＮＡサンプルがあんな露骨な形で採取されなければ、私もこの真相に永遠にたどり着けなかったかもしれません」

陳が感嘆の声を漏らす。「あまりにも頭がキレますね」

高棟がため息をつく。「あの外道は確かにキレます。いま事件のことを一つずつ振り返ってみると、我々が調べ上げた結果はどれも、奴が見つけてほしかった物ばかりです。葉援朝の偽装工作をしたとき、奴は我々に靴とパソコンを調べるように仕向け、まんまとその通りにしました。胡海平《フー・ハイピン》事件ではタイル用接着剤を残し、敷石は五階から落とされたのだと思わせ、当初我々は本当にそう考えていました。邵小兵《シャオ・シアオピン》事件では、斜面にはっきりした足跡をつけることで、邵小兵は自殺したと我々に思わせました。そのせいで自殺説をずっと否定できませんでした。今回も、奴と通話をするように仕向けられた私は、奴の目論見通りにしてしまったんです。室内で銃を撃ったと思わせ、信じさせた。DNA鑑定をするよう仕向けられ、それもしてしまった。あの外道はキレ過ぎです。どんなことも協力させられてしまった。事件の捜査がこんな様相を呈するのも当然でした」

「これからどうするんですか？　再捜査して指名手配書を申請しますか？」

高棟は苦笑して首を振る。「学校と病院から持ってきた記録を全部破棄してください」

「破棄するんですか？」陳が呆然とした表情を浮かべる。

「もう事件は終わりました」

「し……しかし、彼はまだ死んでいませんよ？」

高棟はやるせなさそうに語る。「実は、奴はあの通話中、他人には分からないメッセージを幾度も発信していたんです。奴はたびたび、『逃がしてほしい。今後、名前を隠して二度と犯罪をしないと誓う』と言っていました。そのときは、ごねているだけだと思っていましたが、いまにして思えば、その言葉は今後の予定を告げていたんです。奴が電話で犯罪の一部始終を素直にしゃべったのはどうしてか？　しかも、他に質問はあるかとまで聞いてきました。奴がしゃべらなければ、警察が永遠に全容を解明できないかもしれなかったからです。あそこまで明らかにしたのは、私に事件を終わらせてほしかったからです。奴が逃げたいま、どこで捕まえればいいんですか？　現場に首飾りと金の延べ棒一本を置いていき、数万元を灰にしていきましたが、沈孝賢の家にあった財産がそれっぽっちじゃないはずなのは、誰だって分かります。それに、邵小兵の家の金庫からもいくらか持っていっているはずです。落ちていた首飾りと金の延べ棒だけでも、

二、三キロで百万元は下らない。奴がいったいどれほどの現金と金塊を持ち去ったと思います？　二度と罪を犯さず、これから名前を隠して生きていくと宣言し、一生生活に困らない財産を持っている奴をどうやって捕まえられます？　どこかの省で周《ジョウ》という人間が捕まえられたときも、どれほどの人手がかかり、どれほどの年月を費やしたのか知っているでしょう？　しかもその周は、顧遠と知能に雲泥の差がある単なる凶悪犯ですよ。捕まえたいと言うのは簡単ですが、あの外道は頭が働き過ぎる」

高棟は大きく息を吐くと、陳の方へ歩み、彼の肩に手を置いた。

「捕まえたくないというわけじゃなく、どうにもならないんです。市公安局の中で十数年の付き合いの陳さんにしか話せないこともあります。今回の事件で、多くの幹部から強い不満を持たれてしまい、義父にもさんざん骨を折ってもらいましたが、処分からは逃れられません。聞くところによると、来年、省庁の刑事捜査分局の局長に異動させられるそうです。横滑り人事と言われていますが、権力は市公安局副局長と比べようもありません。この事件に結末をつけず、顧遠が死んでいないという事実まで暴かれたら、上に合わせる顔がありませんよ。残りの一生を寧県で消耗させられることになったら？」高棟はどうしようもないという風に笑って首を振った。「いいんです。あの日、口頭ですが答えましたから。いま本当に許可を出して、奴を逃がしてやりましょう」

「顧遠がまた姿を現したらどうするつもりですか？」

「それはほぼありえません。出てきたところで、時間が十分空いていたら、責任を問われることもないので問題ありません。なにせ、顧遠があの日拳銃自殺をしたことは、誰も疑っていないわけですから。あの日、あの場で目撃した全ての人間が証言してくれます」

陳は理解を示した。「それも仕方のない選択ですね。天びんにかけたら、そう対応した方がよさそうです」

「何日か経ったら、邵小兵の妻の死体を掘り出して、完全に片をつけましょう。どうせもうこんな状況なんですから、できることは穴埋め作業ぐらいです。休み明けに江偉《ジアン・ウェイ》に、寧県でここ数年で起きた未解決事件を見返させ、どれを顧遠の仕業にできるか吟味しましょう。そうすれば、上に提出する成績も稼げます」

高棟は自嘲気味に笑い、窓の外を眺めた。「いま顧遠が目の前に現れたとしても、奴だと気付きたくないですね」

エピローグ

一月四日、元旦連休が終わり、寧県一中では授業が再開された。

教師も生徒もみな顧《グー・》遠《ユエン》が起こした出来事を知っている。

正午、顧遠のクラスの生徒数人が廊下を歩きながらしゃべっていた。

一人の女子生徒が問いかける。「本当に顧先生が人を殺したの？」

曾《ゾン・》慧《フイ》慧《フイ》がうなずく。「お父さんは、顧先生が殺したって言ってた」

一人の男子生徒が声を上げて笑う。「俺たちを教えていた顧遠が人殺しなんてな」

「違う！　顧先生は良い人だから、きっと理由があったはず」曾慧慧が彼をにらむ。

「理由があったらあんなに殺していいのかよ？　人殺しにいい人なんていると思うか？」

そのとき、理系クラスの陳《チェン・》翔《シアン》が通りがかった。土気色の顔をしている。今日一日、周りの人間から、顧先生は果たしていい人なのか、どうして人を殺したのかという論争ばかり聞かされた。彼の心の中で、顧先生はいままで会った中で最高の教師だ。だがあの城管での出来事以来、彼は余計なトラブルを起こさないよう校内での行動を慎んでいた。顧先生のためにいますぐ反論したかったが、クラスメートと言い争うつもりはない。

曾慧慧が目を真っ赤にして叫ぶ。「顧先生はいい人、顧先生は絶対にいい人！」

そばにいた女子生徒が曾慧慧を引っ張り、その男子生徒に軽蔑した目を向けながら曾慧慧に語り掛ける。「こんな薄情な奴に構うことないよ。私たちはみんな顧先生がいい人だって信じているから。そうだ、顧先生は汚職官僚の家から大金を奪って行ったんでしょう？」

陳翔は驚きのあまり立ち止まった。彼の頭に元旦前日の出来事が浮かぶ。

曾慧慧は涙をこらえうなずく。「でもみんな燃え尽きたんだって」

「顧先生は家の壁にチョークで遺言を書いたって聞いたけど、なんて書いてあったの？」

「お父さんが言っていたけど、その言葉の意味は誰にも分からなかったって」

「どんな言葉？」

「塩水鶏、おいしかったよ」

陳翔はこれ以上我慢できず、錯乱したかのようにトイレに駆け込んだ。個室ドアを開けた瞬間、彼の目から涙が雨のように流れた。

著者　紫金陳（しきん・ちん）

中国の名門大学の一つ、浙江大学卒業。二〇〇七年にデビュー。十数作品の小説を発表している人気作家。代表作の「官僚謀殺」及び「推理の王」シリーズは、人々の琴線に触れるストーリー展開に加え、社会問題に深く鋭く切り込み、周到な謀殺計画とその遂行をスリリングに描いた作品で、独特なスタイルのミステリーになっている。現在、多くの作品が映像化されている。

訳者　阿井幸作（あい・こうさく）

北海学園大学卒業。中国北京市の中国人民大学に語学留学してから今日まで北京市暮らし。留学中に中国のミステリー小説などに興味を持ったことがきっかけで、今はライターや翻訳者としても活動中。訳書に九把刀『あの頃、君を追いかけた』（泉京鹿と共訳・講談社）、紫金陳『知能犯之罠』（行舟文化）、宝樹『時間の王』（稲村文吾と共訳・早川書房）、周浩暉『邪悪催眠師』（ハーパーコリンズ・ジャパン）。

知能犯の時空トリック

2023年3月24日初版第一刷発行

著者　紫金陳
訳者　阿井幸作
企画　張舟
編集　張舟　秋好亮平

発行所　(株)行舟文化
発行者　シュウ ヨウ
福岡県福岡市東区土井2-7-5
HP　http://www.gyoshu.co.jp
E-mail　info@gyoshu.co.jp
TEL　092-982-8463
FAX　092-982-3372

印刷・製本　シナノ書籍印刷株式会社

落丁乱丁のある場合は送料小社負担でお取替え致します。

ISBN 978-4-909735-13-3　C0097
Printed and bound in Japan

谋杀官员系列
物理老师的时空诡计 by 紫金陈
Copyright © 2021 by 紫金陈
Japanese translation rights reserved by
GYOSHU CULTURE Co., Ltd.,
under the license from
Shanghai Yuwen Culture Media Co., Ltd.

行舟文化単行本　目録

＊二〇二三年三月現在